THE QUEEN OF CRIME
繁體中文版
20週年
紀念珍藏

西塔佛祕案

著——阿嘉莎・克莉絲蒂

譯——楊民生

The Sittaford Mystery

策畫者的話

通俗是一種功力

吳念真（導演、作家）

通俗是一種功力。絕對自覺的通俗更是一種絕對的功力。

這樣的話從我這種俗氣的人的嘴巴說出來，大概很多人要笑破褲底了。不過，笑完之後請容我稍稍申訴。這申訴說得或許會比較長一點，以及，通俗一點。

小時候身材很爛，各種遊戲競爭完全任人宰割，唯一隱遁逃避的方法是躲起來看書或聽大人瞎掰。那年頭窮鄉僻壤的小孩能看的書不多，小學二年級時最喜歡的是超大本的《文壇》，老師借的。看著看著，某天老師發現我的造句竟出現：「捧著：朝陽捧著一臉笑顏為群山剪綵」這樣亂七八糟的文字，就拒絕再讓我看那些超齡的東西了。

老師的書不給看，我開始抓大人的書看。一種是厚得跟磚塊一樣的日文書，對我來說那完全是天書，但插圖好看，經常有限制級的素描。另一種書是比較薄的，通常藏得很嚴密，只是裡面有太多專有名詞、重複的單字和毫無限制的標點，比如「啊啊啊」、「……！！！」

老讓我百思不解。有一天，充滿求知欲地詢問大人竟然換來一巴掌後，那種閱讀的機會和樂趣也隨著消失了。

所幸這些閱讀的失落感，很快從大人的龍門陣中重新得到養分。講到這裡，我似乎先得跟一個村中長輩游條春先生致敬，並願他在天之靈安息。

我所成長的礦區，幾乎全是為著黃金而從四面八方擁至的冒險型人物，每人幾乎都有一段異於常人的傳奇故事。這些故事當事人說來未必精采，但一透過游條春先生的嘴巴重現，有時連當事人都聽得忘我，甚至涕泗縱橫，彷彿聽的是別人的故事。

條春伯沒當過日本兵，可是他可以綜合一堆台籍日本兵的遭遇，一如連續劇般從入伍、受訓、逃亡荒島，面對同鄉同袍的死亡，並取下他們的骨骸寄望帶回故鄉，乃至骨骸過多搞不清哪是誰的等等，讓聽的人完全隨他的敘述或悲或笑，彷彿跟他一起打了一場太平洋戰爭。此外他也可以把新聞事件說得讓一個三、四年級的小孩，到現在仍記得當時腦中被觸動的畫面。例如當年瑠公圳分屍案的凶手做案之後帶著小孩到安東街吃麵（這讓我一直以為台北的安東街是條專門賣麵的街道），還有甘迺迪總統被暗殺、賈桂琳抱住她先生、安全人員跳上飛快的車子保護賈桂琳……當然，這記憶全來自條春伯的嘴巴而不是報紙。我的記憶全是畫面，有畫面，是因為條春伯說得精采，說得有如親臨他至死都還搞不清地理位置的達拉斯命案現場。

於是這小孩長大後無條件地相信：通俗是一種功力，絕對自覺的通俗更是一種絕對的功力。透過那樣自覺的通俗傳播，即使連大字都不識一個的人，都能得到和高階閱讀者一樣的感動、快樂、共鳴，和所謂的知識、文化自然順暢的接軌。也許就是因為這些活生生的例子，俗氣的自己始終相信：講理念容易講故事難，講人人皆懂、皆能入迷的故事更難，而能隨時把這樣的故事講個不停的人，絕對值得立碑立傳。

條春伯嚴格地說是有自覺的轉述者，至於創作者，我的心目中有兩個。一個是日本導演山田洋次，一個是推理小說家阿嘉莎．克莉絲蒂。

山田洋次創造了寅次郎這個集合所有男人優點跟缺點的角色，在以《男人真命苦》為名的系列下，總共完成百部左右的電影。它們的敘述風格、開頭、結尾的方法不變，唯一改變的是故事，是時代，是遍歷日本小鄉小鎮的場景。數十年來，看《男人真命苦》幾已成為日本人每年的一種儀式，一如新春的神社參拜。

數十年前訪問過山田導演，他說，當他發現電影已然有它被期待的性格時，電影已經不是導演自己的。他說：當所有人都感動於美人魚的歌聲時，你願意為了讓她擁有跟你一樣的腳，而讓她失去人間少有的嗓音嗎？

人間少有的嗓音與動人的歌聲，都來自山田導演絕對自覺的通俗創造。

再如阿嘉莎．克莉絲蒂，如果我們光拿出她說過的故事和聽過她故事的人口數字，就足以嚇死你。五十多年的寫作生涯，她總共寫出六十六本長篇推理小說，外加一百多篇短篇小說和劇本。其中有二十六本推理小說被改編，拍了四十多部電影和電視劇集。作品被翻譯成一百零三種文字的版本，銷量超過二十億本。

夠了。你還想知道什麼？知道二十億本的意義是什麼嗎？二十億本的意義是全世界平均三個人就有一個人讀過她的書，聽過她說的故事。

說來巧合，她和山田洋次一樣，創造出個性鮮明的固定主角（當然，前前後後她弄出來好幾個），然後由他（或是她）帶引我們走進一個犯罪現場，追尋真正的罪犯。

故事就這樣？沒錯，應該說這是通常的架構。那你要我看什麼？不急，真的不急，克莉絲蒂會慢慢冒出一堆足夠讓你疑惑、驚嚇、意外，甚至滿足你的想像力、考驗你的耐心和智商的事件來。

推理小說不都是這樣嗎？你說得沒錯，大部分是這樣，不一樣的是……對了，她像條春伯，像山田洋次，她真會說，而且她用文字說。

文字的敘述可以讓全世界幾代的人「聽」得過癮、「聽」個不停，除了聖經，也許就是克莉絲蒂。她不是神，但她真的夠神。

數十年前，台灣剛剛出現她的推理系列中譯本，那時是我結婚前，常有同齡的文藝青年來我租住的地方借宿，瞄到我在看克莉絲蒂，表情詭異地說：「啊？你在看三毛促銷的這個喔？」

我只記得他抓了一本進廁所，清晨四點多，他敲開我的房門說：「幹，我實在很討厭那個白羅……再拿一本來看看，我跟你說真的，要不是你的書，我真的很想把那個矮儸壓到馬桶吃屎！」

我知道他毀了，愛吃又假客氣，撐著尊嚴騙自己。克莉絲蒂再度優雅地撕破一個高貴的知識份子的假面具，她的手法簡單，那手法叫通俗，絕對自覺的通俗，無與倫比、無法招架的功力。

昔日的文藝青年如今跟我一樣，已然老去，但不時還會看到他寫一些充滿理念和使命感極重的文章，在報紙和雜誌上出現。我知道他要說什麼，只是常常疑惑他想跟誰說；同樣，我記得他說過什麼，但轉眼間忘記他說了什麼。但請原諒我，幾十年前那個晚上，他在我家看完的那兩本克莉絲蒂的小說內容，我可還記得清清楚楚。

也許有一天再遇到他的時候，我會問他之後是否還看過克莉絲蒂其他的書，如果沒有，我會跟他說，想讀要趁早，因為你會老、會來不及。至於白羅那個矮儸，大概永遠不會消失。哦，對了，還有一個叫瑪波，你說不定會來不及認識……

從他種視角到跨界嘗試的閱讀體驗

路那（推理評論家）

說到阿嘉莎．克莉絲蒂，即使是不太常閱讀推理小說的讀者，也很難不聯想到有個完美鬍子的偵探白羅、老小姐瑪波，又或者是她享譽國際的《東方快車謀殺案》、《一個都不留》等名著吧。

克莉絲蒂的廣受歡迎，還在於台灣近乎出版了她的全集。儘管台灣的出版能量相當驚人，但放眼國內外作家，有此殊榮者也在少數。這些作品中，除了廣受歡迎的系列作外，另有數量相對較少的獨立作品。這些作品或受累於知名度不高，或受累於缺乏讀者熟悉的偵探角色，而較少進入讀者的視野之中，然而，這不表示它們本身不值得一讀。

在這裡，我要先岔出去談一下柯南．道爾（Conan Doyle）與莫里斯．盧布朗（Maurice Leblanc）。這兩位除了同樣大受歡迎之外，他們其實也同受被角色綁架之苦——柯南．道爾一心想當個嚴肅作者，為此不惜「殺害」福爾摩斯，卻又在大眾壓力之下不得不讓他神奇地死而復生的事件，相信大家都耳熟能詳。然而，或許不是很多人知道，創造了亞森．羅蘋此一大受歡迎怪盜角色的盧布朗，最終也因羅蘋大受歡迎，且擅長易容的形象深植人心，導致他不得不將新偵探角色吉姆．巴內特（Jim Barnett）降級為羅蘋的分身。與道爾交好的克莉絲蒂，自然理解箇中艱辛，或許也因此早早意識到她不能再重蹈覆轍，是以她不僅致力於故事的創造，同樣致力於角色性格的劃分。但此事並非一蹴可幾。舉例而言，短篇小說〈情牽波倫沙〉的偵探，發表時由帕克．潘擔任偵探角色，稍後又更替為白羅一事，即讓人意識到帕克．潘與白羅之間的共性：相同的公務員退休身分、同樣與偵探小說家奧利薇夫人為好友，帕克．潘的祕書萊蒙小姐日後成為白羅的祕書等，種種線索都暗示著帕克．潘與白羅可能享有的共同根源。然而，是什麼讓帕克．潘沒有被白羅「吸收」，一如巴內特與羅蘋？閱讀《帕克潘調查簿》與收錄於《情牽波倫沙》的兩個短篇時，不妨仔細考察白羅與帕克．潘的不同之處。

除了角色外，故事情節的他種視角乃至於跨界嘗試，也是非系列作品的一大看點。《李斯特岱奇案》、《死亡之犬》、《殘光夜影》等短篇小說集中收錄的作品，有之後遭改頭換面的靈感之作，也有溢出推理小說規制，蔓延至靈異、恐怖、言情等領域之作。它們的開頭，與我們習慣的克莉絲蒂推理小說似無甚差異，然則在一個十字岔路的輕巧滑脫，卻足以造就全然不同的類型閱讀體驗。

同樣的體驗，在非系列長篇小說中亦可一見。不用系列角色，意味著不須遵守類型既定的規範，或受限於角色既有的設定，遂得以更加無拘無束的形式自在揮灑。眾所周知，克莉絲蒂絕非信奉范・達因（S. S. Van Dine）「故事中不能摻有戀愛成分」戒律的一人，相反地，她頗擅長於小說中加入情感元素。她筆下的系列偵探，無論白羅或瑪波，自身均不涉浪漫情感，而多以神仙教父／教母的姿態從旁協助，從而使小說中的推理情節與羅曼史主次分明，僅為點綴。但她筆下這些聰慧的男女，是否始終只能作為系列偵探的配角存在？對此，克莉絲蒂的回答是，許多時候，擺脫了神仙教父／教母的他們，會顯現出更令人矚目的風采。

另一方面，推理小說的大體布局，從謎團初現、偵查過程到真相大白，與羅曼史主角們從陌生到相知到決定是否相守，也自有其契合之處。是以，在克莉絲蒂的非系列作品中，有不少長篇故事均以處於曖昧狀態的男女作為偵查或敘事主體，如《西塔佛祕案》、《為什麼不找伊文斯？》、《死亡終有時》與《白馬酒館》等。其中的情感除了經典的兩情相悅外，亦存在著無私的奉獻，與狡獪的以情感作為武器等多種樣態。

克莉絲蒂同樣擅長以三角關係作為障眼法，從角色間的誤會到敘事手法的誤導等，在在能使讀者以為掌握了十之八九的關係圖，瞬間翻出別樣花色。《無盡的夜》保留了克莉絲蒂時常描繪的羅曼關係，卻撤去了推理小說的型態，改以令人聯想到達芬・杜莫里哀（Daphne du Maurier）的奇情（sensation）風格，確實令人耳目一新，難怪克莉絲蒂會將之選為十大最愛之七。而其自選最愛第八的《畸屋》，則巧妙地擺脫了傳統推理小說家族敘事中以惡意為基底的設定，別出心裁地講述了謀殺如何發生在一個充滿善意的家族之中。《畸屋》之「畸」，既源於同樣具備扼殺力量的善意，也源於天生之惡——克莉絲蒂對善與惡之觀點，由是鋪陳出了一個頗為耐人尋味的視角。

一般而言，以克莉絲蒂為首的黃金時期推理小說家的作品，不太會令人聯想到國際政治、社會情勢等，感覺起來就「硬邦邦」，一點也不「舒逸」（cozy）的事物。它應該是以鄉村、大飯店、（前）殖民地為核心，間或夾雜一兩句讀者也不甚在意的時局觀察以加固背景的狀態。但克莉絲蒂出生於一八九〇年，生平歷經奧匈帝國與俄羅斯帝國的崩潰、兩次世界大戰、經濟大恐慌等，樁樁件件都是近代歷史難以抹滅的大事件，她可能當真無動於衷嗎？是以，早在一九二七年，克莉絲蒂便以白羅為主角，寫出諜報小說《四大天王》，其後更塑造出湯米與陶品絲這對橫跨二次世界大戰的夫妻檔業餘情報員。然而這對歡喜鴛鴦的氛圍，或許終究難以展現克莉絲蒂對戰後國際形勢演變之思慮。職是之故，她持續創作鴛鴦神探的系列之餘，在他們力所未逮之處，再度啟用了非系列角色，《巴格達風雲》、《未知的旅途》、《法蘭克福機場怪客》均是此類作品，試圖傳遞她在《四大天王》中即已反覆論及的「幕後的力量」。

這個「幕後的力量」又是什麼呢？見識過帝國的崩潰，對於早年的克莉絲蒂來說，共產主義無疑是危險的。在她第二部出版品《隱身魔鬼》中，克莉絲蒂將幕後黑手設定為布爾什維克的信徒。然而，伴隨著一九二四年工黨政府首次執政，克莉絲蒂對相關思潮的憂慮似有緩和態勢，此後，她的小說中偶爾會出現被眾人視為嫌疑犯的左翼同情者最終卻得證清白的情節。

伴隨著二戰結束與冷戰的開啟，許多涉及諜報的故事紛紛以蘇俄作為陰謀主腦。但克莉絲蒂頗具深意地將《巴格達風雲》與《未知的旅途》背後的陰謀組織者拐了彎，不以冷戰雙方作為主使者，而是更廣泛地指向「無政府主義者」、「理想主義者」。這樣的觀點，在以新納粹為主軸的《法蘭克福機場怪客》中亦曾多次表述——但這不是說她就放棄了一些既存觀點。不意外地，赫伯特．馬庫色（Herbert Marcuse）、法蘭茲．法農（Frantz Fanon）這些思想家仍舊不討克莉絲蒂的喜歡。

克莉絲蒂對法農等人的抗拒，與她對大英帝國的忠誠，以及對中東（特別是埃及）的偏愛或許不無關聯。眾所周知，克莉絲蒂於一九三〇年結婚的第二任丈夫是考古學家，她因此與中東和考古結緣。當時，方於一九二二年在名義上脫離英國管治的埃及，是個年輕的新興國家，尚未能擺脫殖民宗主國的影響，克莉絲蒂對埃及乃至於中東的描繪，是以多半本於殖民者的視線而開展。她的背景與經驗，決定了她理解的視角。然則，這並不表示她無意了解該地的歷史淵源——以古埃及為背景的《死亡終有時》正是最好的例證。這部入選英國犯罪作家協會「史上百大犯罪小說」第八十三名的精采作品，向讀者講述的不只是一個關於謀殺的故事，更是千年前定居於此的埃及人究竟如何生活的故事。

在《巴格達風雲》中，有一段主角與主謀對峙時的敘述：「人命無關緊要……這是愛德華的信條。那個用瀝青黏補起來、三千年前的粗陶碗突然無來由地閃現在維多莉亞心頭。那些東西當然要緊。小小的日常用品、待養的家人、構築成一個住家的牆壁，還有一兩件被當作寶貝的財產。」顯而易見，對克莉絲蒂而言，考古文物的珍貴，不在於它們悠久歷史或蘊藏的知識，而在於當代人得以透過它們深刻感受過往人們的生活。正是這樣的感受，構築出對人與生命的尊重。這樣的尊重，正是克莉絲蒂推理小說的基石所在吧！

在娛樂之外，還有許許多多閱讀克莉絲蒂的方式，正如同在知名的偵探系列之外，仍存在著許許多多精采的非系列作品一般。你所看到的克莉絲蒂，又是什麼樣子呢？

獻詞

阿嘉莎・克莉絲蒂是世界讀者最眾，也最廣受喜愛的女作家。
身為克莉絲蒂的孫兒，我相信奶奶會非常樂見這次出版，
因為她極以自己作品中的趣味與娛樂為豪。
歡迎所有喜歡本系列的台灣新讀者參與這場饗宴！

——馬修・培察（Mathew Prichard）

01
西塔佛別墅

伯納比少校穿上膠靴，扣好大衣領子，又從門邊的架子上拿起一盞防風燈，小心翼翼地打開他那棟小屋的大門，從縫隙裡向外窺視。

映入眼簾的是一派典型的英格蘭鄉村景象，恰如耶誕賀卡上的圖畫，或是中世紀傳奇劇的舞台布景，一片白雪皚皚，銀妝素裹。紛飛瀰漫的鵝毛大雪已經在整個英格蘭下了四天四夜，眼下積雪無邊無際，不是那種只堆積幾英寸厚的小雪，在這達特穆爾荒原的邊緣，積雪已經厚達數英尺。全英格蘭的住戶都因為供水管線凍裂而苦不堪言，對他們來說，如果能有個朋友是管線工人，哪怕是助手也好，都成了夢寐以求的殊榮。

位於荒原邊緣的這個小小的西塔佛村，歷來與世隔絕，而現在則完完全全斷了塵緣，嚴酷的寒冬變成了令人頭痛的大難題。

然而伯納比少校是個硬漢。他哼了幾下，又嘟囔了一聲之後，便邁著軍人的步伐，闖進風雪中。

他的目的地並不遠，只需沿著一條彎彎曲曲的小巷走幾步，然後拐進一扇大門，再爬上一個尚未鋪滿白雪的小坡，便來到一棟相當大的花崗石建築前面。

穿戴得整齊厚實的女僕打開了大門。少校脫去暖和的英國呢大衣和膠靴，解下那條老舊的圍巾。

一扇門被打開來，他被帶進一個房間。房間裡的景象，不禁使他有種時空錯置的虛幻之感。

雖然才下午三點半，窗簾卻已全都拉下，電燈也開著，壁爐的火正在熊熊燃燒。兩個女人身穿午後休閒連身裙，起身迎接這位身強力壯的老兵。

「伯納比少校，能見到你真是太好了。」年紀較大的那個女人表示歡迎。

「沒什麼，威利特太太，這沒什麼。聽你這麼說，我真高興。」

他和兩個女人逐一握手。

「加菲爾先生就快來了，」威利特太太說，「杜克先生和雷果夫先生也說要來，但這種鬼天氣，誰也不敢說雷果夫先生這把年紀到底能不能來。真是的，天氣實在糟糕透了。總得做點什麼事讓自己高興高興吧。維奧麗，往火裡再添塊柴火！」

伯納比少校頗有騎士風度地應聲而起。

「請讓我幫你添柴火，維奧麗小姐。」

他動作熟練地往壁爐裡投入一塊木柴，又坐回到女主人為他準備的扶手椅上，一邊偷偷打量這間屋子。幾個女人就可以改變屋子所有的特點，這使他大為驚異，儘管乍看之下變動不大。

西塔佛別墅是約瑟夫．崔夫霖上校從海軍退役後建造的，那已經是十年前的事了。他是個很殷實的人，而且一直就希望能在達特穆爾定居。最後他選中了西塔佛這個小村子。該村不像別的村子和農莊，它並不位於河谷地帶，而就在達特穆爾荒原邊緣，位於西塔佛燈塔山的山麓下。他買下一大片地，建造了這棟舒適的別墅，自備小發電站和抽水用的電泵，節省不少勞力。然後，為了便利，他又沿著巷子修建了六棟小屋，每棟占地零點二五英畝。

靠近別墅大門的第一棟租給了他的老朋友約翰．伯納比，其餘則悉數出售給那些出於某種選擇和需要，想住在遠離塵囂鄉野之處的人。這個小村子還有三棟外觀漂亮但已破敗的房子、一家鐵匠鋪、一個兼賣糖果的郵局。最近的小鎮是艾克漢普頓，離這兒不過六英里，有一條陡直的下坡路直通該鎮，名叫達特穆爾大道，路上豎起一塊老幼皆知的警告牌，上面寫著：「駕車者請換低檔減速慢行」。

崔夫霖上校的確是個殷實的人，儘管如此（也或許正好就是殷實之故），他卻是愛錢如命。十月底的某天，艾克漢普頓的一位房屋仲介寫信給他，詢問他是否願意出租西塔佛別墅。有位客人向他打聽，那個人想租用一個冬季。

首先湧上崔夫霖上校心頭的，就是拒絕出租，但接著他又希望多方面進行了解。那個房客是威利特太太，是個寡婦，還帶著一個女兒。最近剛從南非回來，想在達特穆爾租一棟房子過冬。

「天哪，這女人一定是發神經了。」崔夫霖上校說，「呃，伯納比，你對這件事有何想法？」

伯納比的想法跟他幾乎是如出一轍，那回答非常果斷有力。

「既然你不想出租，」他說，「如果她想來這裡挨凍，就讓那個蠢女人上別的地方去吧，虧她還是從南非來的。」

但這番話反倒勾起崔夫霖的金錢情結。在隆冬時節出租房屋，平時連百分之一的希望也沒有。此刻他很想知道房客究竟願意出多少房租了。

結果房客願意每週付十二基尼的租金，於是事情便定了下來。崔夫霖上校去了一趟艾克漢普頓，在鎮郊租了一棟每週兩基尼租金的房子，把西塔佛別墅交給威利特太太，並且預收了一半租金。

「這個傻瓜很快就要跟她的錢說再見了。」他嘟囔道。

不過，當今天下午伯納比偷偷觀察威利特太太時，卻在私底下思考著。他認為這個女人絕非傻瓜。她身材高大，舉止笨拙，然而她的容貌透露出的絕非愚蠢而是睿智。她穿著打扮有點過度講究，滿口刺耳的南非腔，而且對此番遠行歸來頗感滿足。她顯然很有些錢，對於這一點，伯納比已經思考過不只一遍，他認為整件事看起來有點荒唐，因為她顯然不是那種安於寂寞的女人。

作為鄰居，她表現出的友好幾乎令人感到窘迫。她邀請所有人去西塔佛別墅聚會，而且總是要求崔夫霖上校別擺出房東的疏遠姿態。可是崔夫霖上校偏偏不喜歡女人。據說他年輕時曾被某個女人拋棄過，所以他總是固執地拒絕她每一次的邀請。

威利特太太搬進別墅已經兩個月了，村子裡的人對她們母女的到來所引起的驚訝也已經煙消雲散。

伯納比素來是個沉默寡言的人，他只是繼續細心觀察這個女人，顯然並不想閒聊。他認為威利特太太只不過是想讓人以為她傻乎乎的，但實際上並非如此。這就是他的結論。他的目光落到維奧麗．威利特的身上，好個漂亮的女孩，當然，是有點骨瘦如柴，時下的小姐全是這副模樣。如果女人看起來不像個女人，那有什麼好的？報上也說女性窈窕的曲線又再度流行，也是該流行的時候了。

他努力打起精神找話題。

「我們原先擔心你沒辦法過來，」威利特太太說，「你這麼說過，還記得吧。後來你說能來，我們真高興哪。」

「因為是星期五嘛。」伯納比少校的語氣毫不含糊。

威利特太太有些茫然不解。

「星期五？」

「我每個星期五都會去看崔夫霖上校，他則每逢星期二會來看我。我們相互拜訪已經好幾年了。」

「噢，我明白了，你們住得近嘛。」

「已經成為習慣了。」

「但現在仍然這樣做嗎？我是說，他目前住到艾克漢普頓去了。」

「打破習慣確實可惜，」伯納比少校說，「我們倆相聚的那些個傍晚總是待在一起，真令人懷念。」

「你喜歡和人比畫一下，是吧？」維奧麗問，「像是離合詩謎[1]、填字謎等。」

伯納比點了點頭。

「我喜歡填字謎，崔夫霖喜歡離合詩謎。我們各有所好，還挺投入的。上個月填字謎比賽我還贏了三本書呢。」他自告奮勇地說。

「真的啊，太有意思了。那些書都很有趣嗎？」

「不知道，我還沒讀呢。看起來大概沒什麼意思。」

「重要的是獲勝，對吧？」威利特太太含混地問道。

「你怎麼去艾克漢普頓？」維奧麗問，「你並沒有車子啊。」

「我走過去。」

「你說什麼，你不是當真的吧？路程有六英里遠呀。」

「正好鍛鍊身體。十二英里又怎樣？只會讓人身體更健康罷了。身體能健康才重要。」

「真的，有十二英里啊。你和崔夫霖都是了不起的運動員，對吧？」

「我們以前經常一起去瑞士，冬季就做一些冬季運動，夏天就去爬山。崔夫霖滑冰技術真不賴。現在我們都老了，那些運動是做不來了。」

「你還得過軍隊網球賽冠軍，對吧？」維奧麗問。

少校滿臉緋紅，像個女孩子似的。

「誰告訴你的？」他嘟囔著問道。

「是崔夫霖上校告訴我的。」

「喬[2]不該說出來的，」伯納比說，「他太多嘴了。現在天氣怎麼樣了啊？」

維奧麗覺得讓他發窘有些過意不去，便跟著他走到窗前。他們倆拉開窗簾，望著外面一派肅殺的景象。

「還會下雪，」伯納比說，「而且我敢說，會下得很大。」

「啊，太令人興奮了，」維奧麗說，「我認為雪花真浪漫，以前我從沒見過雪。」

1 以各行字首或字尾或其他特定處的字母組合成詞或句。
2 喬是約瑟夫的暱稱。

「供水管線凍住了那就不浪漫啦，傻孩子。」她母親說。

「你之前一直是住在南非嗎，威利特小姐？」伯納比少校問。

女孩身上原有的一點活力突然消失。開口回答時，顯得十分拘謹。

「是的，這是我頭一遭離開南非，我覺得又害怕又高興。」

待在這鄉村荒原，又無親無友的，誰會高興呢？這種想法實在可笑之至。他不明白，這些人到底是怎麼了。

這時門開了，女僕宣布道：「雷果夫先生和加菲爾先生來了。」

來者之一是個上了年紀的乾癟小個頭，另一位則是紅光滿面的年輕人，活像個小男孩。年輕人率先開口。「是我帶他來的，威利特太太。我說過保證不會讓他埋在雪堆裡。哈哈，我說啊，這一切簡直是太棒了，耶誕節的木柴在熊熊燃燒。」

「正像我這位年輕朋友所說的那樣，承蒙他的指引，我才能來到這兒。」雷果夫先生一邊與人握手，一邊煞有介事地說，「你好，維奧麗小姐。這天氣可真是正合時令呀，恐怕是太合時令了吧。」

他邊朝爐火走過去，邊對威利特太太說話。隆納．加菲爾則纏住維奧麗說個沒完。

「我們能不能到哪兒溜冰去？附近有池塘嗎？」

「我看挖路才是你唯一的運動吧。」

「我已經挖了一上午了。」

「哦，你可真行啊。」

「別笑話我好不好。我滿手都起水泡了。」

「你姨媽怎麼樣啊？」

「噢，還是老樣子。有時候她說自己好多了，有時候又說身體更差。但我認為她一直就是老樣子。那樣的生活方式真是糟透了，這你是知道的。每年我都納悶她還能不能這樣活下去，但她依然是老樣子。如果耶誕節你不圍著她打轉，她一定會把錢全捐給流浪貓收容所。她自己就收養了五隻無家可歸的貓。你知道，我只好撫摸著那些小畜生，假裝自己也很溺愛牠們。」

「我比較喜歡狗。」

「我也是。我向來就喜歡狗，我是說，狗就是……呃，狗就是狗，你懂吧。」

「你姨媽向來就喜歡貓嗎？」

「我想，老處女都會變得像貓兒似的。哦，我恨死這些小畜生了。」

「你姨媽是個好人，只是有點讓人感到害怕。」

「我也覺得她滿可怕的，有時候她會凶巴巴打斷我的話，好像我沒大腦似的，你知道。」

「這不是真的吧？」

「哦，注意了，你可千萬別學她。很多人看起來像個傻瓜，暗地裡卻在偷笑呢。」

「杜克先生來了。」女僕宣布道。

杜克先生是最近才遷居到這裡的，九月買下了最後一棟小屋。他是個大塊頭，沉默寡言，對園藝非常熱中。隔壁的雷果夫先生愛鳥成癡，也挺照顧他的，對於一些有關杜克先生的風言風語，雷果夫先生會毫不留情地加以反駁。當然，杜克先生是個很好的人，一點也不擺架子，但畢竟有點……呃，有點什麼呢？誰也說不上來。或許他不像是個退休的商人吧？但是誰也不願去問他，而的確也是不知為妙，因為如果有人清楚他的底細，那就會很難堪，因為在這麼小的村子裡，要保守祕密很困難。

「這種天氣就不要步行去艾克漢普頓了吧？」他問伯納比少校。

「不去了。我想崔夫霖也不認為我會去。」

「真糟糕，對吧？」威利特太太一邊說，一邊打了個冷顫。「被困在這裡，年復一年，真討厭。」

杜克先生飛快地瞥了她一眼，伯納比少校也饒有興致地凝視著她。

正值此時，女僕把沏好的茶送進客廳。

02 訊息

喝完茶之後，威利特太太提議打橋牌。

「我們一共六個人，其中兩個人可以待會兒再參加。」

隆納的眼睛睜大了。

「你們四位先打吧，」他說，「威利特小姐和我待會兒再參加。」

然而杜克先生表示自己不會打橋牌。

隆納的臉色沉了下來。

「我們可以輪著打。」威利特太太說。

「那麼就來玩『桌仙』吧，」隆納建議道，「今晚怪陰森的。你記得吧，我們前天也這麼說來著。在來這裡的路上，我和雷果夫先生也還聊過這東西。」

「我是靈魂研究協會的會員，」雷果夫先生一絲不苟地解釋，「所以這位年輕朋友講錯的地方，我略加指正一二。」

「簡直是胡鬧。」伯納比少校一板一眼地說。

「噢，不過那很好玩，你不覺得嗎？」維奧麗．威利特說，「我的意思是，用不著去相信它靈不靈什麼的。只不過是找樂子，杜克先生，你認為怎麼樣呀？」

「你喜歡就行了，威利特小姐。」

「我們得把燈關掉，還得找一張合適的桌子。不，不要那一張，媽媽，那張太重了。」最後萬事俱備，大家頗感滿意。他們從隔壁房間搬來一張桌面拋光過的小圓桌，安放在壁爐旁邊，眾人圍桌而坐，把手放在桌上，燈也熄了。

伯納比少校坐在女主人和維奧麗之間。維奧麗的另一側坐著隆納．加菲爾。少校嘴角浮起一絲嘲諷的微笑。他心想：「年輕的時候，我們玩的是『簡金斯，舉手』[3]。」一邊竭力想起一個女孩的名字來。這女孩有一頭蓬鬆的金髮，他曾經在桌下握著她的手好一會兒。那是多年以前的事了，不過「簡金斯，舉手」真是個好玩的遊戲。

大家時而朗聲大笑，時而低聲細語，要不就說些老生常談的應酬話。

「這些亡靈老早以前就存在了。」

「噓！如果我們不認真，那就不靈了。」

「什麼也沒有嘛。」

「當然，剛開始總是這樣。」

「安靜下來就對了。」

過了一會兒，竊竊私語終於停止了。

客廳裡一片寂靜。

「這桌子一點動靜也沒有。」隆納·加菲爾不耐煩地說。

「噓，別出聲。」

拋光的桌面顫動了一下，桌子開始搖晃起來。

「提問題吧。誰問啊？你問吧，隆納。」

「嗯，我……我要問什麼？」

「有亡靈嗎？」維奧麗提醒道。

「噢，喂，有亡靈嗎？」

桌子劇烈地晃動了一陣。

「這就表示是『有』。」維奧麗說。

「哦！呃，那……你是誰呀？」

沒有回答。

3　一種成人、兒童皆宜的遊戲。參與者分成兩隊坐在長桌兩邊，互猜敵方的銅板傳到哪個人手中。

「讓它拼出自己的名字吧。」

桌子又開始劇烈地搖晃起來。

「它晃了九下，ABCDEFGHI，到底是I還是J？」

「問它是不是I。」

桌子晃了一下。

「對了，請拼寫出下一個字母。」

亡靈的名字叫 I—D—A，艾達。

「你要給在場的人捎個訊息嗎？」

「要。」

「捎給誰，要捎給威利特小姐嗎？」

「不是。」

「是威利特太太嗎？」

「不是。」

「是雷果夫嗎？」

「不是。」

「是捎給我嗎？」

「是。」

「是捎給你的，隆納。讓它拼寫出來。」

桌子拼寫出的是戴安娜。

「誰是戴安娜呀？你知道有誰叫戴安娜嗎？」

「哎呀，我不知道。不過至少……」

「沒錯，至少它是拼出來了。」

「問問它，她是不是寡婦？」

大家就這樣不停取樂，雷果夫先生寬容地微笑著。年輕人總免不了嬉鬧一陣。爐火閃現之際，他瞥見女主人的臉。那張臉上滿是憂慮，同時又是一副心不在焉的樣子。她的思緒不在這裡，而是在某個遙遠的地方。

伯納比少校想著雪。今晚又將是大雪瀰漫，這是他記憶中最嚴酷的一個冬天。

杜克先生很認真地玩著，可是亡靈卻很少理睬他。訊息看來全是捎給維奧麗和隆納。

亡靈告訴維奧麗她將會去義大利，而且會有人陪她去。陪她去的人不是女人而是個男人。這位男士名叫李奧納多。

眾人益發大笑不止。桌子拼寫出那個城市的名字，讀起來像一堆亂糟糟的俄文，一點都不像是義大利的地名。

大家又如往常一樣互相發出責難。

「喂，維奧麗（已經沒人再叫她威利特小姐了），你在使勁推桌子。」

「我沒推，你瞧，我的雙手沒碰桌子，但它還是在搖晃。」

「我喜歡桌子輕敲，我要請亡靈敲桌子，敲大聲點。」

「它會敲的。」隆納轉身對著雷果夫先生。「應該會敲吧，是嗎，先生？」

「在目前這種情況下，我看大概很難。」雷果夫先生冷冷地說。

遊戲停下來。桌子也沒了動靜，不再回答問題。

「艾達走了嗎？」

這時桌子又緩慢地搖晃了一下。

「請問，還會有亡靈來嗎？」

沒有回答。突然間，桌子開始抖動，接著又劇烈地晃動起來。

「太好了，你是新來的亡靈嗎？」

「是的。」

「你要帶來什麼訊息嗎？」

「是的。」

「有我的嗎？」

「沒有。」

「有維奧麗的嗎？」

「沒有。」

「有伯納比少校的嗎？」

「有。」

「是給你的，伯納比少校。請你拼寫出來，好嗎？」

桌子開始緩慢地搖晃起來。

「T—R—E—V，能確定最後那個字母是V嗎？不會吧。TREV，這可沒有什麼意義呀。」

「是指崔夫霖，當然，」威利特太太說，「是崔夫霖上校。」

「你說的是崔夫霖上校嗎？」

「是的。」

「你有訊息要帶給崔夫霖上校嗎？」

「沒有。」

「那麼到底是什麼呢？」

桌子開始緩慢而有節奏地搖晃，慢得足以讓人一個字一個字數出來。

「D……」停頓片刻後，桌子又繼續晃動。「E—A—D。」

「DEAD，死了。」

「有人死了嗎？」

桌子沒有回答，又搖晃起來，直到拼寫出字母T才停下來。

「T……你是指崔夫霖嗎？」

「是的。」

「你該不是在說崔夫霖死了吧？」

「是的。」

桌子又劇烈地搖晃了一下。

「是的。」

有人在喘氣，桌子周圍起了一陣小小的騷動。

隆納又問了一遍，這一次他的語調不同了，帶著不安和敬畏。

「你是說崔夫霖上校死了？」

「是的。」

又是一陣沉默。似乎沒人知道下個問題該問什麼，也不知如何應付這出乎意料的巨變。

一陣停頓之後，桌子又開始搖晃起來。

隆納有節奏地緩緩拼讀出那幾個字母來：「M—U—R—D—E—R，謀殺！」

威利特太太尖叫一聲，把雙手從桌面上移開了。

「我不想再玩下去了，真可怕。我不想玩了。」

杜克先生的聲音聽來渾厚又清晰。他問桌仙：「你是說……崔夫霖上校被謀殺？」

話音未落便有了答案。桌子猛然一晃，幾乎要翻倒，而且只搖晃了一次。

「是的。」

「你們瞧，」隆納邊說邊把手從桌面上移開。「這種遊戲真是亂七八糟。」他的聲音在打顫。

「把燈打開吧。」雷果夫先生要求。

伯納比少校起身，擰亮了電燈。強烈的燈光照射在大家蒼白不安的臉上。

大家面面相覷，默然以對。

「真是一團糟，就這樣。」隆納一邊說，一邊忐忑不安地笑了笑。

「胡說一通，」威利特太太說，「真不該……開這種玩笑。」

「不該開玩笑說誰死了，」維奧麗說，「真是的……噢，我很不欣賞這種玩笑。」

「我沒推桌子，」隆納說，顯然他覺得批評落到了他的頭上。「我發誓，我沒推桌子。」

「我也是。」杜克先生說，「你呢，雷果夫先生？」

「我當然沒推。」雷果夫先生態度溫和地回答。

「你們該不會以為我會開那種玩笑？」伯納比少校低聲吼道，「這種把戲真低級。」

「親愛的維奧麗……」

「我沒有，媽媽，我真的沒有，我不會開這種玩笑。」

女孩幾乎要失聲哭泣了。大家都頗感尷尬，興高采烈的聚會突然像是遭了瘟疫。

伯納比少校推開扶手椅，走到窗戶前，拉開了窗簾。他背對著大家，佇立在那兒。

「五點二十五分。」

雷果夫先生瞧了一眼時鐘，又比對了一下自己的手錶。每個人都覺得他的這個舉動似乎帶有某種重要的意義。

「依我看，」威利特太太強顏歡笑地說，「我們最好喝點雞尾酒吧。加菲爾先生，你按一下鈴好嗎？」

隆納依言按鈴。

調製雞尾酒的原料送進了客廳，隆納被指定為調酒人。緊張不安的氣氛緩和了下來。

「啊，」隆納舉杯說道，「乾杯吧。」

大家應聲舉起酒杯，只有佇立在窗前的伯納比少校依然文風不動。

「伯納比少校，你的雞尾酒。」

少校一驚，隨即緩緩轉過身來。

「謝謝，威利特太太，我不想喝。」他的目光再度投向夜色，繼而又緩慢地投注在壁爐前的眾人身上。「今晚過得真高興，謝謝大家。晚安。」

「你別去了吧？」

「恐怕非去不可。」

「別這麼匆匆忙忙的嘛，今晚的天氣真是糟透了。」

「對不起，威利特太太，但我非去不可。要是有電話就好了。」

「電話？」

「是的，說老實話，我……呃，我想確定喬．崔夫霖是不是安然無恙。雖然這只不過是愚蠢的迷信……但我就是擔心。當然，我不會相信這種胡鬧，但是……」

「但是你去哪兒打電話？西塔佛村並沒有安裝電話呀。」

「是啊，正因為沒辦法打電話，所以我非去不可。」

「非去不可……但路上已經沒法通車了呀。在這種天氣下，葉默才不願意開車出門。」

葉默是此地唯一一輛汽車的主人，那是輛老掉牙的福特，有人要去艾克漢普頓時，就出高價向他租用。

「不是這麼回事，不是有車沒車的問題。我可以靠兩條腿走過去，威利特太太。」

大家一致表示反對。

「哎呀，伯納比少校，走著去可不行。你剛才還說要下雪了。」

「一小時甚至更長的時間內還不會下。我這就走，不用擔心。」

「你可不能去，我們不許你去。」

威利特太太甚感困惑不安。

無論大家怎樣勸說，請求他別去，但這對伯納比少校毫無作用。他態度堅定，無動於衷，十分執拗，對任何事情一旦下定決心，便勢不可擋。

他決心步行去艾克漢普頓，親眼看看老朋友是否安然無恙，這種想法他至少說了五、六遍之多。

最後大家終於明白了，他是一不做二不休的。少校把大衣緊裹在身上，點亮防風燈，健步踏入夜色之中。

「我順路回家帶個暖瓶，」他興高采烈地說，「然後就直奔目的地，崔夫霖會讓我在那兒過夜的。這種玩笑真是糟糕透頂，不會有事的，別擔心，威利特太太。不管下不下雪，我都會在一小時之內趕到那兒。晚安。」

他邁步離去，其餘的人又回到爐火邊。

雷果夫抬頭仰視著夜空。

「要下雪了，」他悄聲對杜克先生說，「在他到達艾克漢普頓之前就會下，我希望他平安無事走到那裡。」

杜克先生蹙了蹙眉頭。

「我該和他一塊去。我們應該有個人陪他去才對。」

「太讓人傷心了，」威利特太太說，「真是太讓人傷心了。維奧麗，我不准你們再玩這種遊戲了。可憐的伯納比少校即便不凍死，也可能會一頭栽進雪堆裡。當然囉，這把年紀了，像那樣走著去可真是愚蠢極了。」

不過即使到了現在，他們也還不是那麼放心。

萬一崔夫霖上校出了什麼事，那可怎麼辦？萬一……

03 五點二十五分

兩個半小時後，也就是將近八點的時候，伯納比少校手提防風燈，低下頭來，躲避那迎面撲來、令人視線迷茫的漫天風雪，跌跌撞撞走上通往哈茲莫小屋的坡路。這棟房子是崔夫霖上校租用的。

大雪是一小時前開始紛飛而下，此時已鋪天蓋地，四野瀰漫。伯納比少校氣喘吁吁，粗聲粗氣地喘著，早已走得精疲力竭。他快凍僵了，一邊跺腳，一邊喘著氣、噴著鼻息，用麻木的指頭按響了門鈴。

門鈴聲尖銳刺耳。

伯納比等著。幾分鐘過去了，屋裡毫無動靜。他再次按響了門鈴。

屋裡依然悄無聲息。伯納比第三次按響門鈴，並把指頭一直按住不放。

門鈴尖銳地響著，但屋裡仍是一片死寂。

門上有個門環，伯納比少校一把抓起，使勁擊打著，那聲音簡直就跟打雷差不多。然而屋裡依然一片死寂。少校不再敲門，他站立片刻，茫然無措，然後緩緩踱下斜坡，來到大門口，沿著道路往艾克漢普頓走去。走了幾百碼之後，來到警察局門前。

他有點躊躇，接著下定決心，推開了警察局的門。

警員桂福司與少校相識，他驚訝地站起身來。

「哦，沒想到在這樣的夜裡你還會出門，先生。」

「聽著，」伯納比簡短地說，「我在上校的門上又是按鈴又是搥打的，不過就是沒有人應答。」

「噢，當然，今天是星期五嘛，」桂福司說，他對這兩個人的習慣瞭如指掌。「在這樣的夜晚你不會是從西塔佛來的吧？上校絕不會料到你要來。」

「不管他有沒有料到，反正我是來了。」伯納比煩惱地說，「我跟你說過，我進不了他家的門。我按了門鈴，又使勁在門上敲打，卻沒人應門。」

這種不安情緒有點傳染給了警員。

「那就怪了。」說著說著他蹙起了眉頭。

「他不可能出去，尤其是在這種天氣。」

「他當然不可能出去。」

「那就怪了。」桂福司又說了一遍。伯納比對警員的遲鈍顯得很不耐煩。

「你不打算去看看嗎？」他陡然問道。

「去看什麼呀？」

「去做點什麼事吧。」

警員衡量著。

「是不是病倒了？」他臉上露出興奮的神色。「我打電話試試看。」

電話就在他旁邊，他拿起話筒，撥了號碼。但無論是之前的敲門聲還是電話鈴聲，崔夫霖上校全都毫無反應。

「看樣子他是病倒了，」桂福司警員掛好話筒。「而且是孤家寡人獨自病倒在家。我們最好把華倫醫生請來，讓他和我們一起去看看。」

華倫醫生家近在咫尺，幾乎就在警察局的隔壁。醫生剛坐下來進晚餐，聽到呼叫，有些不高興。但儘管不情願，他還是同意和他們一起去。他披上一件暖和的呢大衣，套上一雙橡皮手套，再圍上圍巾。

大雪依然紛揚而下。

「這該死的鬼天氣，」醫生悄聲說道，「但願你別讓我白跑一趟。崔夫霖壯得像頭牛，從來沒病倒過。」

伯納比沒應聲。

來到哈茲莫小屋，他們又按鈴、又敲門，但屋裡毫無動靜。

於是醫生建議繞到房子後面的落地窗那兒去。

「從窗戶進去比從前門進去容易。」

桂福司表示同意，三個人繞到了房子後面。他們曾經試著推開一扇側門，可是那扇門上了鎖。

此刻他們來到通往後窗那滿是積雪的草坪上。驀地，華倫醫生發出一聲驚呼。

「啊，書房的窗子……是打開的。」

那扇落地窗果然是打開的，他們趕緊疾步來到窗前。在這鵝毛大雪鋪天蓋地、空氣寒冷徹骨的夜晚，沒人會開窗戶。和客廳相連的書房裡，燈火通明，一道窄長的黃光從裡面透射而出。

三個人同時趕到窗戶前，伯納比第一個衝進去，警員緊隨而上。

兩人一進書房就驚呆了，伯納比這個老年人不禁發出一聲壓抑的呼喊。緊接著華倫醫生也進來了，跟他們倆一樣，吃驚地目睹了書房裡的那一幕。

只見崔夫霖上校臉朝下趴在地上，四肢攤開。房間裡凌亂不堪，五斗櫃的抽屜全都拉開了，地上滿是文件。他們身後那扇落地窗的鎖被砸爛。崔夫霖上校的身旁則有一根直徑二英寸的鐵管，用深綠色氈呢毛料包裹著。

華倫醫生一個箭步竄到前面，跑到匍伏在地的軀體旁。

只一會兒他便站起身來，面色蒼白。

「他死了嗎？」伯納比問。

醫生點點頭，然後轉身對著桂福司說：「你來說說該怎麼辦吧。除了檢查屍體外，我也無能為力了，也許你希望在警官抵達之前不要驗屍吧。我現在可以告訴你致死原因：顱骨底部粉碎性骨折。凶器應該可以猜得出來。」

他指了指裹著深綠色氈呢的鐵管。

「崔夫霖總是把這些鐵管堵在門下，以防室內的暖氣跑出去。」伯納比聲音嘶啞地說道。

「是的，這東西挺管用，和沙袋一樣。」

「我的天呀！」

「但是瞧瞧這兒，」警員插話道，他逐漸搞清楚狀況了。「你的意思是說，這裡發生了謀殺案？」

警員跨步走到桌邊，桌上有一具電話。伯納比少校朝醫生走去。

「對於他死了多久這個問題，」他邊說邊沉重地呼吸著。「你有什麼看法？」

「死了兩個小時，或者三個小時。這只是粗略的估計。」

伯納比用指頭按住乾焦的嘴唇。

「你認為，」他問道，「他可能是五點二十五分遇害的嗎？」

醫生驚訝地望著他。

「如果你要我說出準確的時間，我認為差不多就是這個時間。」

「哎呀，我的天哪！」伯納比嘆道。

華倫醫生凝視著他。

少校茫然地摸索著走到扶手椅頹然坐下，一邊自言自語地咕噥著，臉上一派驚訝害怕的表情。

「五點二十五分……啊，我的天哪。那麼說，桌仙說的竟是真的了。」

04

納拉科特警官

悲劇發生後的第二天上午，有兩個男人站立在哈茲莫小屋的書房裡。

納拉科特警官四下巡視，眉頭微微蹙起。

「哦，」他沉思道，「是這樣啊。」

納拉科特警官是個非常精明能幹的人。他性格沉穩、意志堅強，思維極富邏輯，對案情明察秋毫，往往能看出別人忽略的小細節，因此辦案十分成功。

他身材高大，風度穩健，一雙灰色眸子深邃明亮，說話舒緩，略帶輕微的德文郡口音。

他從伊克塞特被召來負責辦理此案，搭乘今天上午的頭班火車到達這裡。因為公路已被大雪阻斷，無法通車，就算套上防滑鏈也沒辦法，要不然前一天晚上早該到了。此刻他正站在崔夫霖上校的小書房裡，剛做完初步檢查。和他一起的是艾克漢普頓的帕洛克警佐。

「是這樣啊。」納拉科特警官又說。

一抹冬日灰白的陽光從窗口照射進來，窗外是白雪皚皚的原野，離落地窗一百碼遠處有個圍欄，再往上就是積雪覆蓋的陡坡了。

納拉科特俯身對著屍體，再次進行檢查。死者體格健壯，他看到運動員的特徵：寬闊的雙肩，窄窄的上身，肌肉鼓脹結實。小小的頭牢牢嵌在肩上，兩撇尖翹的海軍鬍梳理得整整齊齊。他估計崔夫霖上校的年紀約莫六十歲，不過看起來頂多五十一、二歲。

「唉！」帕洛克警佐發出一聲嘆息。

納拉科特警官問：「你有什麼想法？」

「呃……」

帕洛克警佐搔著腦門。他為人謹慎，如非必要，從不過早下結論。

「呃，」他回答道，「據我看，長官，凶手來到窗外，把鎖砸了，接著就闖進來偷東西。我想崔夫霖上校當時是在樓上，盜賊以為屋裡沒人。」

「崔夫霖上校的臥室是哪一間？」

「在樓上，長官，就在這個房間的上面。」

「每年這個時候，大概四點天就黑了。如果崔夫霖上校在樓上臥室裡，那電燈就應該是開著的，強盜應該看得見。」警官說。

「你是說強盜等在屋外伺機下手？」

「如果屋裡電燈開著，沒人會破窗而入。如果有人破窗而入，一定是以為屋裡沒人。」

帕洛克警佐搔著腦門，又說：「我覺得有點怪，但情況就是這樣。」

「現在暫時不談怪不怪的問題。往下說吧。」

「呃，假設上校聽見樓下有動靜，於是下樓察看，強盜聽到他下樓，就抓起鐵管，躲在門後，等上校一進來便從後方把他打倒在地。」

納拉科特警官點了點頭。

「對，很可能。他是面對窗戶時被打倒的，不過，帕洛克，我仍然不相信會是這樣。」

「不相信嗎，長官？」

「對，不相信。我不相信下午五點會有人破窗而入。」

「嗯，強盜或許以為機會來了吧。」

「不是機會不機會的問題，如果窗閂沒有插上，強盜就可以溜進來。照理說強盜會先去什麼地方？應該是放銀器的餐具室。你看這裡被弄得一團糟，這分明是故意破窗而入。」

「說得對。」警佐表示贊同。

「你看這種亂糟糟的樣子，」納拉科特繼續說，「抽屜給拉了出來，裡面的東西撒了一地。哼，這是故布疑陣。」

「故布疑陣？」

「你瞧瞧窗戶吧，警佐。落地窗並未上鎖，卻被砸開了，它只是虛掩著，然後從上面把它砸破，造成一種破窗而入的樣子。」

帕洛克仔細察看窗門，驚呼了一聲。

「你說得對，長官，」他語氣裡透著敬佩。「但誰會這麼做？」

「這個人想要騙我們，可是沒有得逞。」

聽到警官說的是「我們」，帕洛克警佐心裡很感激。納拉科特警官對這些細節如此周到小心，頗得下屬好評。

「那就不是小偷了。長官，你的意思是熟人幹的。」

納拉科特警官點了點頭。

「對，」他說，「不過唯一讓人覺得奇怪的是，凶手確實是從窗戶進來的。根據你和桂福司的報告，其實我現在也還看得到，在雪融化的地方還留有溼鞋印，凶手的靴子曾在雪地上踏過。那種溼鞋印只有這個房間有，桂福司警員很確定，當他和華倫醫生走過玄關時，那裡並沒有溼印子，然而一進到這個房間，他馬上就發現了。這表示，是崔夫霖上校讓凶手從落地窗進來的。所以，凶手一定是熟人。你是本地人，警佐，你能否告訴我，崔夫霖上校是不是個容易招怨樹敵的人？」

「不，長官，我認為他應該沒有什麼仇人。他有點看重錢財，對己對人也有點嚴厲，看不慣邋遢的作風和粗暴無禮的態度，不過說句實話，他反倒因此而受人尊敬呢。」

「沒有什麼仇人。」納拉科特若有所思地說道。

「至少在這兒沒有什麼仇人啦。」

「這樣啊……不過在他的海軍生涯裡是否樹過敵，我們卻不得而知。根據我個人的經驗，警佐，若一個人曾在某處樹敵，也會在別的地方樹敵，但我暫且不考慮這種可能性。我們按照邏輯尋找下一個動機，也就是每種罪行通常都會有的動機：利益。我看，崔夫霖上校是個有錢人吧？」

「從各方面來看，他都是個有錢人，但很吝嗇。從他那兒很難募到捐款。」

「哦。」納拉科特沉吟道。

「可惜下了雪，」警佐說，「不過有雪才能留下腳印，留給我們一點線索。」

「屋裡沒有其他人嗎？」警官問。

「沒有，近五年來，崔夫霖上校只有一個僕人，他也是個退伍海軍。此外，還有個女人每天會從西塔佛別墅那邊過來。但是燒飯、照顧主人等事，都是由這個名叫伊凡斯的僕人料理，大約一個月前，伊凡斯結了婚，這讓上校很懊惱。我認為他把西塔佛別墅出租給那個從南非來的女人，就和這件事有關。他不願意屋裡有女人走動。伊凡斯目前和妻子住在福爾街，就在轉角那邊不遠。每天來一趟，幫他打雜。我已經要他過來一趟了，你可以見見他。他說昨天下午是兩點多離開這裡的，因為上校沒什麼別的工作要他做。」

「對，我是該見見他。也許他能告訴我們一些事，一些有用的資訊。」

帕洛克警佐饒有興致地看了他的上司一眼。警官的話中有某種令人感到奇怪的語調。

「你認為……」他開口說道。

「我認為，」納拉科特警官一板一眼地說道，「這個案件並不像表面看來那麼簡單。」

「在哪些方面，長官？」

警官未予置喙。

「你說這個名叫伊凡斯的人現在在這兒？」

「他在飯廳裡等著。」

「好，我馬上去見他。他是個什麼樣的人？」

帕洛克警佐對報告案情很在行，但要描述人的模樣可就難為他了。

「是個退休海軍，我想，他的模樣醜陋。」

「他喝酒嗎？」

「他是我見過喝得最凶的酒鬼。」

「他妻子怎麼樣？上校不喜歡她吧？」

「嗯，是不喜歡，長官。崔夫霖上校才不是那種憐香惜玉的類型。大家都說他恨死女人了，就這麼回事。」

「伊凡斯對主人很忠心吧？」

「大家都這麼認為，長官。如果他對主人不忠心，別人一定會知道。艾克漢普頓太小了嘛。」

納拉科特警官點點頭。

「好了，」他說，「這兒沒什麼可看的了。我去跟伊凡斯談談，再看看別的房間，然後我們去三冠旅社見見伯納比少校。當他提到崔夫霖上校遇害的時間時，說的話有點奇怪。是五點二十五分，對吧？他一定知道某些情況，但沒有說出來，不然他怎麼會把凶手做案的時間說得那麼準確呢？」

兩人朝大門走去。

「這件事可真夠奇怪的，」帕洛克警佐說，目光掃視著地板上的一片狼藉。「強盜把這裡搞得一團糟！」

「並不是這一團糟使我覺得奇怪，」納拉科特說，「在目前這種情況下，也許覺得奇怪倒是正常的。不，使我覺得奇怪的是那扇窗戶。」

「是那扇落地窗嗎，長官？」

「對。凶手幹嘛要到窗戶那兒去？假設對方是崔夫霖的熟人，不消說，他一定會讓對方進來，但幹嘛不走前門？這麼個寒夜，要從路上繞到窗戶這裡來是很難走的。雪積得這麼深，很不好走哇。一定有什麼別的原因。」

「也許吧，」帕洛克猜測道，「也許那個人不願讓別人看見他是從路上拐彎過來的。」

「昨天下午不會有什麼人去拜訪，也不會有人待在戶外。不過，一定有什麼別的原因。啊，也許到時候就知道了。」

05 伊凡斯

伊凡斯在飯廳裡等著，見他們進來，馬上恭敬地起身迎接。

他是個矮壯結實的人，雙臂很長，站起身來時總是半握著拳頭，這成了他的習慣。他臉上刮得很乾淨，豬崽般的眼睛又小又圓，不過看起來神情愉快，精明強悍，彌補了那鬥牛犬般的外表所造成的缺陷。

納拉科特警官暗自估量著他給人的第一印象：「聰明機敏，講究實效。但看上去也有點茫然失措。」

他開口問道：「你就是伊凡斯吧，嗯？」

「是的，先生。」

「你的教名呢？」

「羅伯特・亨利。」

「唔，關於上校的死，你知道些什麼？」

「一無所知，先生。這可真把我給弄迷糊了。真想不到上校怎麼會讓人給殺了。」

「你最後一次見到主人是什麼時候？」

「大約是兩點吧，先生。我收拾完午餐的殘羹剩飯，把餐桌擺好以便晚上用餐，就像你看到的，就在這兒。然後上校就告訴我晚上不必再來了。」

「你平常都會再來嗎？」

「平常我會在傍晚七點左右回來，做幾個小時的工作。有時候上校會叫我不必來，但這種情況不多。」

「那麼昨天他叫你傍晚不必再來時，你並不感到吃驚吧？」

「的確不意外，先生。前天傍晚我也沒再來，因為天氣實在太糟了。他真體貼，我是說上校這個人真是個好好先生啊，只要你做事不推諉就行了。我很了解他。」

「他究竟說了些什麼？」

「呃，他對著窗外說：『今天伯納比應該不會來了。一點也不奇怪，西塔佛想必和外界完全隔絕了。從小到大還沒遇到過這樣的寒冬呢！』他說的是他的朋友伯納比少校。少校總是星期五從西塔佛過來，他們倆下棋、玩離合詩謎什麼的。每逢星期二，上校就去伯納比少校家，這個習慣從未改變。當時他是這麼對我說的：『伊凡斯，你現在回家去吧，晚上不用來了，明早再來吧。』」

「除了提到伯納比少校，他沒提到過那天下午要等什麼其他人嗎？」

「沒有，先生，什麼也沒提到。」

「他態度上有什麼不尋常的地方嗎？」

「沒有，先生，我看不出來。」

「噢，我明白了，伊凡斯，你剛結婚嘛。」

「是的，先生，我妻子是『三冠旅社』貝林太太的女兒。我兩個月前才結婚的，先生。」

「崔夫霖上校對你結婚不太高興吧？」

伊凡斯霎時露齒而笑。

「他還為此大發脾氣呢。是的，上校就是這樣。我的瑞貝嘉是個好女孩啊，先生，而且還燒得一手好菜呢。我原本以為我們倆可以一起為上校工作，但他……他連聽都不想聽，說西塔佛別墅不需要女僕。先生，當時事情弄得有點僵，剛好從南非來的那位太太來到西塔佛，想租用那棟別墅過冬，上校就租了這裡的房子，我每天來幫他打雜。我可以把我的盤算告訴你，先生，我曾經希望，等冬天一過上校就會回心轉意，那時我和瑞貝嘉就可以回西塔佛別墅了。是呀，他根本就不會察覺屋裡多了個女人，她可以待在廚房，可以刻意迴避，不會讓他在樓梯上碰見她。」

「崔夫霖上校如此討厭女人，你知道是什麼原因嗎？」

「不知道，先生。應該只是出於習慣而已，先生，就是這樣。我從前也見過這樣的紳士。如果你問我，那大概只是害羞什麼的。可能年輕時有些女孩讓他們吃過苦頭，結果他們就討厭女人，養成了習慣。」

「崔夫霖上校沒結過婚嗎？」

「是沒有，先生。」

「你知道他有什麼親戚吧？」

「我知道他有個姐姐住在伊克塞特，先生，我還聽他提過幾個外甥或外甥女。」

「他們沒來看過他嗎？」

「沒來過，先生。我想他在伊克塞特和他姐姐吵了一架。」

「你知道她姓什麼嗎？」

「賈德納，我想應該是吧，先生。但我不敢確定。」

「你知道她的地址吧？」

「不知道，先生。」

「好，等我們查過崔夫霖上校的文件就會知道，這沒問題。呃，伊凡斯，你本人昨天下午四點之後在做什麼？」

「我待在家裡，先生。」

「你家在哪兒？」

「就在轉角那邊，先生，福爾街八十五號。」

「你沒出去嗎？」

「沒有啊，先生。唉，雪下得可真大呀。」

「是的，是的。有誰能證實你說的話嗎？」

「你說什麼，先生？」

「有誰知道你那段時間是待在家裡？」

「我妻子，先生。」

「就她和你在家嗎？」

「是的，先生。」

「可以了，呃，我相信你說的話。就談到這裡吧，伊凡斯。」

這個退伍士兵猶豫著，沒有動彈。兩隻腳交替擺動。

「我在這裡能幫上什麼忙嗎，先生？要不要打掃乾淨？」

「不用了，這裡目前得完全保持原狀。」

「明白了。」

「你還是再等一下吧，等我四處查看一下再說，」納拉科特說，「也許我有什麼問題還要問你呢。」

「好的，先生。」

納拉科特的目光從伊凡斯身上移到屋裡。

這次他來到飯廳，餐桌上已擺好了晚餐，有牛舌冷盤、泡菜、奶酪和餅乾，火上還煨著一鍋湯。餐桌旁邊還有張桌子，餐具櫃裡有個上鎖的透明酒櫃、一根吸管和兩瓶啤酒。此外還有許多銀盃，有三本嶄新的小說和銀盃放在一起，顯得很不協調。

納拉科特警官查看了一兩只銀盃，讀著上面刻寫的文字。

「崔夫霖上校像個運動員。」他說。

「沒錯，先生，他這輩子就是個運動員嘛。」

納拉科特警官讀著小說的名字：「《轉動愛情的鑰匙》、《林肯郡的風流男士》、《愛之囚籠》。唔，」他說，「上校的文學趣味看起來有點奇怪呢。」

「哦，先生，」伊凡斯笑了。「那不是他在看的書，先生。那是他參加一些『看圖猜鐵路』比賽獲得的獎品。上校用不同的化名回答了十個問題，包括我的名字在內，因為他說福爾街八十五號是個容易得獎的地址。上校的意思是，如果你的姓名、地址愈普通，就愈可能獲獎。我的確得了獎，但不是兩千英鎊，而是三本新的小說，就是那種小說嘛，那種絕不會有人願意花錢在店裡買的書。」

納拉科特不禁笑起來，接著又要求伊凡斯再等一下，他要繼續做檢查。飯廳一角有個大櫥櫃，大得像個小屋子，裡面雜亂地堆放著兩副滑雪板、一副小艇用的短槳、大約一打河馬牙齒、一些釣竿和釣魚線、各式各樣的漁具、一本有關蛇類的書、一袋高爾夫球桿、一支網球拍和一隻填充好、安裝在虎皮座上的象腳。崔夫霖上校顯然在整修西塔佛別墅時，把最值錢的東西都帶過來了。他怕那對母女會碰這些蒐藏品。

「真好笑，竟把這些東西全都帶著。」警官說，「別墅只出租幾個月，對吧？」

「沒錯，先生。」

「這些東西本來可以鎖在西塔佛別墅的吧？」

伊凡斯再次微笑。

「如果那樣做，就會方便多了，」他表示贊同。「並不是西塔佛別墅的櫥櫃不夠多，雖然崔夫霖和建築師設計的櫥櫃不算多……因為只有女人才懂得櫥櫃的重要性。不過，先生，就像你剛才說的，如果鎖在西塔佛，那就方便多了。因為把這些東西帶到這裡來是要費點勁的，但是，你知道，上校就是不願意讓任何人觸碰他的東西。他說，就算你把東西鎖起來，女人出於好奇，還是有辦法把它們弄到手，他就是這麼說的。他說如果你不想讓她們觸碰這些東西，那就別鎖起來，最好隨身帶著，才會安全。於是我們就把這些東西全帶到這裡，我剛才說過了，這滿費事，也花了不少錢。不過你知道，上校的這些東西就像是他的孩子似的，寶貝得很。」

伊凡斯喘了口氣，不再說話。

納拉科特警官沉默不語地點點頭，他還需要再多了解一些事，如果話題能十分自然地提起，就再好不過了。

「這位威利特太太，」他漫不經心地問，「是崔夫霖上校的老朋友還是老相識？」

「噢，不是，先生，上校不認識她。」

「你確定嗎？」警官厲聲問道。

「呃，」警官的話讓這個海軍退伍士兵又興致勃勃了。「上校從未這麼說過……但是，啊，對了，我敢確定他不認識她。」

「我之所以這麼問，」警官解釋道，「是因為大冷天的，這種季節出租房子讓人覺得很奇怪。另一方面，如果威利特太太跟崔夫霖上校相識，又知道這個別墅，她就會直接寫信向他租借。」

伊凡斯搖搖頭。

「是仲介商經手的，威廉森房屋仲介的人寫信給上校，說有位女士要租房子。」

納拉科特警官的眉頭又蹙了起來，他認為出租西塔佛別墅這件事實在很古怪。

「崔夫霖上校和威利特太太見過面吧？」他問道。

「哦，見過。她來看過房子，上校帶她看過房子。」

「你確定他們以前從未見過面嗎？」

「嗯，確定沒見過面，先生。」

「他們倆，呃……」警官欲言又止，他想把問題盡量問得自然一些。「他們倆相處得好嗎？友善嗎？」

「那位女士很友善，」伊凡斯嘴角泛起微笑。「就是這樣，她不停地稱讚那棟別墅，問他是不是修建前設計過，大肆吹捧了一番，就是這樣。」

「那麼上校呢？」

伊凡斯的笑容變得更爽朗了。

「那種做作的女人是打動不了他的，他對她很有禮貌，如此而已。他謝絕了她的邀請。」

「謝絕了她的邀請？」

「是的，她考量到房子是他的，要他隨時來訪，她就是這麼說的：『請隨時來訪。你就在六英里外，但你可以隨時來訪。』」

「她好像急於……呃，急於了解上校？」

納拉科特覺得納悶。這是租房子的原因嗎？或者只是為了結識崔夫霖上校而找的藉口？真正的原因就在於這裡，也許她未曾想到崔夫霖上校會搬到六英里外的艾克漢普頓去住吧？也許她猜想上校會搬到鄰近的小屋去，也許會和伯納比少校同住。

伊凡斯的回答沒多大助益。

「她是個很好客的女士，每天總有人來吃午飯，要不就是吃晚飯。」

納拉科特點點頭。他在這兒是了解不到更多的情況了，但他決定要早點去見見這位威利特太太。她為什麼突然搬到這裡，這得好好研究一番。

「來吧，帕洛克，我們上樓去看看。」他說道。

他們讓伊凡斯一個人待在飯廳裡，自己則來到樓上。

「沒問題了，是吧？」警佐低聲問道，對著已經關上門的飯廳搖了搖頭。

「看起來是沒問題，」警官說道，「不過誰知道呢？那傢伙並不傻，也許還有別的什麼事沒讓我們知道。」

「他是不傻，而且還是個挺精明的人。」

「他講的情況看來倒是直截了當，」警官說，「非常清楚，光明正大。不過仍是那句話——誰知道呢？」

警官的這種說法相當特別，因為他是個非常細心且疑慮重重的人。他又著手檢查二樓的房間。二樓有三間臥室、一間浴室。其中兩間臥室沒人使用，顯然好幾個星期沒人進來過。第三間是崔夫霖上校的臥室，十分整潔。納拉科特警官在臥室裡踱來踱去，不時打開抽屜和櫥櫃。一切顯得井然有序，各就其位。這間臥室的主人是個極端整潔、習慣良好的人。納拉科特檢查完後，又朝浴室望去。這兒也同樣井然有序。他又朝那張床看了一眼，只見被單整齊地拉好，上面放著疊好的睡衣。

他搖了搖頭。

「這裡沒什麼特別之處。」他下了結論。

「對，這裡相當整潔。」

「書房的寫字檯上有些文件。你最好都看看，帕洛克。去告訴伊凡斯他可以回家了。以後我會到他家裡去拜訪他。」

「好的，先生。」

「屍體可以搬走了。還有，我要見見華倫醫生。他就住在附近，對吧？」

「是的，先生。」

「在三冠旅社的這一頭，還是那一頭？」

「在那一頭，先生。」

「那我先去三冠旅社，去吧，警佐。」

帕洛克到飯廳去打發伊凡斯回家。警官走出大門，朝三冠旅社疾步而去。

06 三冠旅社

納拉科特警官在去見伯納比少校之前，決定先去跟三冠旅社的老闆娘貝林太太談談。貝林太太是個胖女人，情緒頗為激動，說起話來滔滔不絕，納拉科特警官除了耐心聆聽之外，毫無辦法，直等到她話題都說完了，方才開口詢問。

「從沒見過這樣的夜晚，」她終於說，「我們誰都想不到這位可愛的先生會出事。這些可惡的流浪漢……我已經這樣說過許多次了。他們可以害死任何人，但上校連一隻保護他的狗都沒有。流浪漢最怕狗了。啊，得了，天底下什麼事都可能會發生。

「對，納拉科特先生，」她開始回答他的問題。「少校在用午餐，你可以在咖啡室找到他，這樣的夜晚他連睡衣也沒有，而我一個寡婦人家又沒什麼衣服可以借他，真不知道該怎麼說，不過我敢說，他所說、所做的一切都於事無補，他相當煩躁不安，舉止失常……這也難怪，最好的朋友被謀殺了嘛。這兩位先生都是好人，雖然上校的吝嗇遠近馳名。嘿，得了、得了，我一向認為住在西塔佛別墅挺危險的，因為那裡無論到哪兒都距離好幾英里，但上校卻在艾克漢普頓被人害死了。人生真是難以預料，不是嗎，納拉科特先生？」

警官表示同感，接著問道：「昨天有誰住進來，貝林太太？有什麼陌生人來過嗎？」

「讓我想想看，有位莫里思比先生，還有位瓊斯先生，都是商人。另外還有一位從倫敦來的年輕人。沒別的人了。每年這個時候客人都很少。冬天很少人來這兒。哦，還有一位年輕先生……他是乘最後一班火車來的，是個愛管閒事的年輕人，現在還沒起床呢。」

「最後一班火車？」警官說，「是十點進站的吧，嗯？我看別去管他了。另外那位……從倫敦來的那位怎麼樣？你認識嗎？」

「從沒見過。不是商人，噢，不是，身分要稍微高尚一些。我一時想不起他的名字，你可以在登記簿上查到。他今天上午搭乘頭班火車到伊克塞特去了，是搭六點十分的火車。這很奇怪，他來這裡到底要做什麼，我也很想知道呢。」

「他沒說來做什麼嗎？」

「一句話也沒說。」

「他出去過嗎？」

「他是吃午飯時到的，大概四點半出去，六點二十分又回來了。」

「他去了什麼地方？」

「這我就不知道了，先生。也許是出去散散步吧。那正好是在下雪以前，這種天氣散步可不行啊。」

「四點半出去，六點二十分回來。」警官沉思著說，「這可真怪。他沒說起崔夫霖上校嗎？」

貝林太太很篤定地搖搖頭。

「沒有，納拉科特先生，他完全沒說起過，他沉默寡言，是個模樣挺帥的年輕人，只是看上去有點憂慮，該是這樣吧。」

警官點點頭，走過去查看登記簿。

「吉姆·培生，從倫敦來，」警官說，「呃，這沒什麼用。我們得訊問一下吉姆·培生先生。」

他說罷便大踏步跨向咖啡室，去找伯納比少校。

咖啡室裡只有少校一個人，正在喝著一杯土黃色的咖啡，面前放著一份攤開的《泰晤士報》。

「是伯納比少校嗎？」

「是的。」

「我是伊克塞特來的納拉科特警官。」

「早安，警官。案情有什麼進展嗎？」

「有哇，先生，我想是有些進展，應該吧。」

「聽起來真讓人高興。」少校冷冷地說，那態度像是雖不相信，卻不想辯解。

「有一兩個問題要問你，我需要了解一些情況，伯納比少校，」警官說，「我想你會告訴我。」

「我盡力而為。」伯納比少校說。

「就你所知，崔夫霖上校有沒有仇家？」

「一個也沒有。」伯納比說得很篤定。

「這個名叫伊凡斯的人，你個人認為他可靠嗎？」

「應該可靠吧，崔夫霖很信任他，這我知道。」

「對他的婚姻沒什麼不好的反應吧？」

「沒有。崔夫霖有點煩惱，他不喜歡改變習慣。老光棍嘛，就這麼回事。」

「說到光棍，我要問一個問題，崔夫霖上校沒有結過婚，你知道他立過什麼遺囑嗎？如果沒有立遺囑，你是否知道誰會繼承他的財產？」

「崔夫霖立過遺囑。」伯納比馬上回答。

「哦……你知道他立過遺囑？」

「是的，他說他要我做遺囑執行人。」

「你知道他打算怎麼處理他的錢嗎？」

「這我就說不上來了。」

「我聽說他滿有錢。」

「崔夫霖是個有錢人，」伯納比說，「我想，在這一帶，他應該是最有錢的。」

「你應該知道他有什麼親屬吧？」

「我知道他有個姐姐、幾個外甥和外甥女，但不常見面，不過他們並沒有吵過架。」

「你知道他的遺囑放在什麼地方嗎？」

「『渥特斯—柯克伍律師事務所』。在艾克漢普頓。是他們為他立的遺囑。」

「那麼也許是這樣，伯納比少校，你是遺囑執行人，不知道你能否和我去一趟事務所？我想盡快弄清遺囑的內容。」

伯納比警覺地抬起頭來。

「有什麼傳聞嗎？」他問道，「這和遺囑有什麼關係？」

納拉科特警官不打算太早打草驚蛇。

「這案子不像我們原先所以為的那麼簡單，」他說，「而且我還有個問題要問你。伯納比少校，你曾問過華倫醫生死亡時間是不是在五點二十五分吧？」

「嗯。」少校粗啞地哼了一聲。

「你憑什麼認為是那個時間呢，少校？」

「我憑什麼認為？」伯納比反問道。

「嗯，你一定想到了一些事情吧。」

伯納比少校半晌沒有回答，這使納拉科特警官頗感興趣。少校顯然有些祕而不宣的事。他這副模樣實在滑稽可笑。

「我憑什麼不能說那件事發生的時間是在五點二十五分？」他態度粗暴地問道。「要不就是五點三十五分，或者四點二十分，反正差不多。」

「沒錯沒錯，先生。」納拉科特警官安撫他。此刻他不想和少校針鋒相對。但他告訴自己，今天非得把事情弄個水落石出才行。

「有件事讓我覺得奇怪，先生。」他繼續說。

「什麼？」

「就是出租西塔佛別墅這件事。我不知道你有什麼想法，我覺得事有蹊蹺。」

「如果你問我，」伯納比說，「我也認為他媽的很古怪。」

「你也這樣認為？」

「每個人都這樣認為。」

「你指的是西塔佛村的人嗎？」

「西塔佛村和艾克漢普頓的人都覺得那女人一定是發神經了。」

「噢，我想，人各有所好吧。」警官說。

「這女人的愛好也真夠古怪的了。」

「你認識這個女人？」

「是這樣，我在她家，當時……」少校驟然住口。

「當時怎麼啦？」納拉科特問。

「沒什麼。」伯納比答道。

納拉科特警官有些著急地看著他。其中有些他想知道的事。少校言辭當中顯見的含混不清和尷尬並未逃出他的法眼。少校正待說出某件事，到底是什麼呢？

「時機已到，」納拉科特心中暗想，「可別把他惹毛了。」

他天真地大聲問道：「你說你待在西塔佛別墅，先生。那位女士也在那兒……有多久了呀？」

「大概有幾個月了吧。」

少校顯然竭力避免言詞不慎造成誤會，這使他變得比平常更多話。

「是個帶著女兒的寡婦嗎？」

「是的。」

「她有沒有提起過任何選擇住房的原因？」

「呃，」少校揉著鼻子，態度有些模稜兩可。「她說了很多話，她是那種饒舌的女人，滿嘴大自然的愛啦、遠離塵囂啦，諸如此類，但是……」

他無可奈何地緘口不語了。納拉科特警官趕緊接話。

「你認為她說得不太自然，對吧？」

「呃，有點像是那麼回事。她是個時髦女人，打扮入時，女兒相當漂亮。如果她們住在麗緻大飯店或克拉里奇大飯店反倒自然些。你明白我的意思吧。」

納拉科特點點頭。

「她們沒有表現出自己的本色，是吧？」他問道，「你該不會認為她們是在……嗯，在躲避什麼吧？」

伯納比少校斷然搖頭。

「唔，不是，不是這樣。她們很會交際，太會交際了。我的意思是，在西塔佛村這麼個小地方，是用不著事先預約的，要是收到許多邀請函的話，你會覺得有點為難。她們是非常友善、非常好客的人，對於英國人來說，簡直太過好客了。」

「殖民地的作風嘛。」警官說。

「是的，我也認為是這樣。」

「你認為她們從前就認識崔夫霖上校嗎？」

「他們不認識。」

「你好像很確定。」

「是喬告訴我的。」

「你不認為她們的動機可能是，呃，要讓人認不出她們認識崔夫霖上校？」

這一點伯納比少校倒是沒想過。他考慮了幾分鐘。

「嗯，我沒這麼想過。顯然，她們對崔夫霖上校是很殷勤。倒不是她們想要改變喬，不是的，我認為她們本來就是這樣子，過於熱情友好，你知道的，殖民地來的人總是這樣。」

這位內向的前海軍軍官說道。

「我明白了，現在談談那棟房子吧。我聽說是崔夫霖請人修建的？」

「對。」

「沒有別人住在那裡嗎？我的意思是，從前沒有出租過吧？」

「沒有。」

「那麼，看來房子本身並不是吸引人的原因了。這真讓人費解。這房子十之八九和案子無關，但這讓我覺得是個古怪的巧合。崔夫霖上校租用的這棟名叫哈茲莫的小屋，所有權是誰的？」

「是拉彭特小姐的。她是個中年婦女，到雀登翰的某家寄宿旅社過冬去了。她每年都這樣，平常都是房子一鎖，能租就租，不過租出去的機會不多。」

這條線索看來也沒什麼希望。警官搖著頭，一臉沮喪的表情。

「據我所知，仲介商是威廉森房屋，是嗎？」他問道。

「是的。」

「辦事處是在艾克漢普頓吧？」

「緊挨著渥特斯—柯克伍律師事務所。」

「那麼，我們可以順路去看看，你不介意吧？」

「不會，沒到十點，柯克伍是不會到事務所的。律師全都一個樣。」

「那麼我們這就去好嗎？」

少校早已用完早餐，他點頭表示同意，隨即站起身來。

07 遺囑

威廉森房屋仲介辦事處的一位年輕人站起身來迎接他們，只見他一臉警覺。

「早安，伯納比少校。」

「早安。」

「真糟糕，」年輕人有點饒舌。「艾克漢普頓已經多年沒出過這種事了。」

他興致勃勃地說著，少校則只是哼了一聲。

「啊，是吧。」年輕人顯得很興奮。

「我想向你打聽一些事，」警官說，「我知道西塔佛別墅的出租是你們經辦的。」

「出租給威利特太太嗎？的確是。」

「請告訴我有關出租的詳細情況。那位太太是親自來的，還是寫信來的？」

「是寫信來的，她信中寫道，讓我想想……」他打開一個抽屜，翻開一卷檔案。「對了，從倫敦的卡爾頓旅社寫來的。」

「她信中提到過西塔佛別墅嗎？」

「沒有。她只說想租一棟房子過冬。地點要在達特穆爾，至少要有八間臥室。離火車站和小鎮的遠近則不要緊。」

「西塔佛別墅在你們公司有登錄過嗎？」

「沒有，沒登錄。不過，實際上它是附近唯一符合條件的房子。那位太太在信中寫道，願意每週付十二基尼的房租，在這種情況下，我認為值得寫信給崔夫霖上校，詢問他是否願意考慮出租的事。他回信表示同意，於是我們就把事情辦妥了。」

「威利特太太甚至連房子也沒看就定下來了？」

「她同意不用看屋就租用，並簽了約。後來有一天她來了，開車到西塔佛別墅，和崔夫霖上校見了面，就杯盤、碗碟和被子啦等問題和他談妥了，而且還查看了房子。」

「她很滿意吧？」

「她四處看了，說很高興。」

「你覺得呢？」警官問道，目光犀利地看著他。

年輕人聳聳肩。

「從事房地產這行，你得學會見怪不怪才行。」他回答。

聽了這句帶哲理的回答，他們便告辭了，警官對年輕人的幫助表示感謝。

「不謝，我很樂意為你們效勞。」

他客氣地陪他們走到門口。正如伯納比少校所說，渥特斯─柯克伍律師事務所和房屋仲介是鄰居。抵達律師事務所時，有人告訴他們柯克伍剛到，並把他們引進他的辦公室。柯克伍先生是個上了年紀的人，表情慈祥。他是艾克漢普頓人，繼承了祖父和父親留下的產業。

他站起身來，臉上露出哀悼之情，與少校握手。

「早安，伯納比少校，」他說，「這件事實在令人震驚，實在太令人訝異了。可憐的崔夫霖。」

他狐疑地瞧著納拉科特，伯納比少校三言兩語就把納拉科特的來意說清楚。

「是你負責這個案子吧，納拉科特警官？」

「是的，柯克伍先生。為了調查，我要詢問你一些事，了解一些情況。」

「只要可能，我樂於向你提供任何資訊。」律師說。

「這關係到已故上校的遺囑，」納拉科特說，「我聽說遺囑的內容存放在這裡。」

「是的。」

「是很久以前立下的嗎？」

「五、六年前吧，我一時記不清確切的時間了。」

「哦，我有點著急，柯克伍先生。我想趕快了解那份遺囑的內容。這可能與案情有重要關係。」

「真的嗎？」律師說，「真是的，我居然沒想到，不過，當然，警官，你對你的工作最在行嘛。呃，」他的目光移向另外那個男人。「我和伯納比少校是遺囑執行人。如果他不反對的話……」

「我不反對。」

「那麼，我看我只得答應你的要求，警官。」

他拿起辦公桌上的電話，說了幾句。過了幾分鐘，一個職員進了辦公室，把一個封好的信封擱在律師的前面。職員走出辦公室後，柯克伍先生打開一把拆信刀，割開信封，從裡面取出一份寬大、看起來挺重要的文件，清清嗓子，隨即唸道：

「『我，約瑟夫．阿瑟．崔夫霖，家住德文郡西塔佛村西塔佛別墅，宣布以下條文，作為我最後的遺囑條款和聲明，定於一九二六年八月十三日。

「一、我指定西塔佛村一號屋的約翰．愛德華．伯納比和艾克漢普頓的弗瑞德．柯克伍，作為我的遺囑執行人和證人。二、我贈與為我長期忠實服務的羅伯特．亨利．伊凡斯一百英鎊，為扣除財產繼承稅後的淨額，條件是在我死時仍為我服務而且沒有收到辭退通知。三、我贈與約翰．愛德華．伯納比我所有的運動獎品，作為友誼以及表達我對他的感情和尊敬，其中包括打獵所獲得的所有動物頭部標本和毛皮、我在所有運動項目上獲得的獎杯和獎品，以及我所有的狩獵用品。四、除了上述項目，我所有的財產將交由我的受託人進行出售，變賣為現金。五、我的受託人應將所變現的金額用於支付我的葬禮費用、立遺囑和遺囑附件之開銷，並償還債務及財產繼承稅等項費用。六、我的受託人應暫時保管所餘款項，按照委託將款項平分為四份。七、我的受託人將按前所述條款，按委託將其中一份交給我的姐姐珍妮佛．賈德納，由她完全自行支配；我的受託人應將所餘相同之三份按委託交給我已故姐姐瑪麗．培生的三個孩子，完全用於他們的生活開銷。上述之約瑟夫．阿瑟．崔夫霖謹按立本遺囑之年月日簽署姓名。由上述之立遺囑者以及按其要求當面簽署姓名之遺囑執行人，共同簽署本遺囑，茲作為本遺囑之證人。』」

柯克伍先生把遺囑內容遞給警官。

警官若有所思地瀏覽著遺囑內容。

「『我已故姐姐瑪麗．培生』，」他說，「你能否告訴我一些有關培生太太的情況，柯克伍先生？」

「我所知甚少。她是十年前去世吧，我想是的。她丈夫是個股票經紀人，比她更早逝。據我所知，她從未來這裡看過崔夫霖上校。」

「培生，」警官又說，「還有一件事，這裡沒有提到崔夫霖上校的財產總額，你知道金額是多少嗎？」

「這很難說得準，」柯克伍先生說，一副沾沾自喜的模樣，就像所有的律師一般，老愛把一個簡單問題的答案弄得很複雜。「這是個房產和個人財物的問題。除了西塔佛別墅外，崔夫霖上校在普利茅斯附近還有些財產，他所從事的投資資產變動很大。」

「我只需要一個大概的金額。」納拉科特警官說。

「我不想讓自己……」

「只需要一個概略的數目當參考。比方說，是不是兩萬英鎊？」

「兩萬英鎊？我親愛的先生，崔夫霖上校的財產最起碼是這個金額的四倍以上。八萬或九萬英鎊還更接近些。」

「我跟你說過崔夫霖是個有錢人。」伯納比說。

納拉科特警官站起身來。

「非常感謝，柯克伍先生，」他說，「感謝你提供我這些資訊。」

「你認為會有幫助嗎？」

律師顯然極感興趣，可是納拉科特警官眼前並不想滿足他的好奇心。

「像這樣的案子，我們得把所有的因素考慮進去，」他不動聲色地說，「順便問一下，你有沒有珍妮佛·賈德納和培生這兩家人的姓名和地址？」

「我對培生家一無所知，賈德納太太的住址是伊克塞特沃登路月桂莊。」

警官在筆記本上做記錄。

「這用得上，」他說，「已故培生太太有幾個孩子，你知道吧？」

「我想有三個。兩個女兒和一個兒子，要不就是兩個兒子一個女兒。我記不清了。」

警官點點頭，收好筆記本，再次向律師表示感謝，告辭離去。來到大街上，他突然轉身對著同伴說：「現在，先生，」他說，「關於五點二十五分這個說法就要真相大白了。」

伯納比少校惱怒得滿臉通紅。

「我已經告訴過你……」

「那不行。你這樣是知情不報啊，伯納比少校。你對華倫醫生提及那個特別的時間時，必定想起了什麼事，我絕對猜得到。」

「好吧，如果你猜得到，幹嘛要問我？」少校咆哮起來。

「我認為，你知道在那個特別的時間，某人在某處與崔夫霖上校有約。嗯，是不是這樣啊？」

伯納比少校驚異地瞪著他。

「沒那麼回事，」他吼道，「沒那麼回事！」

「小心，伯納比少校，你知道吉姆．培生吧？」

「吉姆．培生？吉姆．培生是誰呀？你說的是崔夫霖上校的一個外甥吧？」

「先假定是他的一個外甥吧。他有個外甥名叫吉姆，對吧？」

「我不清楚，崔夫霖是有幾個外甥，這我知道。至於他們叫什麼名字，我一無所知。」

「我提到的那個年輕人昨天晚上就住在三冠旅社。你可能在那裡認出他來了吧？」

「我誰也沒認出來，」少校低聲吼道，「無論如何，我這輩子從未見過崔夫霖的外甥。」

「但你知道昨天下午崔夫霖上校在等一個外甥吧？」

少校大吼道：「我不知道！」

街上有幾個人轉過身來，吃驚地瞧著他倆。

「真可惡，你幹嘛不面對事實！他在等誰我根本不知道。我只知道崔夫霖的外甥大概都在廷巴克圖[4]？」

納拉科特警官有點吃驚。少校一味否認，看起來是有些事祕而未宣。

「那麼，你說五點二十五分是怎麼回事呢？」

「啊，呃，我看最好還是告訴你算了，」少校窘迫地乾咳著。「不過你聽好，這整件事愚蠢透頂！真是一團糟，先生。頭腦正常的人無論如何也不會相信這種胡說八道！」

納拉科特警官顯得愈發吃驚了。伯納比少校看上去更加侷促不安，顯得十分羞愧。

「你知道的，警官。我們不得不參加這些可笑的遊戲，去討好某位女士的歡心。當然囉，我絕對沒想到會玩出意外。」

「玩什麼玩出意外，伯納比少校？」

「桌仙。」

「桌仙？」

雖然納拉科特料事如神，這一點他卻萬萬沒料到。少校開始解釋，而且不時停頓下來，對桌仙這種遊戲發表許多難以置信的意見。他描述了昨天下午的情形，提到他收到的那個訊息。

「伯納比少校，你是說桌子拼出崔夫霖的名字，告訴你他死了……被謀殺了？」

伯納比少校擦擦額頭。

「是的，就是這樣。當時我並不相信，當然不相信了。」他顯得有些羞愧。「呃，昨天是星期五，我想我得確定一下，去看看他是否安然無恙。」

警官想像那六英里之遙的艱難跋涉，外加成堆的大雪和即將來臨的暴風雪。他明白了，無庸置疑，伯納比少校一定是被亡靈所傳遞的訊息嚇到了。納拉科特心裡反覆思忖著，這件事很詭異，相當詭異。這種靈異事件很難有令人滿意的答案，其中必然大有文章，這是他碰到過的首樁如假包換的謎案。

這件案子的性質和特點也極為古怪，儘管他明白伯納比少校的態度為何如此，但就他而論，這和整個案件並無實際關聯。他要應付的是具體實在的世界，絕非亡靈鬼怪的所在。

他的任務是要追查出殺人凶手。

要完成這個任務，他毋需任何亡靈的指引。

4　廷巴克圖（Timbuctoo），意指遙遠的地方。

08 查爾斯·恩德比先生

警官看了一眼手錶，知道還趕得上開往伊克塞特的火車，但必須加快腳步。他急著想見到崔夫霖上校的姐姐，進一步取得其他家庭成員的地址。於是，他向伯納比少校匆匆告別，直奔火車站。少校則步行回到三冠旅社。他剛踏上門檻，就見到一個精神煥發的年輕人跟他打招呼。

只見這個年輕人額頭發亮，臉蛋渾圓，活像個小男孩。

「你是伯納比少校嗎？」年輕人問。

「是的。」

「住在西塔佛村一號屋嗎？」

「對。」伯納比少校答道。

「我是《每日電訊報》的記者，」年輕人說，「我……」

他話還沒說完，少校便以純正的軍人作風大發雷霆。

「你什麼都別再說了，」他咆哮道，「你是個什麼貨色，我清楚得很。你們這種人不擇手段，不知分寸，像兀鷹看到腐屍般繞著命案打轉。我告訴你，年輕人，你從我這裡是套不出情報的，一個字也套不出，你那份爛報紙沒什麼故事好寫的。你想知道什麼，就去問警察。積點功德，放過死者的朋友吧。」

年輕人顯然無動於衷，笑得比剛才更開朗。

「我說，先生，你發脾氣發錯對象啦。我根本還沒聽說什麼謀殺案。」嚴格說起來，年輕人的話並不確實。艾克漢普頓的任何人都不能假裝不知道這件事。謀殺案使這個平靜的荒原小鎮人人震驚。

「我謹代表《每日電訊報》，」年輕人接著說，「把這張五千英鎊的支票轉交給你，並向你表達祝賀之意，你參加足球有獎徵答，是唯一寄出正確答案的優勝者。」

伯納比少校大吃一驚。

「毫無疑問，」年輕人說，「你應該已經收到我們昨天上午發出的信函，通知你這個好消息。」

「什麼信函？」伯納比少校問，「你知道吧，年輕人，西塔佛村的積雪有十英尺厚。在這種天氣，你以為郵差會照常投遞信件嗎？」

「不過，想必你一定看見自己的名字刊在《每日電訊報》得獎者的名單上了吧？」

「沒有，」伯納比少校說，「我今天上午還沒看報呢。」

「哦，當然囉。」年輕人說，「發生了那件憾事。被害人是你的朋友，這我知道。」

「是我最要好的朋友。」少校說。

「真不幸啊！」年輕人圓滑地說。

他避開少校的目光，接著從口袋裡拿出一張摺疊好的淡紫色的紙，遞給伯納比少校，隨即鞠了個躬說：「我謹代表《每日電訊報》向你表達祝賀之意。」

伯納比少校接過那張紙，只說了一句在這種情況下唯一可以說的話。

「我請你喝一杯吧，你叫……」

「我叫恩德比，查爾斯．恩德比。我是昨天晚上到的，」他解釋道，「正在到處打聽該怎麼去西塔佛村。我們必須親手把支票交到優勝者手裡，還要刊登一則短訊，讓讀者覺得有趣。嗨，大家都說不可能，他們說現在正在下雪，根本送不到，可是實在很幸運，竟然在這兒找到你，你就住在三冠旅社。」他莞爾一笑。「而且很容易就找到你了，因為這裡的人們彼此都很熟。」

「你想喝點什麼？」少校問道。

「喝啤酒吧。」恩德比回答。

少校要了兩杯啤酒。

「謀殺案把這裡弄得天翻地覆，」恩德比說，「無論如何，這案件實在真夠古怪的。」

少校哼了一聲，顯得有些困窘不安。他對新聞記者的看法並未改變，不過，對方才剛交給你一張五千英鎊的支票，身分總是有些特殊，總不能馬上就叫他滾蛋。

「他沒有仇家吧？」年輕人問。

「沒有。」少校回答。

「但我聽警察說，死因並不是因為搶劫。」恩德比又說。

「你怎麼知道？」少校問。

然而恩德比先生卻沒有透露消息來源。

「我聽說是你發現屍體的，先生。」年輕人說。

「是的。」

「那一定很嚇人吧？」

談話就這麼進行著。伯納比少校決心不透露任何消息，但恩德比先生手腕十分高明，伯納比不是對手。恩德比先生提出某些結論，迫使少校要嘛表示同意，要嘛表示反對，於是便間接提供年輕人所需要的消息。年輕人的態度委實令人愉快，所以談話很順暢地繼續著，談著談著，少校發現自己居然對這位年輕人有了好感。

最後，恩德比先生突然站起身來，說他必須去郵局一趟。

「麻煩你寫一張支票的收據給我，先生。」

少校走到寫字檯前，寫好收據，交給這個年輕人。

「太好了。」

年輕人把收據揣進口袋。

「我想，」伯納比少校說，「你今天要回倫敦吧？」

「哦，不回去，」年輕人說，「我要先拍幾張你家的照片，再拍幾張你餵豬、鐽蒲公英的照片，或是你喜歡做的、具有特色的任何事。你不知道讀者多喜歡看這種東西，然後再請你談談『我怎麼使用這五千英鎊』。這些都是很簡單的事情，但如果少了這些，不知道讀者會有多失望。」

「是的，不過你瞧，這種天氣要去西塔佛村幾乎不可能。雪下得太大。已經三天沒有任何車輛通行了，還得再過三天，雪才會開始融化。」

「我知道，」年輕人說，「真糟糕……好吧，好吧，在艾克漢普頓好好享樂吧，三冠旅社還挺不錯的。再見，先生，我先走了。」

他轉身走到艾克漢普頓的大街，朝郵局走去，在那裡發電報，電報中表示自己非常走運，關於艾克漢普頓的謀殺案，他可以提供吸引人的獨家專訪。

他思索下一步的行動，決定去採訪已故上校的僕人伊凡斯，這個僕人的名字是談話時少校不經意透露出來的。

他略加詢問當地人之後，便來到福爾街八十五號。被害者的僕人顯然今天是個重要人物。他所遇到的每個人，都迅速地指出這個僕人的住所。

恩德比在門上響亮地敲了幾下。開門的是個典型的退伍海軍軍人，恩德比對他的身分毫不懷疑。

「你是伊凡斯嗎？」恩德比興高采烈地說道，「我剛從伯納比少校那兒來。」

「哦，」伊凡斯猶豫片刻。「進來吧，先生。」

恩德比應邀而入。有個一頭黑髮、臉蛋通紅、體態豐滿的女人正在裡屋忙著。恩德比料想她必定就是新婚燕爾的伊凡斯太太。

「你過世的主人真是不幸。」恩德比說。

「太令人震驚了，先生，就是這樣。」

「你認為是誰幹的？」恩德比問道，使出包打聽的絕招。

「我想是個流浪漢吧。」伊凡斯答道。

「啊，不會吧，親愛的老兄，這種說法毫無根據。」

「什麼意思？」

恩德比說：「那是故布疑陣的障眼法。警察一眼就看穿了。」

「誰告訴你的，先生？」

其實恩德比是從三冠旅社的女僕那兒聽來的，這位女僕的姐夫就是桂福司警員。但他並未道出真相，反而答道：「我在警局有內線。沒錯，強盜殺人的說法是障眼法。」

伊凡斯太太問道：「那他們認為究竟是誰幹的呢？」

她邊說邊走了過來。只見她面色驚惶，神情急迫。

「聽著，瑞貝嘉，別那副模樣嘛。」她丈夫說。

「警察都是又愚蠢又冷酷的，」伊凡斯太太說，「只要能夠抓到人，他們才不管三七二十一。」

她飛快瞥了恩德比一眼。

「你跟警方有關係吧，先生？」

「我，沒有啊。我是《每日電訊報》的記者。我來看伯納比少校，他剛贏得足球有獎徵答，得到五千英鎊的獎金。」

「什麼？」伊凡斯叫道，「真該死，有獎徵答真的沒造假嗎？」

「你本來以為有造假嗎？」恩德比問道。

「唉，這是個邪惡的世界呀，先生。」伊凡斯有點糊塗了，覺得他那聲叫喊有點口沒遮攔。「我聽說他們私底下都會搞些小動作。死去的上校總是說：獎金從來不會落到好地址，所以他老是用我的地址去參賽。」

他有點天真地描述上校贏得三本小說的事情。

恩德比鼓勵他說下去。他發現伊凡斯正在講述一個非常動聽的故事，他是個忠心耿耿的僕人……簡直就是隻老忠狗啊。伊凡斯太太如此緊張，他覺得有點納悶。他把這歸因於她那個階層的人迷信無知。

「把下手的壞蛋查出來吧，」伊凡斯說，「報紙能做很多事，大家都這麼說，可以追查罪犯。」

「這是搶劫，」伊凡斯太太說，「就是這麼回事嘛。」

「當然是搶劫囉，」伊凡斯說，「怎麼啦，艾克漢普頓才不會有人想傷害上校呢。」

恩德比站起身來。

「好了，」他說，「我必須走了，我還會來找你們聊的。如果上校曾在《每日電訊報》的競賽中贏得三本小說，報社就應該以追捕凶手為己任。」

「對極了，先生。是的，你說得對極了。」

查爾斯．恩德比對他倆說再見，起身離去。

「我真不懂究竟是誰殺了那傢伙？」他輕聲地自言自語，「我認為不是伊凡斯殺的。也許是強盜吧。如果真是這樣，那真讓人失望。這案件裡好像沒有女人，真可惜。除非不久之後有重大發現，否則這案子就會湮沒無聞了。也許是運氣差吧，我還是頭一次碰上這種離奇命案，得加把勁才行。查爾斯乖乖，你的機會來了，全力以赴啊。我看，我們那位退伍軍人就快對我言聽計從，只要我牢記表現出足夠的尊敬，把『先生』掛在嘴上就行。不知道他是否參加過印度叛變事件。沒有，當然，他年紀沒那麼大。應該參加過南非戰爭吧，錯不了，問他有關南非戰爭的事，一定能討好他。」

恩德比先生心裡一面轉著這些念頭，一面悠然自得地朝三冠旅社信步走去。

09 月桂莊

從艾克漢普頓乘火車到伊克塞特大約要半小時。十一點五十五分，納拉科特警官按響了月桂莊的門鈴。

月桂莊有些破敗，亟需重新油漆。周圍的花園凌亂不堪，雜草叢生，大門也歪歪斜斜。

「這家人沒什麼錢，」納拉科特心想，「顯然經濟拮据。」

他是個不存偏見的人，但是來這裡調查似乎意味著上校很可能不是仇家殺害的。另一方面，那四個他已經弄清楚來龍去脈的人，都會因上校之死而獲得相當多的錢，所以必須調查這四個人的活動。他可以去查對旅社登記簿上的紀錄，不過培生這個名字十分常見。納拉科特警官並不想急於做出任何結論，他想盡量保持完全開放的心態，同時盡快地完成初步背景調查。

一個模樣有些邋遢的女僕開了門。

「午安，」納拉科特警官說，「我想見賈德納太太，這和她弟弟——艾克漢普頓的崔夫霖上校之死有關。」

他故意不出示官方證件。根據他個人的經驗，警官這個身分就足以使她尷尬不安、瞠目結舌了。

「她知道她弟弟的死訊了嗎？」就在女僕側身讓路帶他進入客廳時，警官漫不經心地問道。

「知道了，收到了電報。是柯克伍律師打來的。」

「哦。」納拉科特警官說。

女僕把他引進客廳，如同房子的外觀，這間客廳也亟需花錢修繕。然而儘管這樣，警官卻感到這裡有某種溫馨迷人的氣氛，至於到底為什麼，他還來不及去深究。

「這件事對你的女主人來說，一定很震驚吧？」他說。

他注意到女僕的態度有些漠然。

「她不常見到他。」女僕答道。

「把門關上，過來一下。」納拉科特警官說，他想看看突襲的效果如何。

「電報上有沒有提到謀殺？」他問道。

「謀殺！」女僕驚得兩眼圓睜，目光中流露出驚恐卻又快意的神色。「他被謀殺了嗎？」

「哦，」納拉科特警官說，「我還以為你聽說了呢。柯克伍先生不想突然把噩耗告訴你的女主人。但是，親愛的……你叫什麼名字？」
「我叫畢翠絲，先生。」
「呃，你瞧，畢翠絲，這消息會登在今天的晚報上。」
「啊，我的天，」畢翠絲說，「被謀殺了。真可怕，不是嗎？他們是不是砸爛了他的腦袋，還是給了他一槍什麼的？」
警官為了滿足她的好奇心，把詳細情況說了一遍，接著又漫不經心地說：「我想，你的女主人昨天下午想去艾克漢普頓應該有原因，但我認為雪太太，她去不成吧？」
「我沒聽說她要去，先生，」畢翠絲說，「我想你準是弄錯了。女主人昨天下午是去買東西，然後去看畫展。」
「她什麼時候回來的？」
「大概六點吧。」
這樣看來賈德納太太可以排除嫌疑了。
「我對他們的家庭狀況不甚了解，」他依然漫不經心地說，「賈德納太太是孀居嗎？」
「噢，不是，先生，有男主人。」
「他是從事什麼工作？」
「他什麼也沒做。」畢翠絲邊說邊呆呆地看著他。「他不能工作，他是個病人嘛。」
「病人？哦，真遺憾，我沒聽說過。」

「他走不了路，整天躺在床上。家裡得有護士才行。當護士可不是每個女孩都能做的。他老是要人拿托盤、沏茶啦什麼的。」

「真讓人透不過氣呀！」警官安撫道，「嗯，你現在能不能去向女主人通報一聲，就說我是從艾克漢普頓柯克伍先生那兒來的？」

畢翠絲走進裡屋，過了一會兒，門打開了，一個身材高大、獨斷專行的女人來到客廳。她的那張臉看起來很特別，眉毛很寬，頭髮是黑色的，但兩鬢有些斑白，那頭黑髮從額頭向腦後直梳過去。她探詢地看著警官。

「你是從艾克漢普頓的柯克伍先生那兒來的嗎？」

「不盡然，賈德納太太。那是我剛才對女僕的說辭。你弟弟崔夫霖上校昨天下午被謀殺了，我是負責此案的警官納拉科特。」

賈德納太太瞇起眼睛，急促地喘著氣，但她不愧是意志堅強的女人，她對警官指指椅子，自己也坐了下來。

「被謀殺了！這種事非比尋常呀！世界上有誰會謀殺喬呢？」

「我正要查個水落石出呢，賈德納太太。」

「當然，我很希望能幫得上忙，但不知道能否效勞。近十年來，我和我弟弟幾乎沒見過面。對他交了哪些朋友，跟他們的關係如何，我一點也不清楚。」

「請原諒我的冒昧，賈德納太太，你和你弟弟吵過架嗎？」

「沒有……沒吵過架。我們之間的關係可以用疏遠來形容。我不願多談家庭瑣事，但我弟弟對我的婚姻相當不滿，做弟弟的很少會中意自己的姐夫，不過，當然啦，我想比起我弟弟，大多數的人都掩飾得比較好。也許你知道，我弟弟繼承了姑姑的一大筆錢，而我和姐姐卻都嫁給了窮人。我丈夫在戰爭中被炮彈炸傷，退了伍，如果能得到一些經濟上的資助就好多了，那可以讓他得到較昂貴的特殊治療。我向我弟弟借錢，他拒絕了。他當然有權那樣做。不過以後我們就很少見面，連信也不寫了。」

這個說明十分簡潔扼要。警官心中暗忖，賈德納太太的個性讓人欽佩。儘管這樣，他仍然不敢下斷言。她的冷靜顯得不自然，陳述事實那種有備無患的態度也不自然。他還注意到，儘管她感到驚訝，但對弟弟的死卻並未詢問任何詳情。這使他感到很不尋常。

他開口問道：「對於發生在艾克漢普頓的事，不知道你是否想知道詳細的情況？」

只見她眉頭緊蹙起來。

「我一定非得知道不可嗎？我弟弟被謀殺了……我只希望，他死前沒受什麼苦才好。」

「我想，的確沒受什麼苦。」

「那就別讓我聽這些令人噁心的細節吧。」

太不自然了，警官暗忖，簡直太不自然了。

她也看出了他的心思，竟然說出他心中的疑慮。

「我想，你會認為這樣的反應不自然，警官，但是……我聽過的恐怖事件夠多的了。我丈夫就對我說過他受的那些罪……」她顫抖起來。「如果你能對我的處境有所了解，就不會覺得奇怪了。」

「是嗎？」

「嗯，是的，是這樣，賈德納太太。我來你家是想多了解一些家族內部的詳細情況。」

「除了你之外，你弟弟還有多少親戚在世？」

「近親就只剩培生一家人，就是我姐姐瑪麗的子女。」

「他們的名字叫……」

「吉姆、席薇雅和布萊恩。」

「吉姆的情況怎麼樣？」

「他是最大的一個，在一家保險公司工作。」

「他多大年紀？」

「二十八歲。」

「結婚了沒？」

「還沒有，但訂了婚……和一個很漂亮的女孩訂了婚，我還沒見過她呢。」

「他的地址是……」

「西南三區，克倫威爾街二十一號。」

警官做了記錄。

「再來呢，賈德納太太？」

「還有就是席薇雅了。她和馬丁．迪林結了婚……你可能讀過他的作品，他是個小有名氣的作家。」

「謝謝，他們住在什麼地方？」

「住溫布敦的薩里街努克莊。」

「是嗎？」

「最年輕的是布萊恩，不過他人在澳洲。我不知道他的地址，但是他的哥哥和姐姐一定知道。」

「謝謝你，賈德納太太。這只是例行公事，請問你昨天下午的行程，你不會介意吧？」

她看起來顯得很驚愕。

「讓我想想看。我上街買東西……對，然後就去看畫展。大約六點回家，一直躺到吃晚飯的時候，看畫展真看得我頭疼。」

「謝謝你，賈德納太太。」

「還有別的問題嗎？」

「沒有，我看沒有了。我會跟你的外甥和外甥女聯繫。我不知道柯克伍先生是否通知過你，你和他們三個人是崔夫霖上校所有財產的共同繼承人。」

她臉色慢慢變紅，變得緋紅。

「那太好了，」她態度平靜地說，「日子真難過哪，實在很難，我們老是得省吃儉用、精打細算，還得滿懷希望呢。」

樓上傳來一個男人吵吵嚷嚷的聲音，她驚得跳了起來。

「珍妮佛、珍妮佛，你來啊。」

「對不起。」她表示歉意。

她打開門，那喊聲又響了起來，聲音更大，而且更專橫跋扈了。

「珍妮佛，你在哪兒？你來啊，珍妮佛。」

警官已經跟著她走到門邊。他站在門廳裡看著她跑上樓梯。

「來了，親愛的。」她喊道。

一個從樓上下來的醫院護士側身讓路。

「請快到賈德納先生那兒去，他變得很激動。你總是有辦法讓他安靜下來。」

護士下到樓梯口，納拉科特警官故意站在那兒不讓她過去。

「我能和你談幾句話嗎？」他說，「我和賈德納太太的談話被打斷了。」

護士步履輕快地走進客廳。

「謀殺案的消息讓病人很激動，」她解釋道，一邊把漿好的袖口扣上。「那個傻女孩畢翠絲跑上樓去，全告訴他了。」

「真對不起，」警官說，「都怪我不好。」

護士態度文雅地說：「噢，你當然不知道會這樣。」

警官問：「賈德納先生病得很厲害吧？」

「真慘，」護士說，「不過說起來並沒有致命的危險。他是由於神經受到極度刺激而導致四肢完全麻痺。沒什麼明顯的殘疾。」

警官問：「昨天下午他是否感到特別緊張或情緒激動？」

「我不知道。」護士聞言感到有些驚訝。

「你整個下午都跟他在一起嗎？」

「我原來打算這樣，可是，呃……實際上，賈德納上尉卻急著要我幫他去圖書館換兩本書。他夫人出去時他忘了告訴她。所以，為了安撫他，我就把書拿到圖書館去換，當時他又要我幫他買一兩件小東西，實際上是送給他夫人的禮物。他這樣做真好，還說要請我去『博姿』喝茶呢。他說護士們從來不忘喝茶。這是他開的小玩笑，你明白吧。我直到四點才出門，快到耶誕節了，商店裡可真擁擠，買了一件，又買另一件，六點我才回到家。這可憐的人覺得舒暢極了。他告訴我他幾乎一直在睡覺。」

「賈德納太太這時也回來了吧？」

「是的，她一定是已經躺下休息了。」

「她對丈夫很忠心，對吧？」

「她很崇拜他。我相信世界上的女人都願意為他做任何事情。他真窩心，和我以前照顧過的病人大不相同。嗯，只是上個月……」

但是，納拉科特警官巧妙地不讓她談論上個月的流言。他看了一眼手錶，大叫了一聲。

「我的天，」他喊道，「我的火車要誤點了，火車站不會太遠吧，嗯？」

「到聖戴維站得步行三分鐘。你要去的火車站是聖戴維站吧，還是女王大道站？」

「我必須跑著去了，」警官說，「請替我向賈德納太太說聲對不起，我來不及向她告辭了。和你談話真愉快，護士。」

護士高傲地微微昂起頭來。

「這男人挺帥的，」當大門在警官身後關上時，她自言自語道，「又帥，態度又好，充滿了同情心。」

她輕聲嘆了口氣，轉身上樓去照顧病人。

10 培生一家人

納拉科特警官下一步的行動，是向他的上司麥斯威爾主任報告。

主任饒有興致地聆聽著納拉科特的陳述。

「這可是個大案子，」他沉思著說，「報上會有重要報導。」

「我同意你的看法，長官。」

「我們得小心，別出錯。不過我認為偵查方向沒錯。你得趕快弄清楚這個吉姆．培生昨天下午在什麼地方。你說得很對，這個姓氏相當普通，但可以查教名。當然囉，他敢這樣公開簽名，說明事前並沒有什麼計畫。不然他就是個大笨蛋。我看是吵架導致突然的襲擊。如果此人就是凶手，那天晚上一定聽到他舅舅的死訊。如果情況屬實，他幹嘛什麼也沒說，就搭乘上午六點那班火車悄悄溜了呢？不對勁，這看起來不對勁。這整件事一定不是巧合，你得趕快弄清楚。」

「我也這麼想，長官。我最好乘一點四十五分的火車進城。得找個時間和這個租用上校別墅的威利特太太談談，這裡頭有些蹊蹺。但我現在去不了西塔佛村，因為大雪把路堵斷了。無論如何，她不可能和犯罪有任何直接關聯。實際上在謀殺案發生的當時，她和她的女兒……呃，正在跟別人一起玩桌仙的遊戲。還有，順便告訴你，出了一件怪事……」

警官把從伯納比少校那兒聽到的事情說了一遍。

「這真是酒後胡言，」主任脫口說，「你居然以為這老傢伙會說實話？這種故事是那些迷信的人編造出來的。」

「我相信是實話，」納拉科特露齒一笑。「我費了許多勁才讓他說出來。他可不是相信鬼怪的人，正好相反，他是個海軍老兵，認為這一切全是胡說八道。」

主任點點頭，表示了解。

「啊，是有點古怪，但對我們沒什麼幫助。」他總結道。

「那我去搭一點四十五分開往倫敦的火車了。」

主任點頭表示同意。

進城後，納拉科特直接來到克倫威爾街二十一號，並得知培生先生去上班，七點左右一定會回來。

納拉科特不在意地點點頭，好像這個消息對他並不重要。

「我會打電話，」他說，「沒什麼要緊的事。」

他連姓名也沒留下，快速離去。

他決定不去保險公司，先上溫布敦去和馬丁・迪林太太——也就是從前的席薇雅・培生小姐——會面。

努克莊沒有任何破敗的景象。嶄新，但品味不高，這便是納拉科特警官對它的評價。

迪林太太在家。一個身著紫丁香色衣服、臉帶不悅之色的女僕領他進客廳。他把證件交給女僕，要她送去給女主人看。

迪林太太馬上就出來了，手裡還拿著證件。

「我想你是為了可憐的約瑟夫舅舅而來的，」她說，「這實在令人震驚，太令人震驚了。我自己也非常害怕強盜。上星期還在後門加了兩個門閂，給窗戶都裝上了最新的專利窗門。」

警官從賈德納太太那兒知道席薇雅・迪林不過二十五歲，但她看上去像三十多歲。她身材矮小，容貌漂亮，有點貧血的樣子，表情憂慮不安。她話語中流露出的些微哀怨，是人類話語中諸多惱人的聲音之一。她不讓警官說話，自顧自地繼續往下說：「但願我能幫得上忙。當然，我很樂意，但是，我們以前很難見到約瑟夫舅舅。他不討人喜歡，我敢說，他不是那種你遇到困難就會去找他幫忙的人，老是愛挑剔找碴。他也不是那種有文學品味的人。成功……真正的成功並不一定是用金錢所能衡量的，警官。」

最後她終於緘口不語了，對警官而言，這番話引發他的一些揣測，這次輪到他開口了。

「你很快就得知謀殺案的消息了吧，迪林太太？」

「珍妮佛姨媽發電報給我了。」
「我明白了。」
「但是這會刊登在晚報上。太可怕了。」
「我看，最近幾年你沒和你舅舅見過面吧？」
「我結婚以後只見過他兩次。第二次見面時，他對馬丁的態度很粗魯。當然啦，他徹頭徹尾是個標準的勢利眼，除了體育活動，什麼都不關心，也沒有鑑賞力，我剛才說了，也不懂文學。」
「也許你丈夫向他借錢，被他拒絕了。」納拉科特心想，接著開口問道：「這只是例行公事，迪林太太，能告訴我你昨天下午是在幹什麼嗎？」
「我在幹什麼？這種說法可真怪呀，警官。我幾乎整個下午都在打橋牌，來了一個朋友，我們倆傍晚也在一起。我丈夫不在家。」
「他不在家嗎？外出了吧？」
「參加文學餐敘去了。」迪林太太煞有介事地說，「他和一位美國出版商共進午餐，傍晚又去參加文學餐敘。」
「我明白了。」這種事情看起來極為合情合理，光明正大。他繼續問道：「你弟弟在澳洲，是吧，迪林太太？」
「是的。」

「你有他的地址嗎？」
「啊，有的。如果需要我可以幫你找，地名很怪，我一下子想不起來了。是在新南威爾士的某個地方。」
「呃，迪林太太，你哥哥呢？」
「吉姆嗎？」
「對，我想和他取得聯繫。」
迪林太太急忙把地址告訴了他，地址和賈德納太太給他的完全一樣。
接著，他覺得雙方已無話可談，便結束了這場詢問。
他看了看手錶，估計回到城裡已是七點左右，他希望到時候吉姆·培生已經回來了。依然還是那位表情高傲的中年婦女打開了二十一號住宅的大門，培生先生已經回家。他在三樓，要見他的話就必須上樓去。
那女人領著他上去，敲了門，用道歉似的低聲口氣說：「有位先生要見你，主人。」
接著便站到一旁，讓警官進去。
一個身著晚禮服的年輕人站在屋子中央，他的模樣俊俏，如果略過那張軟趴趴的嘴和那雙目光遊移不定的眼睛，甚至還算得上十分英俊。那張臉憔悴、不安，一副近來睡眠不足的樣子。
警官走上前，培生疑惑地望著他。

「我是納拉科特警官。」他開口了，但沒再繼續往下說。

那年輕人沙啞地叫了一聲，一屁股坐到一張椅子上，雙手伸開攤放在前面的桌子上，頭靠在上面，嘟嘟囔囔地說：「啊，我的天！終於來了。」

過了一兩分鐘，他抬起頭來說：「喂，你幹嘛不有話直說，老兄？」

納拉科特警官看起來絲毫不動聲色，他面無表情地說：「我正在調查你舅舅約瑟夫·崔夫霖上校的死因。請問，先生，你有沒有什麼情況可以告訴我？」

年輕人緩緩站起身來，聲音緊張又慢吞吞地問道：「你要……逮捕我嗎？」

「不，先生，我不會逮捕你。如果要逮捕你，我會事先發出警告。把你昨天下午的活動告訴我。你可以回答我提出的問題，也可以不回答。」

「如果我不回答問題，這豈不是對我不利。啊，對了，我懂得你們那些小把戲。那麼，你們發現我昨天下午去過那兒了吧？」

「你在旅社登記簿上簽了名，培生先生。」

「啊，我知道抵賴也沒用。我是在那兒……我幹嘛不能去那裡呀？」

「你到底去那裡幹嘛？」警官態度溫和地問道。

「我去看舅舅。」

「是約好的吧？」

「約好的！你這是什麼意思？」

「你舅舅知道你要去嗎？」

「我……不，他不知道。我是……是一時心血來潮。」

「沒有什麼原因嗎？」

「我，原因嗎？沒……沒有，幹嘛要有原因，我……只是想去見我舅舅。」

「這樣啊，先生。你見到他了嗎？」

沒有回答。

一陣長久的沉默。年輕人的臉上露出猶豫不決的神情。納拉科特警官望著他，心裡湧起一陣憐憫。他臉上那種顯而易見的猶豫神情，會不會是對事實的默認呢？

吉姆．培生終於深深地吸了一口氣。

「我……我看還是全說出來算了。是的，我是見到他了。我在火車站詢問去西塔佛村怎麼走。搬運工說去不了，路上不通車。我就說事情很緊急。」

「很緊急？」警官小聲問道。

「我……我很想見舅舅。」

「看起來的確是，先生。」

「搬運工仍然搖搖頭，說去不了。我說出舅舅的名字，他臉上的神情馬上就變了，說我舅舅是在艾克漢普頓，還詳細告訴我他租的那棟小屋怎麼找。」

「那是什麼時候，先生？」

「大概是一點吧。我去旅社——就是三冠旅社——訂了一個房間，吃了午飯。然後我……我就出發去看舅舅。」

「是緊接著馬上就去的嗎？」

「不，不是馬上就去的。」

「什麼時候去的呢？」

「哦，我說不上來。」

「三點半？四點？要不就是四點半？」

「我，我……」他說話比剛才更結結巴巴了。「我想沒那麼晚。」

「老闆娘貝林太太說，你是四點半出去的。」

「是嗎？我……我想她弄錯了。我不可能那麼晚才出去。」

「後來呢？」

「我找到了舅舅的小屋，跟他談了一陣，然後就回旅社了。」

「你怎麼進你舅舅家的？」

「我按了門鈴，是他給我開的門。」

「見到你他很吃驚吧？」

「是……是的，他很吃驚。」

警官又問：「你和他在一起待了多久，培生先生？」

「十五分鐘……二十分鐘吧。不過，我離開時他還好端端的，好端端的，我可以發誓。」

「你離開時是幾點鐘？」

年輕人目光下垂，聲音裡又透著猶豫不決。

「我記不得確切的時間了。」

「我想你應該記得才對，培生先生。」

這句斬釘截鐵的話產生了效果。年輕人低聲答道：「是五點十五分吧。」

「你是五點四十五分回到三冠旅社的，從你舅舅家走到旅社最多只需要七、八分鐘。」

「我沒有直接回旅社，而是在鎮上逛了一會兒。」

「那麼冷的天氣，你在雪地裡逛？」

「當時並未下雪，那是後來才下的。」

「我明白了。你和舅舅都談了些什麼呢？」

「啊，沒什麼特別的。我只想跟老先生聊一聊、看看他，如此而已。」

納拉科特警官心中暗忖：「他撒謊可撒得不高明，要是我，就不會撒那種謊了。」他大聲說道：「很好，先生。現在我想問問你，在得知你舅舅被謀殺的消息後，為什麼你沒有說明自己跟死者的關係，就離開了艾克漢普頓呢？」

「我嚇壞了，」年輕人坦率地答道，「我聽說我離開他之後，他就被謀殺了。哦，他媽的，真嚇人啊，不是嗎？我聽到消息後就搭頭班車走了。啊，我敢說，我這樣告訴你真是愚蠢透頂。但你知道被嚇壞是怎麼回事。在這種情況下，任何人都會嚇壞的。」

「就這些了嗎，先生？」

「是的，是的，當然。」

「那麼，如果你不反對，先生，可不可以和我走一趟，我們會把你說的話記錄下來，然後讀給你聽，請你在上面簽名。」

「就……就這樣嗎？」

「培生先生，我想我們很可能要拘留你，直到偵訊結束。」

「啊，我的天！」吉姆．培生說，「沒人能幫幫我了嗎？」

這時門打開了，一個年輕女人走進屋裡。

觀察力甚強的警官一眼便看出，這個女人很特別，她並非美豔驚人，但那張面孔格外吸引人，只要看上一眼就絕對難以忘懷。她渾身洋溢著一種通情達理、熟諳人情世故的神韻，果決卻不張揚，有著極為撩人的風情。

「唉，吉姆，」她驚問道，「出了什麼事啦？」

「沒什麼，愛蜜莉，」年輕人答道，「他們以為我謀殺了舅舅。」

愛蜜莉又問：「誰這麼認為？」

年輕人朝來訪者打了個手勢。

「這位是納拉科特警官，」他說，然後又情緒低落地介紹道：「這位是愛蜜莉．翠弗西絲小姐。」

「啊。」愛蜜莉叫道，那雙淺褐色的眼睛仔細打量著納拉科特警官。

「吉姆是個大傻瓜，」她說，「但他不會去謀殺任何人。」

警官默然無語。

「我猜想，」她轉頭對吉姆說，「你一定說了什麼輕率的蠢話。如果你認真讀一下報紙就該明白，跟警察談話之前，你得找個能幹的律師坐在你旁邊，讓他幫你辯護才行，否則你就別和他們談。出了什麼事？你要逮捕他嗎，警官？」

納拉科特警官巧妙又清楚地向她解釋。

「愛蜜莉，」年輕人哭喪著臉。「你不會相信是我幹的吧？你絕不會相信的，對吧？」

「不相信，親愛的，」愛蜜莉溫柔地說，「當然不相信。」她又用經過深思熟慮並且文雅的口氣說：「你可沒這種膽量啊。」

「我覺得世界上好像連個朋友也沒有了。」吉姆哀嘆道。

「不，你有朋友的，」愛蜜莉說，「你還有我呢。振作起來吧，吉姆，瞧我左手無名指上耀眼的鑽石戒指，我是你忠實的未婚妻呀。跟警官去吧，剩下的一切交給我。」

吉姆．培生站起身來，臉上仍然是一片茫然不知所措的表情。他的大衣就擱在椅子上，於是拿起大衣穿好，警官將放在旁邊一張寫字檯上的帽子遞給他。兩人朝門口走去，納拉科特警官禮貌地告辭說：「晚安，翠弗西絲小姐。」

「再見，警官。」愛蜜莉親切地用法語說。

如果他了解愛蜜莉．翠弗西絲小姐，那他就會明白，這簡短的道別語蘊含著挑戰之意。

11 愛蜜莉著手調查

星期一上午，崔夫霖上校的遺體進行勘驗。就其引起的效應來看，這次的驗屍並未引起轟動，因為此事延宕了幾乎整個週末，讓許多人頗感失望。從週六到週一之間，艾克漢普頓突然聲名大噪。死者的外甥被警方拘留，報界對此事不再以小篇幅報導，而是用上好幾個版面，還加上大標題。星期一的艾克漢普頓小鎮，記者們蜂擁而至。由於送交那幸運的有獎徵答獎金支票，查爾斯·恩德比取得有利的採訪位置，因而大可好好自我慶賀一番。

他有意像條水蛭般死纏住伯納比少校，假託要為少校的房子拍照，他取得西塔佛別墅那幾位房客的資料，弄清楚他們跟死者的關係。

午餐時，門邊的一張小桌旁坐著一位非常迷人的女孩，這沒有逃過他的眼睛。恩德比先生不知道她來艾克漢普頓有何貴幹。她衣著端莊，顯得既嫻靜又撩人，看起來不像是死者的親屬，更不像個無所事事、好奇打探的人。

「不知道她會待多久？」恩德比先生心想，「可惜我今天下午要去西塔佛。運氣真不好。唉，魚與熊掌不可兼得，沒辦法啊。」

然而午飯後不久，恩德比先生卻又驚又喜。那時他正站在三冠旅社的台階上，瞧著快速融化的積雪，享受著冬季柔和慵懶的陽光。這時，一個非常迷人的聲音和他打招呼。

「對不起，你能否告訴我……艾克漢普頓有些什麼地方可以參觀？」

查爾斯．恩德比立刻抓住這個機會。

「我知道，有個城堡，」他答道，「雖然沒什麼，但就在那裡。也許你願意讓我陪你一塊兒去看看吧。」

「你真是太好了。」那女孩說，「你不會很忙吧。」

查爾斯．恩德比馬上答說不忙。於是兩人便結伴前往。

「你是恩德比先生吧？」女孩問。

「是的，你怎麼會知道？」

「貝林太太告訴我的。」

「哦，我明白了。」

「我叫愛蜜莉．翠弗西絲。我想請你幫個忙。」

「幫個忙？」恩德比說，「怎麼啦，想必是……」

「你知道，我就是吉姆．培生的未婚妻。」

「噢。」恩德比說，他那記者的本能又使他想到種種可能性。

「警察要逮捕他，我知道他們會怎麼做。恩德比先生，我知道吉姆沒有殺人。我到這裡來就是要證明他沒殺人，但我必須有個幫手。沒有男人做幫手是很難辦事的。男人們見多識廣，懂得運用各種手段，這些手段女人是絕不可能用的啊。」

「呃，我……是的，我想你說得對極了。」恩德比先生頗為自負地說。

「我今天上午都在觀察那些新聞記者，」愛蜜莉說，「大多數的記者都是一副蠢相，我選中了你，你是他們當中最聰明機智的一個。」

「啊，不會吧。唉，你太恭維我了。」

雖然恩德比先生這麼說，神情卻顯得更自負了。

「我希望，」愛蜜莉·翠弗西絲說，「我們能建立某種合作關係。這對彼此都有利。我想調查……查清楚某些事。你的記者本能可以幫我的忙。我想……」

愛蜜莉打住話頭，其實她是想要恩德比當她的私家偵探。讓他上哪兒他就去哪兒，去打探她想知道的事情，總之，就像個打了合約的奴隸吧。但她心裡明白，提出建議時必須措辭恰當，必須吹捧一番，先讓他高興才行。整件事的重點是：她才是主子，要做到這一點，就非得要點手腕不可。

「我想，」愛蜜莉說，「我應該能夠依靠你吧。」

她的聲音異常甜美，清晰動人。剛說完最後這句話，恩德比先生的心裡就湧起了一種感覺，覺得這個天真可愛、孤立無助的女孩完全可以依賴自己。

「面對這種事，想必你一定很難受。」恩德比邊說邊握住她的手，熱情地捏了一下。

「不過，你知道，」他那記者的本能又湧上心頭。「我的時間並不完全由我自己支配。我是說，老闆要我去哪裡，我就得去。就是這樣。」

「是的，」愛蜜莉說，「我也考慮過這一點，而我正好要利用這一點。我應該是你們所謂的『獨家新聞』吧，不是嗎?你每天都可以採訪我，讓我談談讀者想要了解的任何事，比方說，吉姆·培生的未婚妻百分之百相信他是無辜的啦、她提到他童年的回憶啦，諸如此類。不過你知道，我還真不了解他的童年是怎麼回事呢。」她又補充道：「但那不要緊吧。」

「我覺得你可真是棒透了，」恩德比先生說，「真是了不起呀。」

「而且，」愛蜜莉開始利用自己的優勢。「我可以自然而然和吉姆的親屬打交道，可以讓你以朋友的名義和我一起去，不然你就會吃閉門羹。」

「這點我最清楚不過了。」想起以往所遇到的種種不順利，恩德比先生感性地說。

此刻他眼前展現出一片輝煌的前景。對於這整件事，他的運氣還挺不錯。上回是送有獎徵答獎金，眼前則又來了另一次機會。

「成交。」他熱情地說。

「好極了。」愛蜜莉顯得興致勃勃、極其認真。「嗯，下一步該做什麼呢？」

他向她解釋道，由於自己跟伯納比的那層關係，他才得以獲得這有利的採訪身分。

「我必須提醒你，因為他是那種老頑固，其實對記者恨之入骨。不過，由於我剛交給他一張五千英鎊的支票，他才不好意思斷然拒絕，你懂吧？」

「如果斷然拒絕，那雙方都會很尷尬。」愛蜜莉說，「好了，如果你要去西塔佛，那我就跟你去吧。」

「太好了，」恩德比先生說，「不過，我不知道那兒有沒有地方可住。就我所知，只有西塔佛別墅，還有幾間老房舍，是屬於伯納比這類居民的小屋。」

「會找到住處的，」愛蜜莉說，「我會找到的。」

對於這一點，恩德比先生倒是毫不懷疑。愛蜜莉的個性能使她成功地跨越一切障礙。

於是他們倆來到城堡廢墟，卻根本沒去參觀。在有氣無力的陽光下，他們坐在一截城牆上面，愛蜜莉繼續說明她的想法。

「我是這麼認為，恩德比先生，關於這樁命案，我是完全不帶感情、並且很認真地去看待。你必須一開始就相信我說的話，吉姆沒有殺人，這並不是因為我愛他，或是相信他的天性善良什麼的，就簡單地下結論。我講的純然只是……事實。我從十六歲開始就獨立思考，而且很少和女人打交道，所以不了解她們，但我倒是很了解男人。除非一個女人可以準確地掌握男人，知道自己該怎樣應付某些狀況，否則她就辦不好事情。我能把事情辦好。我在『露西』那裡當時裝模特兒，我可以告訴你，恩德比先生，能在那裡工作就是一種本事了。

「嗯，就像我說的，我能很準確地掌握男人。吉姆在很多方面性格軟弱，我納悶，」愛蜜莉一時忘了自己扮演的角色應該要讚美堅強的男性。「我是否正因如此才喜歡他？我說的就是那種可以駕馭他、讓他獲得成功的感覺。他如果被逼急了，可能會犯一些小過失，但不會去殺人。他根本就不可能拿起鐵管，朝老人家的後腦勺狠砸。他只會玩板球，而且還打不準。恩德比先生，他實在是個文雅過頭的可憐蟲啊！甚至連弄死一隻黃蜂也不會，他只曉得驅趕，不忍心去傷害牠們，常常被螫得很慘。但我這麼說有什麼用！你一定要相信我說的話，吉姆是無辜的。」

「你認為是有人想把謀殺的罪名栽到他頭上嗎？」

恩德比先生以相當職業化的口氣問道：「我倒不認為，你知道，沒有人曉得吉姆曾經來拜訪他舅舅。當然，這也說不定，但我認為只是巧合，他是運氣太壞罷了。我們必須找出有謀殺動機的人。警方很篤定地認為不是『外人』幹的，這也就是說，這不是強盜下的手，破窗而入其實是故布疑陣。」

「警方是這樣告訴你的嗎？」

愛蜜莉答道：「實際上就是這樣。」

「你所謂的『實際上』到底是什麼意思？」

「是女僕告訴我的，她的姐夫是桂福司警員。所以，當然囉，警方的想法她全知道。」

「很好，」恩德比先生說，「既然不是外人幹的，那就是親戚或朋友幹的。」

「正是這樣，」愛蜜莉說，「我敢說，警方……就是納拉科特警官，是個相當穩健的人，他已經著手調查誰會因崔夫霖上校之死而受益。因為吉姆當時離案發地點不遠，所以他們就不願再費神調查下去了。唉，但我們可得繼續調查下去啊！」

「這真是如假包換的獨家新聞，」恩德比先生說，「如果我們找到真凶，別人就會稱呼我是《每日電訊報》的犯罪專家啦……但這不太可能吧，」他又若有所思地說：「那種事情只是小說情節罷了。」

「胡說，」愛蜜莉力表反對。「我就能讓它變成事實。」

恩德比再次讚揚她。

「你真是了不起。」

愛蜜莉拿出一個小筆記本。

「現在我們來把事情順序寫下來。有吉姆本人，他的弟弟和妹妹，還有珍妮佛姨媽，他們都因為崔夫霖上校之死而獲得同樣的好處。當然，吉姆的妹妹席薇雅是連蒼蠅也不敢弄死的，但她丈夫就難說了，依我看，他是個標準的無賴，你知道，是個有藝術趣味的無賴，總是跟女人鬧出風流韻事來什麼的。他很可能需錢孔急，儘管那份遺產歸席薇雅所有，但這對他沒什麼不同。他很快就會從她那裡把錢弄到手。」

「看起來他是個很討人厭的傢伙。」恩德比先生說。

「噢，是的。儘管表面上長得滿帥，總能讓女人和他躲在角落調情，但真正的男人卻恨死他了。」

「好吧，他是頭號嫌疑犯，」恩德比先生說，又在筆記本上做了記錄。「記得調查他星期五那天的活動……這很容易，我就假裝要採訪這位和被害人有關係的通俗小說家。行嗎？」

「太好了，」愛蜜莉說，「接下來是布萊恩，也就是吉姆的弟弟。他人在澳洲，但他要回來也很容易。我的意思是，有時候人們是動手不動口的。」

「也許可以給他發個電報吧？」

「好。我認為珍妮佛姨媽可以排除，大家都說她為人相當不錯，品德高尚。不過她住得不遠，就在伊克塞特。也許她來看過弟弟，而弟弟可能說了些她先生的壞話，然後她一時興起就用鐵管殺了他。」

恩德比先生疑惑地問：「你真的這麼認為嗎？」

「不，別當真。但誰也說不準。接下來就是那位海軍傳令兵了。依照遺囑所示，他應該能獲得一百英鎊。看起來應該沒什麼問題，不過仍然是那句老話：難說。他妻子是貝林太太的侄女。貝林太太就是三冠旅社的老闆娘。回旅社之後，我會伏在她肩膀上痛哭流涕。她是個母愛十足又挺開朗的人。如果我的未婚夫要被關進監獄，我想她會覺得非常難過，也許會說溜嘴，講出一些什麼事來。再就是西塔佛別墅。那別墅讓我覺得不對勁，你知道嗎？」

「不知道，哪兒不對勁呀？」

「那些房客吧，也就是威利特母女，她們在隆冬時節租下崔夫霖上校剛裝修好的房子。這件事情真古怪。」

「是的，是很古怪，」恩德比先生同意道，「其中可能有什麼名堂，也許和崔夫霖上校的過去有瓜葛。那桌仙的事情也很古怪，」他又說：「我正想給報紙寫篇文章，還就此事諮詢過研究靈異現象的物理學家奧利弗．洛奇爵士、名作家柯南．道爾爵士以及幾位女演員。」

「桌仙是怎麼回事？」

恩德比先生興致勃勃地把桌仙的事情說了一遍。凡是與謀殺案有關的任何事情，他都會想方設法打聽到。

「有點古怪，對吧？」他說，「我認為這件事讓人費疑猜，就是這樣，這件事可能有問題。我可是生平頭一次碰到這麼古怪的事情。」

愛蜜莉微微打了個冷顫。

「我討厭那些迷信的玩意兒，」她說，「就像這一次，如同你說的，其中一定有問題，這真是可怕啊！」

「桌仙那件事絕對不會是真的，對吧？如果真的有什麼亡靈跑來說崔夫霖死了，那為什麼不乾脆說出是誰謀殺了他呢？這道理很簡單嘛。」

愛蜜莉若有所思地說：「我覺得西塔佛可能有線索。」

「對，我也覺得該上那兒去徹底調查一番。」恩德比說，「我租了一輛車，半小時後就上那兒去。你最好和我一道去吧。」

「好的，」愛蜜莉說，「伯納比少校怎麼辦呢？」

「他準備步行過去，」恩德比說，「偵訊剛結束，他就走了。如果你要問我，那我就告訴你好了，他不希望我陪他去，我也不想在泥淖冰水裡跋涉。」

「車子沒問題吧？」

「噢，沒問題。星期五就已經通車了。」

「好吧，」愛蜜莉邊說邊站起身來。「我們該回三冠旅社了。我把手提箱收拾好，然後就在貝林太太的肩頭上假哭一番。」

「別擔心，」恩德比先生非常笨拙地說，「剩下的事交給我吧。」

「這就是我所需要的，」愛蜜莉做作地說，「有個人能依靠真是太好了。」

愛蜜莉．翠弗西絲的確是個擅長交際的年輕女人。

12 逮捕

回到三冠旅社，愛蜜莉碰巧在門廊裡遇見貝林太太。

「啊，貝林太太！」她叫道，「我今天下午就要走了。」

「是啊，小姐，是要搭乘四點開往伊克塞特的火車吧？」

「不是，我要去西塔佛村。」

「去西塔佛村？」

貝林太太臉上露出極為好奇的神情。

「是的，我想問你是否知道哪兒可以投宿？」

「你想在那兒住下來嗎？」

貝林太太的好奇心有增無減。

「是的，噢，貝林太太，我能在哪兒私下跟你說幾句話嗎？」

貝林太太欣然應允，帶她走進自己的房間。這是個小房間，壁爐裡的火燒得很旺。

「你不會告訴別人，對吧？」

愛蜜莉心裡明白，這句開場白會激起貝林太太的興趣和同情心。

「不會，真的，小姐，我不會說出去。」

貝林太太那雙深色的眸子顯得興致盎然。

「你瞧，你知道的，培生先生……」

「就是那位週五在這兒下榻過的年輕人嗎？警察把他抓起來了。」

「抓起來了？你是說，他被逮捕了？」

「是的，小姐，半小時之前被逮捕的。」

愛蜜莉的臉色霎時變得一片慘白。

「你確定嗎？」

「噢，確定，小姐。我家的艾米從警佐那裡聽來的。」

「太可怕了。」愛蜜莉說，這一如她所料，不過這種預料卻於事無補。「你知道，貝林太太，我……我和他訂了婚，他沒有殺人，我的天，這真是太可怕了。」

愛蜜莉說著便哭泣起來。今天早些時候，她曾對查爾斯．恩德比說過她會哭泣，但她吃驚地發現，自己的眼淚竟然抑制不住地滾滾而下。痛快地大哭其實是滿難堪的，但她真的太傷心了。她是嚇壞了，但不能真的灰心喪氣啊！這對吉姆是無濟於事的。這場比賽需要的是決心、邏輯和心明眼亮這些東西，痛哭失聲一點用也沒有。

然而，哭一哭倒也能使自己的緊張情緒緩和下來。畢竟她也知道自己會哭。這能使貝林太太大發善心，伸出援手。那幹嘛不痛痛快快地大哭一場呢？痛哭一場能使她心中所有的煩惱、疑惑和莫名的恐懼煙消雲散，宣泄殆盡。

「好了，好了，親愛的，別哭了。」

貝林太太安慰她，她用自己那雙碩大厚實的手臂溫存地摟著愛蜜莉，撫慰地輕輕拍著。

「打從一開始我就認為不是他幹的，他可是個端正的年輕人。警察準是昏了頭，我早就說過了。好了，別煩惱了，親愛的，一切都會好轉的，會好轉的，相信我吧。」

「我太喜歡吉姆了。」愛蜜莉仍然淚眼婆娑。「親愛的吉姆，親愛的、寶貝的、孩子氣、無助又不切實際的吉姆啊！竟然在不合時宜的時間、場合做出不適當的事情。要對付那位不動聲色、幹練穩重的納拉科特警官，又有什麼辦法？我們得救救他啊！」

她依舊哭泣不止。

「當然，我們會的，當然會的。」貝林太太拚命地安慰她。

愛蜜莉使勁地擦擦眼睛，又抽泣了一聲，才抬起頭來厲聲問道：「我在西塔佛村能住在哪裡呀？」

「去西塔佛村？你準備上那兒去嗎，親愛的？」

「是的。」愛蜜莉使勁地點點頭。

「呃，那麼，」經過一番慎重考慮，貝林太太說，「你只有一個地方可以住，西塔佛村沒什麼地方好待的，除了西塔佛別墅，也就是崔夫霖上校建造並租給從南非來的那位太太的屋子，他在周遭還蓋了六棟小屋，五號屋住的是園丁柯帝斯和柯帝斯太太。在上校的同意之下，她經常在夏天出租那棟小屋。所以你只能住在那裡了，情況就是這樣。雖然那裡還有一家鐵匠鋪和郵局，但郵局的希伯特太太有六個孩子，她的弟媳也住在那兒。而鐵匠的老婆又快生第八胎了，所以連屋角也沒辦法再收容別人了。你要怎麼去西塔佛村呢，小姐？你租了車嗎？」

「我坐恩德比先生的車去。」

「哦，那他要住在哪裡呢？」

「我想他也只能下榻柯帝斯太太家，她有兩個房間讓我們住嗎？」

「我看不太適合像你這樣的年輕小姐。」貝林太太答道。

「他是我的表哥呀！」愛蜜莉說。

她覺得貝林太太其實並不是在擔心合適與否的問題。

老闆娘的眉頭終於舒展開來。

「呃，那就好辦了，」她不情願地說，「如果住柯帝斯太太那兒不舒服，他們可能會讓你們去住那棟大別墅。」

「真對不起，我真是傻透了。」愛蜜莉一邊說，一邊又擦擦眼睛。

「這不奇怪，親愛的，你現在好受多了。」

「是的，」愛蜜莉這下說了實話。「我覺得好多了。」

「哭一頓，再喝杯茶，這樣就沒事了。你馬上喝杯熱茶吧，親愛的，乘車去那兒可冷的哪。」

「噢，謝謝你，我確實不想……」

「別去想什麼了，喝了這杯茶吧。」貝林太太態度堅決地說，站起身來朝大門走去。

「你告訴雅梅拉．柯帝斯，就說我要她好好照顧你，給你做好吃的，要保證你不煩惱。」

「你真好。」愛蜜莉說。

「我還會在這兒睜大眼睛幫你留意，」貝林太太說，「我可以聽到許多警察絕對聽不到的消息，我會設法馬上通知你的，小姐。」

「真的嗎？」

「我會的。別擔心，親愛的，我們很快就能讓你的心上人擺脫麻煩。」

「我得去收拾行李了。」

愛蜜莉站起身來。

「我會叫人把茶給你送上去。」貝林太太說。

愛蜜莉上了樓，把幾件隨身用品放進手提箱，又用冷水洗過眼睛，往臉上撲粉。

「你可出盡洋相了。」她對著鏡子裡的自己說，又往臉上撲了些粉，抹了點胭脂。「真奇怪，」愛蜜莉說，「我居然覺得好受多了。變成這副德性總算也值得。」

她按了鈴。那位女僕——也就是桂福司警員那充滿同情心的小姨子——立刻就來了。愛蜜莉塞給她一張一英鎊的鈔票，態度認真地求她把從警察那邊所聽到的消息都告訴她。那女孩馬上就答應了。

「你要去西塔佛村的柯帝斯太太那兒嗎？我會盡力幫助你的，小姐，我們大家都很同情你。小姐，我說不出有多同情你，我還一直跟自己說：『如果事情發生在我身上該怎麼辦？』哪怕只有一丁點兒消息，我也會告訴你的，小姐。」

「你真是個天使。」愛蜜莉說。

「我前天在伍渥思廉價商店買了一本六便士的書，名叫《賽林加謀殺案》。你知道他們是怎樣找到真凶嗎？小姐，就靠著一點點普通的封蠟。你的未婚夫很好看，對吧？和報上登的照片不太像。我一定會為你們盡力而為的，小姐。」

就這樣，這位三冠旅社的風雲人物出發了，行前還喝了一杯貝林太太送來的熱茶。

「記住，」當老掉牙的福特牌汽車上路時，愛蜜莉對恩德比說，「你是我的表哥，可別忘了。」

「為什麼呢？」

「鄉下人的心思很純潔，」愛蜜莉說，「我想，這樣稱呼比較好。」

「如果是這樣那就太好了，」恩德比先生抓住時機說，「我最好就叫你愛蜜莉吧。」

「好啊，表哥，你叫什麼名字來著？」

「查爾斯。」

「很好，查爾斯。」

汽車向西塔佛村疾馳而去。

13 西塔佛村

第一眼見到西塔佛村時，愛蜜莉興奮不已。出艾克漢普頓才兩英里，汽車就駛離公路，拐上路面粗糙的荒原小路，一直開到位於荒原邊緣的西塔佛村。經過一家鐵匠鋪和一個兼營糖果生意的郵局，駛入一條小巷，來到一排花崗岩建造的小屋前面。汽車在這排小屋的第二棟前面停住，司機說柯帝斯太太家到了。

柯帝斯太太是個矮小瘦削、頭髮灰白的女人，精力充沛，十分幹練。謀殺案的消息今天上午才傳到西塔佛村，她由於好奇而十分激動。

「是的，當然，你可以住這兒，小姐。你表哥也可以住在這兒。不過，得等我把一些個人物品收拾一下才行。和我們一起吃飯好嗎？唉，誰會相信呢？崔夫霖上校竟然被人謀殺了！還得進行偵訊什麼的。從星期五上午開始，我們這兒就跟外界斷了聯繫，今天上午聽到消息，可把我嚇死了，現在你只消用根雞毛也能把我撂倒。『上校死了，』我對柯帝斯說，

『這表示現今世上還是有邪惡的事啊！』我幹嘛對你嘮叨這些？小姐，進來吧，還有那位先生。我已經在燒水了，馬上就能喝到熱茶。坐這麼長一段路程的車，你們一定累壞了吧，幸好天氣比較暖和了。這裡到處都是十來英尺厚的積雪呢。」

在這滔滔不絕的一番長談當中，愛蜜莉和查爾斯·恩德比被帶到他們各自的房間。愛蜜莉住在一個方形小房間，窗外是西塔佛燈塔山的斜坡。查爾斯的小房間是長條形的，正對著屋子的大門和巷道，裡面安放著一張床、一個櫥櫃，還有一個洗臉盆架。

司機把查爾斯的手提箱放到床上。查爾斯付了錢，並表示感謝。

「最偉大的事情莫過於，」查爾斯說，「我們已經到達這裡，再過一會兒，我們就能了解西塔佛村所有人的情況，不然你就砍我腦袋好了。」

十分鐘後，他們倆已經在溫暖舒適的廚房裡坐下，並和柯帝斯打過照面。這老頭面貌粗陋、頭髮灰白，和他們一起猛喝濃茶，大吃奶油麵包、德文郡乳酪和水煮蛋。他們一邊吃喝，一邊聽這對老頭子和老太婆講話。不到半小時，這個小村子裡居民的情況，他們就了解得八九不離十了。

首先是波郝思小姐的情況，她住在四號屋，是個年齡不詳、性情乖張的老處女，六年前搬到這兒來安度晚年。這是柯帝斯太太的說法。

「信不信由你，小姐，西塔佛村空氣太新鮮了，她來了以後身體就漸漸好起來。這兒的空氣對肺部相當好。」

「波郝思小姐有個外甥，他不時來看她，」柯帝斯太太繼續說，「目前他就和她在一起，他的目的是避免讓財產被外人騙走，就是這樣。每年的這個時候他都待在這裡，這裡對年輕人來說實在枯燥乏味。不過，找樂子的辦法很多，對西塔佛別墅的那位年輕小姐來說，他的出現可真是天賜良機呀。可憐的小東西，想想看，隆冬時節被關在那棟軍營般的別墅裡，真不是滋味啊！有些做母親的也太自私了。那可是一位很漂亮的小姐呢。隆納．加菲爾先生有空會過去，以免冷落了波郝思小姐。」

查爾斯．恩德比和愛蜜莉互相使了個眼色。查爾斯想起來了，隆納．加菲爾就是那些玩桌仙遊戲的其中一位。

「我旁邊的是六號屋，」柯帝斯太太說，「剛被一個名叫杜克的先生租下，誰知道他的底細。這年頭不像從前囉，大家不再講究、也不會在意那些事情囉。他在這裡自由得很，開心極了。他有點靦腆，從外表上看起來，可能是從軍隊裡退役的，卻沒有軍人氣派。不像伯納比少校，只要瞧上一眼，你就知道他是個軍人。

「住在三號屋的是雷果夫先生，有點年紀了。據說他常到荒山野嶺去幫大英博物館捕鳥，他們說他是個博物學家。只要天氣好，他就整天在荒原裡忙東忙西。他的藏書又多又好，像個圖書館哩。他那棟小屋裡全是一架架的書。

「住在二號屋的是惠特，他是個負過傷的上校，有個印度僕人。他怪可憐的，受不了這份寒凍，我說的是那個僕人，不是上校，他從氣候溫暖的異國來到這兒，難怪受不了。他們把那棟房子燒得可真熱啊，熱得死人，簡直像個烤麵包的爐子。

「住在一號屋的是伯納比少校，他一個人獨居，我一大早會去幫他料理家務。他愛整潔，非常挑剔。和崔夫霖上校可以說是穿同一條褲子長大的，他們是一輩子的好朋友，兩人的屋裡都有那些從外國弄來的奇禽異獸的頭。

「至於威利特太太和威利特小姐，那我就不清楚了。她們很有錢，常跟艾克漢普頓的阿莫斯．派克公司買東西，據說每星期都要訂購八、九英鎊以上的貨。買的雞蛋多到讓你難以置信。女僕們是從伊克塞特帶過來的，但她們不喜歡這地方，都想離開，這我倒不責怪她們。威利特太太每星期都會開車送她們去伊克塞特，再加上日子過得不錯，她們也就同意留下來了。如果你問我，我得說這事情可真古怪，這麼漂亮的太太居然會在這鄉野地方息交絕遊。啊，我們把這些茶具收拾好吧。」

她打住話頭，深深吸了一口氣，查爾斯和愛蜜莉也獲得片刻歇息。她的陳述滔滔不絕，隨即又戛然而止，簡直令人應接不暇。

查爾斯終於鼓起勇氣提出一個問題。

「伯納比少校回來了嗎？」他問。

柯帝斯太太拿著茶盤的手停住了。

「是的，他的確回來了，先生，就在你們到達之前半小時，他是步行回來的。『怎麼啦，先生，』我對他叫道，『你是從艾克漢普頓步行回來的吧？』但他和往常一樣冷冷地回答：『幹嘛不步行回來？既然一個人長著兩條腿，就不需要搭車。我每星期都會走一趟，這你知道的，柯帝斯太太。』『哦，是的，先生，但眼前的情況不比平常。又是謀殺案，又是偵訊的，受了那麼大的驚嚇，你居然還能步行回來，這可真是讓人意外啊，了不起。』但他只哼了一聲，又繼續往前走，只是臉色看起來不太好。星期五晚上他竟然挺過來了，真是不可思議，都這把年紀了，膽子真大，居然在暴風雪裡步行三英里。不管怎麼說，時下的年輕人絕對比不上這些老先生。我看那位隆納．加菲爾先生就絕對辦不到。郵局的希伯特太太也這麼覺得，還有那位鐵匠龐德先生也是，大家都認為加菲爾先生不該讓他一個人走，應該要陪他一起去才是。如果伯納比少校在暴風雪裡失蹤，每個人都會責怪加菲爾先生。事情就是這樣。」

她洋洋得意地走進盥洗室，弄得茶具響叮噹。柯帝斯先生沉思著，把那支舊菸斗從嘴巴的右角移到左角。

「女人嘛，」他說，「就愛東家長西家短。」

他停了一會兒，又嘟囔了一句。

「她們說的話有一半連自己都莫名其妙，不知所云。」

對這個評判，愛蜜莉和查爾斯都不置可否。看他不再說了，查爾斯方才讚賞地小聲說：

「有道理，是啊，太有道理了。」

「噢。」

柯帝斯先生剛開口，旋即又頓住了，他看上去十分高興，接著又沉思默想起來。

查爾斯站起身來。

「我想去看看老伯納比，」他說，「告訴他明天上午有攝影展。」

「我跟你去，」愛蜜莉說，「我想知道他對吉姆有什麼看法，對整個案情究竟又是怎麼想的。」

「你帶了膠靴嗎？外面泥濘得很。」

「我在艾克漢普頓買了一雙威靈頓牌長筒鞋。」愛蜜莉說。

「你可真周到，什麼都考慮到了。」

「不幸得很，」愛蜜莉說，「要找出凶手，這幫不上什麼忙，反而可以幫助一個人去搞謀殺呢。」她臉上一副若有所思的模樣。

「唉，千萬別謀殺我啊。」恩德比先生說。

兩人剛一起出去，柯帝斯太太馬上就回到客廳裡。

「他們拐進少校家去了。」柯帝斯先生說。

「嗯，」柯帝斯太太說，「呃，你看怎麼樣？他們是情侶，在談情說愛是吧？人家說表親通婚壞處可多了。生下的孩子不是聾子，就是啞巴，而且還弱智，毛病多多。他挺愛她的，一看就明白了。但她呢，她城府可深啦，就像我姑婆薩拉的女兒貝玲達一樣，很懂得對付男人。我不知道她現在有什麼打算。你明白我的意思嗎，柯帝斯？」

柯帝斯先生只是哼了一聲。

「我相信，警方掌握的那位年輕嫌疑犯才是她的意中人。她來這裡是為了打探消息，看看能不能查出什麼名堂來。你聽著，」柯帝斯太太邊說邊敲著瓷器。「只要有什麼狀況，她一定能打探出來。」

14 威利特母女

當查爾斯和愛蜜莉出發去找伯納比少校時，納拉科特警官正坐在西塔佛別墅的客廳裡打量著威利特太太。

由於道路不通，他直到今天上午方才來訪，不知道會挖掘出什麼。不過可以確定的是，那絕不是已經知道的事。這次會面不是由他主控，而是威利特太太。

她急匆匆地走進客廳，一副既認真又重視效率的樣子。她的身材高大，面容清癯，目光炯炯。只見她身披一件精工編織的絲質套頭衫，以鄉村風格的裝扮而言，這件套頭衫並不是很合宜。腿上則穿一雙十分昂貴的薄絲長襪，外加一雙高級的皮製高跟鞋。手指上佩戴著幾枚值錢的戒指，全都嵌有質地極好的貴重大養珠。

「你是納拉科特警官吧？」威利特太太說，「你到這裡來是最自然不過的事了。這場悲劇真駭人，我簡直不敢相信是真的。今天早上我們才聽到消息，你知道，每個人都嚇壞了。

請坐，警官。這是我女兒維奧麗。」

那女孩是跟在威利特太太身後進來的，之前他沒注意到。她是個非常漂亮的女孩，身材修長，金髮碧眼。

威利特太太自顧自坐了下來。

「我能夠幫你什麼忙嗎，警官？我並不了解可憐的崔夫霖上校。不過如果你認為有些什麼……」

警官緩慢地說：「謝謝你，太太。當然囉，什麼有用，什麼沒用，這誰也不敢說。」

「我了解。這裡可能會有什麼東西可以提供線索，但我倒是很不以為然。崔夫霖上校把所有的個人物品全搬走了，他甚至還怕我會弄壞他的釣魚竿呢，可憐的老傢伙。」

「你認識他嗎？」

她莞爾一笑。

「你指的是租房子之前吧？啊，不認識。我曾經多次邀請他過來，但他就是不來。他相當害羞，可憐的人。這樣對他不太好，這種人我見多了，大家都說他們恨女人啊什麼的，蠢話一大堆，其實他們不過就是害羞罷了。要是我有機會能和他多接觸，」威利特太太似乎下了決心。「這些無聊的廢話馬上就會被我止住了。像他那樣的男人，其實只是希望有人帶他們進社交圈。」

對於崔夫霖上校何以對房客採取退避三舍的態度，納拉科特警官開始有點心領神會了。

「是我們母女一塊兒邀請他的，」威利特太太繼續說，「是不是，維奧麗？」

「哦，是的，媽媽。」

「他內心深處可是個道地的純樸水手哪，」威利特太太說，「每個女人都會喜歡水手，納拉科特警官。」

納拉科特這下總算明白，截至目前為止，這場談話根本就是由威利特太太主導。他認為這個女人絕頂聰明，也許就像她所表現出來的那樣天真，不過從另外一方面看來，也許並非如此。

「我想了解的重點是……」他頓住了。

「什麼呢，警官？」

「你一定知道，是伯納比少校發現了屍體。但他之所以會發現屍體，是因為這裡出了一件事。」

「你是說……」

「我指的就是桌仙那件事。請原諒……」

他猛地轉過身來。

只聽那女孩發出一聲微弱的叫喊。

「可憐的維奧麗，」她母親說道，「當時她就感到非常不安……我們大家全都感到非常不安，但都說不出是什麼原因。我並不迷信，只是這種心情實在非常難以名狀。」

「當時你們真有這種感覺嗎？」

威利特太太睜圓了眼睛。

「有，當然有啊。當時我以為是開玩笑，惡意的玩笑，而且太低級了。我懷疑是那個名叫隆納．加菲爾的年輕人開的玩笑。」

「噢，不是他，媽媽。我相信不是他開的玩笑。他發誓說他絕對沒有開這種玩笑。」

「我說的是我當時的想法，維奧麗。除了笑話，誰還會想到別的什麼嗎？」

「真奇怪啊，」警官慢吞吞地說，「你當時覺得很不安嗎，威利特太太？」

「我們大家都覺得很不安，在那以前，大家都在開心地胡鬧。這種情況你是知道的，冬天的傍晚大家歡鬧一陣。後來，突然之間，就有人開了這個玩笑！我生氣極了。」

「生氣？」

「呃，這很自然嘛。我認為是有人故意這樣……故意開這樣的玩笑。」

「現在呢？」

「什麼現在？」

「就是你現在有什麼想法？」

威利特太太富有表情地雙手一攤。

「我不知道該有什麼想法才好。這……這實在怪誕極了。」

「你怎麼想呢，維奧麗小姐？」

「我？」女孩回答，「我……我不知道。我絕對不會忘記。我現在甚至連作夢都會夢見，將來再也不敢玩桌仙這種遊戲了。」

「我想雷果夫先生會說這是真的，」她母親說道，「他就相信那些有的沒的，連我也快要相信了呢。如果不是從亡靈那兒傳來的訊息，那還能有什麼別的解釋呢？」

警官搖著頭。桌仙這件事不過是他藉以轉移她們注意力的話題罷了。他說的下一句話聽起來更是漫不經心。

「你不認為這兒的冬天非常淒涼嗎，威利特太太？」

「哎，我們很喜歡，換換口味嘛。我們是從南非來的，你知道。」

她的語氣非常輕鬆，極其普通，一點也沒有什麼特別之處。

「真的？是南非哪個地方？」

「噢，是開普敦。維奧麗以前從沒來過英國。她對英國很著迷……認為雪很有詩意，而這房子也非常舒適。」

「你們為什麼要來這裡呢？」他的語氣裡帶著一絲好奇。

「我們讀過許多談論德文郡，特別是達特穆爾的書。我們在船上讀的那本書裡頭全是關於維特科姆展覽會的事情，我一直想看看達特穆爾是什麼樣子。」

「為什麼要在艾克漢普頓安頓下來呢？這個小鎮沒沒無聞啊。」

「唔，我告訴過你的，我們正在讀這些書，船上有個年輕人談起艾克漢普頓，他對艾克漢普頓很有感情。」

「他叫什麼名字啊？」警官問道，「他也是從英國去的嗎？」

「呃，他叫什麼名字來著？是叫卡倫吧，我想。不對，是叫史密斯。我真夠糊塗的，實在是記不清了。你也知道乘船是怎麼回事，警官。你和同船的人都混熟了，還打算將來再見面呢……可是上岸才一個星期，你就連他們的姓名也記不起來了。」

她笑了起來。

「他真是個好青年——紅頭髮，不漂亮，但笑起來實在很可愛。」

「這就使你下決心在這兒租房子了嗎？」警官問道，淡然一笑。

「是的，我們該不是有點發神經吧？」

精明極了，納拉科特警官暗忖，絕頂精明。他開始領悟到威利特太太的策略了，她總是將話題轉移到別的地方去。

「於是你就寫信給房屋仲介，詢問有關房子的情況嗎？」

「是的。他們送來了西塔佛別墅的詳細情況，看來正合我們的意。」

「如果是我，這個時節就不合意了。」警官說，又笑了笑。

「我敢說，如果我們以前就住在英國，也會喜歡這裡。」威利特太太爽朗地說。

警官起身。

「你是寫信到艾克漢普頓的，但你怎麼知道房屋仲介的名字呢？」他問道，「這應該很難知道吧。」

談話頭一次停頓下來。他自信看出威利特太太眼神裡的不安，甚至憤怒。這個問題她未曾料到，只得轉身向女兒問道：「我們是怎麼知道的，維奧麗？我想不起來了。」

女孩的眼神則大不相同，那是害怕。

「哦，當然，」威利特太太說，「是透過德弗里奇的諮詢處。他們真棒呀！我向來就喜歡去那裡打聽消息。我問這兒最好的房屋仲介叫什麼名字，他們就告訴我了。」

反應可真快，警官暗自思量，快極了，但還不夠快。我可問住你了，太太。

他把房子各處草草檢查了一遍，沒發現什麼特別的情況。沒有文件，抽屜和櫥櫃也沒上鎖。

威利特太太一邊陪著他，一邊興高采烈地談著。他向她告辭，客氣地表示謝意。他正要離去的時候，他一眼瞥見威利特太太身後那女孩的臉。錯不了，那臉上是一副害怕的表情。

他在她臉上看到的確實是害怕的表情。她以為沒人看見，但就是在那一剎那，她臉上露出了明顯的懼色。

威利特太太仍在侃侃而談。

「哎呀，我們這兒有個難題啊。是家庭問題，警官。僕人們都不願待在這鄉野地方，威脅要走，而且謀殺案的消息好像使他們全慌了神啦。我真不知道該怎麼辦才好，也許男僕可以解決這個問題吧？伊克塞特戶政單位的人就是這樣勸我的。」

警官的回答顯得十分無趣。他沒有理睬她那滔滔不絕的嘮叨，自己使那女孩臉上露出了害怕的表情，他在考慮其中的原委。

威利特太太是很精明，但還不夠精明。

他一邊走，一邊思考著這個問題。

如果崔夫霖上校的死和威利特母女無關，那維奧麗．威利特為什麼要害怕呢？

他算是發出了第一槍。就在他前腳剛跨過門檻時，又轉過身來。

「順便問一下，」他說，「你們認識年輕的培生先生吧？」

這次的停頓就很清楚了。死寂大約只維持一秒鐘，威利特太太便開口說話。

「培生？」她說，「我想不……」

她的話被打斷了。身後的房間裡傳來一聲古怪的嘆息，接著是什麼東西倒下來發出了響聲。

警官一個箭步跨過門檻，奔進屋裡。

維奧麗．威利特昏倒在地。

「可憐的孩子，」威利特太太哭泣著。「緊張和震驚把她害慘了。可怕的桌仙，還有隨之而來的謀殺案。她不夠強壯，挺不住啊！太感謝你了，警官。對，就把她放到沙發上躺下吧。你能按一下鈴吧？哦，不，你幫不了什麼忙。太感謝你了。」

警官走下斜坡時，雙唇緊閉，露出一條冷峻的細縫。

吉姆・培生訂了婚的，他知道，是跟他在倫敦見過的那位十分迷人的女孩訂了婚。

可是為什麼一提到他的名字，維奧麗・威利特會昏過去呢？吉姆・培生到底和威利特母女是什麼關係？

剛出了大門，他就猶豫不決地停住了腳步。接著，他從口袋裡掏出小筆記本來。那上面記有崔夫霖上校修建的六棟小屋的住戶姓名，還有一些簡要狀況。納拉科特警官粗壯的手指停在六號屋上面。

「是的，」他喃喃地自言自語道，「最好現在就去見見他。」

他大步地走出巷子，在六號小屋的門上敲著，這間小屋裡住的是杜克先生。

15
造訪伯納比少校

恩德比先生帶路，上坡來到伯納比少校家。他在大門上輕快地敲著，門嘩一下應聲而開，伯納比少校滿臉通紅地站在門檻上。

「是你啊？」

他的聲音顯得不大熱情，才剛緊張地開了口，就一眼瞥見愛蜜莉，他的臉色倏然起了變化。

「這位是翠弗西絲小姐，」查爾斯介紹道，那神態像是打出一張王牌似的。「她很想要見你。」

「能進去嗎？」愛蜜莉問道，臉上笑容可掬，十分甜蜜。

「啊，當然可以進來，當然。」

少校一邊喃喃自語，一邊退回屋裡，挪出幾把扶手椅，並且把桌子推到旁邊去。

愛蜜莉依然故技重施，她開門見山直奔主題。

「你知道，伯納比少校，我是吉姆……吉姆．培生的未婚妻，你知道吧，所以我很擔心他。」

少校邊推桌子，邊張了張嘴巴，但沒說話。

「啊，老天呀，」他終於開口，「那件事真可怕。親愛的小姐，我覺得相當遺憾，實在超乎言語所能表達。」

「伯納比少校，請你坦誠告訴我，你個人是否相信吉姆有罪？噢，如果你這麼想，直說無妨，我不願意任何人對我說假話。」

「沒有，我認為他是清白的。」少校用非常確定的口氣大聲說道，又使勁拍了拍座墊，然後坐下來，面對著愛蜜莉。「他可是個好青年。不過……他可能有點軟弱。我這麼說你別介意，他可能是那種碰到誘惑很容易走錯路的年輕人。至於殺人嘛……他應該不會。我跟你說啊，從前我帶過不少部下，我對自己的判斷有信心。如今嘲笑退休軍官成了風氣，但我們的心眼還是雪亮的，翠弗西絲小姐。」

「對此我深信不疑，」愛蜜莉說，「聽你這麼說，我真是感激不盡。」

「來點威士忌加蘇打嗎？」少校問道，「恐怕沒什麼別的好喝了。」他表示抱歉。

「不用了，謝謝你，伯納比少校。」

「那麼就來點蘇打水怎麼樣？」

「真的不用，謝謝你。」愛蜜莉說。

「我應該去沏茶的。」少校說，一臉愁眉不展的模樣。

「我們喝過茶了，」查爾斯說，「在柯帝斯太太家喝的。」

「伯納比少校，」愛蜜莉問道，「你認為會是誰幹的？你有什麼想法嗎？」

「沒有，真該死，呃，煩死了……我沒什麼想法。」少校說，「我原以為一定是有人破窗而入，但警方現在認為情況並非如此。得了，那是他們的工作嘛，我想他們一定會弄清楚。他們說沒有人破窗而入，所以我也只得相信。不過我仍然懷疑，翠弗西絲小姐。就我所知，崔夫霖在世上沒有什麼仇人。」

「如果有人想殺他，你會知道吧？」愛蜜莉說。

少校抓了抓短鬍鬚。

「我明白你的意思，就像小說裡描寫的那樣，我應該記得一些小事情，那也許會是線索。唉，很遺憾，沒有這種事。崔夫霖的生活非常平凡。信件很少，回信寫得更少。也沒有女人介入他的生活，這我敢確定。不，我真的想不出有什麼特別的事，翠弗西絲小姐。」

三個人都沉默不語。

「那個僕人怎麼樣？」查爾斯問。

「跟隨他多年，絕對忠實可靠。」

「但他最近結了婚。」查爾斯說道，「和一個非常正派又可敬的女孩結了婚。」

「伯納比少校，」愛蜜莉說，「請原諒我這麼問，為什麼聽到他的死訊時，你並不感到緊張害怕呢？」

少校揉著鼻子，只要有人提到桌仙，他總要露出那種尷尬的神情。

「是的，我不否認，的確不覺得緊張害怕。我知道桌仙那件事只是胡鬧罷了，不過……」

「你覺得並不盡然。」愛蜜莉替他把話說完。

少校點點頭。

「所以我覺得奇怪……」愛蜜莉說。

兩個男人看著她。

「我的意思是，」愛蜜莉解釋道，「你說你不相信桌仙。然而儘管天氣相當不好，那件事在你看來又非常荒誕，你卻感到很不安，所以不管天氣多糟糕，你都要去，你想去看看崔夫霖上校是否安然無恙。噢，你可能是覺得……氣氛有點不對勁吧。」

她看到少校面無表情，於是又大膽地往下說：「我的意思是，某個人心裡有事，你也是，而你多少已經感覺到了。」

「唉，我不知道。」少校說，又揉揉鼻子。「當然，」他燃起一絲信心地說，「女人們很在乎這類事情。」

「女人們！」愛蜜莉低聲地喃喃自語道，「我就知道或多或少和她們有關。」

她突然轉臉對著伯納比少校。

「威利特這對母女怎麼樣呢？」

「哦，呃……」伯納比少校尋思著，顯然不擅描述。「呃，她們為人很好，你知道……很樂於助人。」

「在這種時節，為什麼她們要租一棟像西塔佛別墅那樣的房子呢？」

「我也不知道為什麼，」少校說，「沒人會這樣做。」

「你不認為這很古怪嗎？」愛蜜莉追問。

「當然古怪，不過，人各有所好，誰知道？警官也這麼說過。」

「胡說八道，」愛蜜莉說，「人做什麼事總是有原因的。」

「哦，那我就不清楚了，」伯納比少校謹慎地說，「有些人做事情要有原因，小姐，像你就是，但有些人……」

他嘆了口氣，搖著頭。

「你敢確定她們以前從未見過崔夫霖上校？」

少校回想著崔夫霖是否對他說過什麼……但沒有，他也和別人一樣吃驚。

「所以他也覺得很古怪嗎？」

「當然，我剛才跟你說過，我們大家都覺得古怪。」

「威利特太太對上校的態度怎麼樣呢？」愛蜜莉問，「她盡量避免和他接近嗎？」

少校發出一聲嘶啞的輕笑。

「不，完全相反，她纏著他不放，老是邀請他去看她們。」

「哦，」愛蜜莉說，沉吟了一會兒。「所以她可能……可能只是為了結識崔夫霖上校才租下西塔佛別墅的吧。」

「噢，」少校似乎也在考慮這種可能性。「是的，有可能。不過這麼做很花錢。」

「我不知道，」愛蜜莉說，「也許非這樣做不可，崔夫霖上校不是個容易打交道的人。」

「是的，的確如此。」已故上校的朋友表示同意。

「真令人費解。」愛蜜莉說。

「警官也想到了這一點。」伯納比說。

愛蜜莉心中驀然升起一股對納拉科特警官的惱怒。她想到的任何一點，警官似乎都早已想到了。對一個自認為比別人精明能幹的年輕女人來說，這實在可惡極了。

她站起身來，伸出一隻手。

「非常感謝你。」她簡單地說。

「但願我能幫上更多忙，」少校說，「我這個人相當平淡無趣，向來就是這樣。如果我聰明一點，大概就能想到某些情況，提供一點線索。無論如何，如果需要幫忙，你還是可以來找我。」

「謝謝你，」愛蜜莉說，「我會的。」

「再見吧，先生，」恩德比說，「我明天早上會獨自帶著照相機過來，你知道。」

伯納比哼了一聲。
愛蜜莉和查爾斯又回到了柯帝斯太太家裡。
「到我的房間來，我想和你談談。」愛蜜莉說。
她坐到一把扶手椅上，查爾斯則坐在床沿上。愛蜜莉把摘下的帽子旋轉著扔到屋角。
「現在，聽我說，」她說，「我自認已經找到了重點。也許對，也許錯，誰也不敢說，但總是有了著力點。我覺得這場桌仙遊戲暗藏殺機。你參加過這種遊戲吧？」
「啊，參加過，曾經參加。但沒認真過，你知道。」
「是啊，當然，誰會認真？這種遊戲是雨天午後打發時間才玩的，每個人都可以指責別人推了桌子。啊，如果你參加過，就知道是怎麼回事了。桌子拼讀出……比方某人的名字，呃，是某人知道的名字，不但經常立刻就能辨認出來，而且是大家都不希望看到的名字。整個過程中，人們會下意識認為有誰推了桌子。我的意思是說，當下一個字母被拼出來，並辨認出是什麼東西時，會使人不由自主地停頓一下。有時你愈不希望這樣，這種情況就愈是會出現。」
「是的，說得對。」恩德比先生表示同意。
「我從不相信有什麼精靈鬼怪之類的東西。不過假設……萬一有誰知道那時有人要殺害崔夫霖上校呢？」
「唉，我說嘛，」查爾斯表示反對。「這太牽強附會了。」

「哦，別那樣草率好嗎。是的，我認為必定是這樣。我們只不過是在假設，如此而已。假定有些人知道崔夫霖上校死了，但又忍不住想說，於是就假託桌仙道出了實情。」

「這想法可真是創見，」查爾斯說，「但我不相信這會是真的。」

「我們姑且假定是真的吧，」愛蜜莉堅持道，「我敢說，在偵查罪犯時，絕對不能害怕做出假設。」

「啊，這我倒很同意，」恩德比先生說，「隨你便，我們就姑且假定這是真的吧。」

「所以，我們必須這樣來考慮問題，」愛蜜莉說，「認真分析一下那些參加遊戲的人。首先是伯納比少校和雷果夫先生。好了，這似乎有些漫無邊際了。兩人之中必定有一個有幫手，而這個幫手就是凶手。接下來是杜克先生。噢，我們現在對他還一無所知。他最近才搬來，當然，他也可能是個不懷好意的陌生人，屬於某個犯罪組織什麼的。我們可以對他打個問號。現在來看看威利特母女。查爾斯，這母女是有些神祕兮兮。」

「她們到底能從崔夫霖上校之死獲得什麼好處呢？」

「噢，表面看來，毫無利益可言。不過，如果我的推測是正確的，他們必定有某種關係。我們得查出這層關係來。」

「對，」恩德比先生說，「倘若這個假設根本子虛烏有怎麼辦？」

「唉，那我們可得一切從頭再來了。」愛蜜莉說。

「你聽。」查爾斯突然叫道。

他舉起一隻手，走到窗前，推開窗子。愛蜜莉也聽到了那個響聲。那是遠處一隻大鐘發出的響聲。

正當他們倆站著聆聽時，樓下傳來柯帝斯太太激動的呼喚。

「聽見鐘聲了嗎，小姐？聽見了嗎？」

愛蜜莉把門打開。

「聽見了嗎？很清楚，不是嗎？對了，一定有事情！」

「什麼事呀？」愛蜜莉問道。

「那是普林斯頓的鐘，小姐，差不多在十二英里外呢。鐘響代表有犯人逃跑了。喬治，喬治！人在哪兒呀？你聽見鐘聲了嗎？有犯人逃走了。」

她穿過廚房，聲音也跟著消失了。

查爾斯關好窗戶，又坐回到床沿上。

「真可惜，事情全亂了，」他心灰意懶地說，「如果這個犯人是星期五逃走那倒好，那我們就算找到凶手，現在也不用再找了，整件事可以解釋為饑腸轆轆的亡命之徒破窗而入，崔夫霖奮起保衛他那英國人的城堡……於是亡命之徒要了他的命。一切不就簡單多了嘛。」

「也許吧。」愛蜜莉說，嘆了一口氣。

「可惜情況恰好相反，」查爾斯說，「他晚逃了三天，這真是……太沒有戲劇性了嘛。」

他悲哀地搖搖頭。

16 雷果夫先生

第二天上午，愛蜜莉起得很早。她是個敏感的年輕女人，心裡明白此刻要恩德比先生起床幫她辦事的可能性很小，那得等到接近中午的時候才行。她覺得百無聊賴，再也躺不下去，於是便起身出門，朝昨天來時相反的方向，順著巷子散步。

西塔佛別墅的大門在右邊，走過大門不遠，巷子便向右急轉上陡坡，來到開闊的荒原，就變成一條草叢中的小徑，逐漸消失。早上的天氣很晴朗，寒冷清冽，景色也十分美麗。愛蜜莉爬上西塔佛燈塔山山頂，那上面是一堆奇形怪狀的大岩石。她居高臨下，俯瞰著廣闊的荒原，極目遠眺，四周竟無一點人煙，也不見任何道路。在她下方山頂的另一側，是成群的灰色花崗岩圓石和岩塊。她欣賞了片刻，便轉向北面，眺望剛才出發地的那片遠景。正下方便是西塔佛村，山丘上的房屋星羅棋布，西塔佛別墅呈四方形，那些小小的房子就散布在它上面不遠的地方。在下方的河谷區，她看見了艾克漢普頓。

「在這麼高的地方，」愛蜜莉胡思亂想著。「一個人應該能看清每樣東西，就像站在玩具娃娃屋的上方往屋裡窺探一樣。」

她但願自己曾經見過那位死者，哪怕只見一次也好呀。要弄清一個你未曾謀面的人有什麼想法實在太困難，你得依賴別人的判斷，而愛蜜莉卻不認為別人的判斷會比她好。別人得到的印象對你毫無用處，也許跟你的判斷一樣，但是絕對不能依賴，你不能採用別人出擊的角度。

她心煩意亂地思考著這些問題，忍不住嘆了口氣，又換個姿勢，繼續站在那兒。

愛蜜莉沉浸在自己的思緒裡，完全忘卻了周圍的一切。直到她猛然一驚，發現就在幾碼遠的地方，站著一位矮小的老先生，只見他手裡有禮貌地攥著一頂帽子，呼吸相當急迫。

「對不起，」他問道，「你是翠弗西絲小姐吧？」

「是的。」愛蜜莉回答。

「我是雷果夫，請原諒我的唐突。這地方實在太小，無論大小事情人盡皆知。你昨天剛到這兒，消息自然馬上就傳開了。我可以向你保證，這兒每個人都對你深表同情，翠弗西絲小姐，我們大家都願意盡力幫助你。」

「你真好心。」愛蜜莉說。

「不客氣，不客氣，」雷果夫先生說，「美人蒙了難……請原諒我這守舊的說法。不過說真的，我親愛的年輕小姐，如果我能幫助你，一定不會推辭。這上面景色不錯，對吧？」

「景色好極了，」愛蜜莉說，「荒原的風景相當好。」

「你知道吧，昨晚有個犯人從普林斯頓監獄逃走了。」

「知道，抓回去了嗎？」

「還沒有吧。啊，唉，可憐的傢伙，很快就會被抓回去。我敢說沒有一個犯人能逃之夭夭，二十年來普林斯頓還沒有犯人能成功越獄。」

「普林斯頓監獄在哪個方向？」

雷果夫先生伸出手臂，指向荒原的南面。

「就在那兒，直線距離大約有十二英里。走陸路有十六英里。」

愛蜜莉打了個冷顫。她心中浮起一幅亡命之徒被追捕的境況。

雷果夫先生觀察著她，暗暗地點點頭。

「是的，」他說，「我也有同感，很奇怪，一想到有人被追捕，本能上難免覺得有些反感，不過，這些關在普林斯頓監獄的犯人全都是些危險殘暴的傢伙，是那些你我都願意盡力使其歸案的罪犯。」

他露出略帶歉意的微笑。

「你得原諒我，翠弗西絲小姐，我對犯罪研究很有興趣。這種研究可真讓人興奮哪。我研究犯罪學和鳥類學。」

他停頓片刻，又接著說道：「所以，如果你允許，我願意和你聯手追查這件案子。用第一手資料研究犯罪學一直是我夢寐以求的。翠弗西絲小姐，你能否信任我，讓我用我的經驗為你服務？我曾經深入研究過這種專題。」

愛蜜莉沉默了一會兒，她才正在暗自慶幸事情終於上軌道之際，這會兒又有人要奉上西塔佛村的第一手生活資料。「出擊角度」，她心裡再度重複剛才湧上心頭的那個術語。她之前採用了伯納比少校的角度看事情：實事求是，簡單明瞭，直截了當。只要確認事實，完全不理會那些微妙之處。

此刻她又得從另一個角度來看，她想，也許能再打開一個不同的視野。這位個頭矮小、瑟縮發抖、乾癟瘦削的老先生曾經認真細緻地研讀過犯罪學，他熟諳人性，廢寢忘食地比較沉思者和身體力行者所展現出的不同生活風貌。

「請幫助我吧，」她單純樸實地說，「我既憂慮又很不快樂。」

「那是當然的，親愛的，那當然。根據我所了解到的情況，崔夫霖的外甥已被扣押，要不然就是被捕了，不過，對他不利的證據其實有點太過簡單、顯而易見。當然，我得說，我是不帶成見的。」

「當然，」愛蜜莉說，「不過，既然你對他一無所知，那你怎麼能相信他是無罪的呢？」

「說得很有道理，」雷果夫先生說，「真的，翠弗西絲小姐，你本人就很值得我仔細研究。順便問一下，你的姓氏，也和我們可憐的崔夫霖上校一樣，都是康沃爾郡的姓氏嗎？」

「是的，」愛蜜莉說，「我父親是康沃爾郡人，我母親是蘇格蘭人。」

「啊！」雷果夫先生叫道，「真有趣。現在談談我們所關心的那個小問題吧。首先，我們假設年輕的吉姆……他叫吉姆，對吧？我們假定年輕的吉姆亟需一筆錢，於是他來見他舅舅，向他要錢，他舅舅拒絕了，他一時氣憤，抓起門後的鐵管砸向舅舅的腦袋。罪行不是出於預謀，而是愚蠢可悲的意外事件。唉，事情可能就是這樣。或者，他氣沖沖地和舅舅分手，不久某個人就進了屋，犯下了那樁謀殺罪……你正是這麼想的，我也是這麼希望。我認為不是你的未婚夫犯了謀殺罪，因為在我看來，如果真是他做的，那整件事就太沒有意思了，所以我認為人不是他殺的，而是另一個人犯下的。先這樣假設之後，我們就能獲得一個極其重要的論點：是否有人知道他們發生爭吵？事實上，那場爭吵促成了謀殺案，可不是嗎？你明白我的論點吧？有人處心積慮要除掉崔夫霖上校，正好利用了這個機會，而且料到嫌疑必定會落到年輕的吉姆頭上。」

愛蜜莉從這個角度審視案件。

「如果情況是那樣……」她慢吞吞地說。

雷果夫先生替她把話說完。

「如果情況是那樣，」他輕快地說，「兇手就是崔夫霖上校交往甚密的人了。此人必定是住在艾克漢普頓。很可能當時就在屋裡，不是在爭吵之前，就是在爭吵之後。由於我們不是在法庭上，所以可以自由列舉出姓名來，我突然想到了那位僕人伊凡斯的名字，此人正好符合我們所說的種種條件。他極有可能一直待在屋裡，聽到了爭吵，就利用了這個機會。接下來我們得弄清楚伊凡斯是否會從主人之死獲得某種利益。」

「他絕對可以獲得一小筆遺產。」愛蜜莉說。

「這可能不足以構成犯罪動機，我們得弄清楚伊凡斯是否亟需用錢，而且還得把伊凡斯太太考慮進去，我知道，他倆剛結婚不久。如果你研究過犯罪學，翠弗西絲小姐，你就會知道近親通婚所造成的惡果，尤其是鄉村地區。在布羅德莫一地，至少有四個年輕女人，儘管風度舉止良好，但性格上有許多怪誕之處，對她們來說，一般人的生活就無足輕重了。總之，我們絕不能把伊凡斯太太排除在外。」

「雷果夫先生，你怎麼看待桌仙這件事呢？」

「噢，那確實古怪。太古怪了。翠弗西絲小姐，我承認自己對這件事的印象極為強烈。你也許聽說了吧，我相信超自然現象，在某種程度上，我也相信降靈儀式。我已經寫了一份詳細報告，送交靈魂研究學會。這確實是個驚人的事件，有五個人參加，誰也沒想到崔夫霖上校會被謀殺。」

「你不認為……」

愛蜜莉頓住了。這五個人之中可能有誰知道發生了謀殺案，而他本人就是其中之一啊！但要把這個想法向雷果夫先生說明白，那可就不容易了。這倒並不是她懷疑雷果夫先生和這件慘案有什麼關係。不過，她覺得直接說太唐突，於是為了委婉傳達這個意思，她決定說得更圓滑些。

「這件事使我覺得很有興趣，雷果夫先生，正如你所說的那樣，十分古怪。你不認為參加的人有些能通靈嗎？當然，除了你之外。」

「我親愛的年輕小姐，我本人是不通靈的，我沒有那方面的能力。我只是個極感興趣的觀察者。」

「這位加菲爾先生怎麼樣？」

「是個好青年，」雷果夫先生說，「不過各方面都表現平平。」

「我想，他應該滿有錢的吧。」愛蜜莉說。

「我看是一文不名，」雷果夫先生說，「但願這個成語我用對了。他到這兒來是為了守候姨媽，我說啊，他對她是有『企盼』的。波郝思小姐可是個精明厲害的女人，我想她一定很清楚他的企圖，她自有一套冷嘲熱諷的幽默，把他套在那兒團團轉。」

「我真想見見她。」愛蜜莉說。

「是的，哪怕你不想見她，她也會堅持要見你。那純粹是出於好奇，啊，我親愛的翠弗西絲小姐，就是好奇嘛。」

「和我談談威利特母女吧。」愛蜜莉要求。

「她們很迷人呀，」雷果夫先生說，「很迷人。她們是從殖民地來的，當然，並不是真正的泰然自若，你懂我的意思吧？有點過分殷勤好客，什麼事都要弄得冠冕堂皇的。維奧麗是個迷人的小姐。」

「來這兒過冬並不好受啊！」愛蜜莉說。

「對，很古怪，對吧？但畢竟是合理的選擇嘛。我們這兒的人渴望陽光、炎熱的氣候和搖曳婆娑的棕櫚樹，而住在澳洲和南非的人卻熱中於古老的傳統耶誕節，還要有冰雪。」

「我真不懂，」愛蜜莉喃喃自言自語道，「是誰這麼告訴他的。」

她認為要過一個傳統、有冰雪的耶誕節，根本用不著待在一個荒原裡的荒村。雷果夫先生顯然對威利特母女選擇這種地方過冬絲毫不起疑心。她認為對一個鳥類學家和犯罪學家而言，也許這是正常的。在雷果夫先生眼中，西塔佛村顯然是個理想去處，他無法想像這個地方有什麼不合適。

他們緩步走下斜坡，拐進巷子。

「那棟房子裡住的是誰啊？」愛蜜莉突然問道。

「是惠特上校，他是個傷兵。恐怕不怎麼合群。」

「他是崔夫霖上校的朋友嗎？」

「不是親密朋友，崔夫霖上校不時去看看他。其實惠特上校也不喜歡人去他家。他是個死氣沉沉的傢伙。」

愛蜜莉默然無語。她在估算自己前去造訪的可能，每個出擊角度都該試一試。她突然想起來，截至目前為止，還沒提到過參加桌仙的另外一個人。

「杜克先生的情況怎麼樣呢？」她輕鬆愉快地問道。

「他的什麼情況？」

「呃，就是他本人的情況。」

「噢，」雷果夫先生慢吞吞地說，「這誰也不知道哇。」

「真不尋常啊！」愛蜜莉說。

「其實也沒什麼不尋常，」雷果夫先生說，「你知道，杜克絕對不是神祕人物。我想，大家唯一不了解的地方就是他的經歷。不，沒什麼特別之處，你知道，他不過就是個實在的好人罷了。」他趕緊補充道。

愛蜜莉又沉默不語了。

「我就住在那裡，」雷果夫先生說著停住了腳步。「也許你願意賞光進來坐坐。」

「好啊。」愛蜜莉說。

他們沿著小路往上走，進入他的小屋。只見屋裡布置考究，牆上全是成排的書架。

愛蜜莉滿懷興趣地瀏覽著每個書架上的書名。有個書架上全是論述神祕現象的專著，還有一個書架擺放的都是現代偵探小說，但最多的還是犯罪學方面的書籍，包括世界上有名的審判案例。鳥類學方面的書籍只占了一小部分。

「你家真是太好玩了。」愛蜜莉說，「但我現在得回去了。想必恩德比先生已經起床，正在等我呢。我也還沒吃早餐。我們告訴柯帝斯太太九點吃早餐，我看現在都已經十點了。恐怕是太遲了……全都是因為你太有意思了，又願意熱心幫忙。」

愛蜜莉向雷果夫先生投以勾魂攝魄的一瞥，令他不禁囁囁道：「我會盡力而為。你可以信任我，我們同心協力來合作。」

愛蜜莉伸出手來，熱情地緊緊握住雷果夫先生的手。

「太好了，」她說，用的是她那句歷來效果極佳的話：「有個人能依靠真是太好了。」

17 波郝思小姐

愛蜜莉回到柯帝斯太太家時，早餐已經擺好，有培根與蛋。查爾斯正等著她。

柯帝斯太太仍然在為逃犯的事情激動不已。

「兩年前也逃走一個，」她說，「才三天就給抓回來了。在靠近莫頓漢普斯特的地方被抓回來的。」

「你認為他會逃到這裡來嗎？」查爾斯問。

此地的環境說明這個想法並不正確。

「犯人絕不會逃到這兒來，全是荒原一片，出了荒原就只有小鎮。他會逃往普利茅斯，這最有可能。不過還沒等他逃到那兒，保證就被抓回來了。」柯帝斯太太說。

「可以在山那邊的岩石裡藏身。」愛蜜莉說。

「你說得對，小姐，那兒是有個藏身之地，人們管它叫作匹克斯洞。洞口在兩塊岩石中間，很狹窄，但進去後就寬敞了。據說從前有個查理國王的手下曾在裡面躲了兩個星期，由農莊上的一個女僕送吃的給他。」

「我一定要去看看匹克斯洞是什麼樣子。」查爾斯說。

「你不知道那有多難找，先生。許多去野餐的人找了一下午也找不到。不過要是你找到了，千萬要在洞裡放個小東西，會帶來好運喔。」

早餐後，查爾斯和愛蜜莉來到小花園。查爾斯說：「我在想，是不是該去一趟普林斯頓呢？只要運氣來，好事就接二連三。我在這裡是從一個簡單的足球有獎徵答開始走運的，沒想到就遇到逃犯事件和謀殺案呢。真精采呀！」

「去幫伯納比少校的小屋拍張照片怎麼樣？」

查爾斯抬頭望著天空。

「唔，我看天氣不行，」他說，「我得去西塔佛別墅，我得找個理由過去瞧瞧，再說，又起霧了，呃，我已經把和你會面的採訪報導發回去了，你不會介意吧？」

「哦，沒事，」愛蜜莉表情呆板地說，「你都讓我說了些什麼？」

「嗨，都是人們喜歡聽的話嘛，」恩德比先生說，「本報特派記者專訪愛蜜莉．翠弗西絲小姐，該小姐的未婚夫吉姆．培生已被警方逮捕，被控謀殺崔夫霖上校……然後就是我個人對你的印象，我說你是個勇敢、高尚的美麗女孩。」

「謝謝你了。」愛蜜莉說。

「剪了短髮。」查爾斯又說。

「你說剪了短髮是什麼意思？」

「你是剪了短髮嘛。」查爾斯答道。

「噢，當然，」愛蜜莉說，「可是你幹嘛要提到這點呢？」

「女讀者就想知道這一點，」查爾斯．恩德比說，「這場專訪很精采。你說哪怕整個世界都與他為敵，你也要站在他身旁支持他。你不知道這幾句極富女性色彩的感性字眼會有多大的作用。」

「我真的這樣說過嗎？」愛蜜莉輕聲哼了一下。

「你不介意吧？」恩德比先生急切地問道。

「啊，不介意，」愛蜜莉回答，「『好好去玩吧，親愛的。』」

這句話使恩德比先生有點吃驚。

「沒事，」愛蜜莉說，「那不過是引用的話而已。我記得很小的時候，圍兜上就印有這句話，是印在星期天戴的圍兜上面。其他幾天的圍兜上就只印著『別做個貪吃的小鬼』。」

「啊，原來如此。我還對崔夫霖上校的海軍生涯大肆渲染，至於劫掠異國珍品並遭到某個怪祭司報復的可能性只稍微暗示了一下……你知道吧，只不過稍加暗示。」

「唉，看起來你幹得挺不錯的嘛。」愛蜜莉說。

「你做了什麼事呢？天哪，你起得有夠早的。」

愛蜜莉把遇見了雷果夫先生的情況講了一遍。

她突然緘口不語了，恩德比朝她目光投射之處瞥了一眼。只見一個臉色粉紅、模樣健康的年輕小夥子斜倚在大門上，嘰哩咕嚕說著一些表示歉意的話，吸引他們的注意。

「喂，」那年輕人說，「十分抱歉打擾你們的談話，我是說，我這麼做真不好意思，不過是我姨媽讓我來的。」

愛蜜莉和查爾斯不約而同地「哦」了一聲，覺得莫名其妙，對那年輕人的解釋有點丈二金剛摸不著頭腦。

「是的，」那個年輕人說，「老實說，我姨媽是個很強悍的人，她說出口的事，就一定要達成，明白吧。當然，這時候跑來實在很唐突。不過你們要是認識我姨媽就好了，如果你們聽命於她，馬上就能了解她了……」

「你姨媽是不是波郝思小姐？」愛蜜莉插話問道。

「對，」年輕人感到一陣輕鬆。「那你知道她囉？想必是聽柯帝斯老媽媽說的吧，一定是這樣。她老是口沫橫飛、嘮叨不休，對吧？但是她人不壞。呃，事情是這樣的，我姨媽說她想見你們，要我來告訴你們，向你們致意之類的。我也許得麻煩你們……她是個病人，出不了門，要是你們能去看她，那就太好了。呃，這種事想必你們能夠理解，不用我多說。其實她是好奇，當然，如果你們說你們覺得頭痛啦、要去寫信啦什麼的也沒關係，那就不用麻煩去看她了。」

「哦，我不認為是麻煩，」愛蜜莉說，「我馬上就跟你去。恩德比先生要去見伯納比少校。」

「我要去見伯納比少校？」恩德比低聲說。

「是啊。」愛蜜莉確定地說道。

她朝他點點頭，便轉身跟著她的新朋友走了。

「我想你就是加菲爾先生吧。」她說。

「對，我該告訴你的。」

「啊，唉，」愛蜜莉說，「這可不難猜到。」

「你能去真是太好了，」加菲爾先生說，「一聽到要她們出門，很多老小姐都會很不高興。你知道，她們就是這種脾氣。」

「你不在這裡定居吧，加菲爾先生？」

「那當然，」隆納．加菲爾先生熱情地回答，「你見過這種鳥不生蛋的地方嗎？這才不像照片上那樣吸引人呀。我真納悶怎麼沒人在這裡搞謀殺……」

他頓住不講，被自己的話嚇了一跳。

「唉，真對不起。我這人真沒辦法，老是說錯話。我不是那個意思。」

「我知道，你不是那個意思。」愛蜜莉安慰道。

「到了。」加菲爾先生說。

他推開一扇大門。愛蜜莉跟著他走進大門，沿著小路通往一棟小屋。這棟屋子和別的不一樣，客廳朝向花園的那一側放著一張躺椅，上面躺著一位老太太，一張臉滿是皺紋，她的鷹鉤鼻也是愛蜜莉前所未見的。她用手肘困難地把身體支撐起來。

「你把她帶來了，」她說，「親愛的，你真好心，願意來看我這個老婦人。你知道，病人就是這樣，凡事都得主動點，不然別人就不會來理你。你別以為我是好奇，不僅僅是這樣。隆納，去把花園裡的椅子油漆一下，就放在花園的棚子裡，有兩把柳條椅和一張長凳。油漆也在棚子裡。」

「我這就去，卡洛琳姨媽。」

聽話的外甥轉身消失在花園裡。

「請坐。」波郝思小姐說。

愛蜜莉按她的指示坐到椅子上。說來也怪，對這位尖嘴利舌的中年女病人，她馬上就感到很喜歡，而且同情起來，覺得自己跟她像是有某種血緣關係似的。

「這個女人，」愛蜜莉暗忖，「是個直來直往、獨立自主、而且頤指氣使的人，就和我一樣。只不過我長得漂亮，而她靠的可就是性格魅力了。」

「我知道你跟崔夫霖的外甥訂了婚，」波郝思小姐說，「我聽別人談起過你，現在我一看見你，就知道你打算做什麼了。祝你好運。」

「謝謝你。」愛蜜莉說。

「我討厭那些悲悲戚戚的女人，」波郝思小姐說，「不過，我喜歡那種挺起腰桿做事情的女人。」

她目光炯炯地盯著愛蜜莉。

「我看得出你是在為我惋惜，惋惜我躺在這裡不能起身，也不能走動，對吧？」

「不，」愛蜜莉深思熟慮地說，「我不會那麼想。我認為只要下定決心，事情就能辦得成，即使不擇手段也無所謂。」

「說得對極了，」波郝思小姐說，「你必須從不同的角度看待生活，就是這麼回事。」

「出擊角度。」愛蜜莉小聲說。

「你說什麼來著？」

愛蜜莉盡可能清楚地把當天上午歸納出的理論講了一遍，她業已將這種理論付諸實踐。

「沒錯，」波郝思小姐一邊說，一邊點頭。「唉，親愛的，我們談正經事吧。我想你並不是個天生的傻瓜，你來這個村子是想要了解情況，找出和謀殺案有關的任何蛛絲馬跡。呃，如果你想了解這裡的人，那我倒可以告訴你。」

愛蜜莉一點也不浪費時間，她開門見山直搗重點。

「能談談伯納比少校的情況嗎？」她問道。

「他是典型的退役軍官，心胸狹隘，眼光短淺，嫉妒成性。在金錢方面的事情上很容易受騙。他就是那種會投資泡沫股、地雷股的人，因為他目光如豆，毫無遠見。他不喜歡欠債。別人進屋前不在踏墊上擦腳，他就要生氣。」

「那麼雷果夫先生呢？」

「古怪的小個子，一個驕傲自大的人。喜歡胡思亂想，總把自己想像成了不起的人。我想，他必定表示要幫助你，因為他自以為精通犯罪學。」

愛蜜莉表示正是這樣。

「杜克先生又是個什麼樣的人呢？」她問道。「我對他一無所知……其實我本來是應該了解的。此人很平凡，照理說我應該了解的，不過現在我對他還沒有什麼想法。說來也怪，他就是那種人……你本來說得出他的名字，話到嘴邊卻總是想不起來。」

「威利特母女呢？」愛蜜莉問。

「啊，威利特母女！」波郝思小姐又用手肘把身體支撐起來，她有點激動。「該怎麼說呢？呃，我可以告訴你一些情況，親愛的。也許對你有點用吧。到我的寫字檯那兒去，把最上面的那個小抽屜打開……左邊那個……對了。」

愛蜜莉拿出一枚信封來。

「我會全部告訴你。威利特母女到這裡時，帶著漂亮的衣服、幾個女僕，還有那些個新式皮箱，她和維奧麗是坐福特來的，那幾個女僕則帶著那些新式皮箱，從火車站搭乘公車過來。當然，這件事很轟動，可以這麼說。她們經過這裡時，我探身朝外看，看見一條彩色標籤從一只箱子上飄落下來，被風吹到我家門口。如果說我討厭什麼東西，那就是亂扔紙屑什麼的。所以我就叫隆納去撿起來，我正要扔掉之際，卻發現這標籤挺漂亮的，也許可以留下來貼在我送給兒童醫院的剪貼簿上。唉，後來我就忘了，直到威利特太太有幾次特別提起維奧麗從未離開過南非，而她本人也只到過南非、英格蘭和里維拉的時候，我才想起那張標籤。」

「是嗎？」愛蜜莉問。

「正是這樣。呵，你瞧這個。」

波郝思小姐將一張行李標籤塞到愛蜜莉的手裡，只見那上面寫著：「墨爾本，門德爾旅社。」

「是澳洲嘛，」波郝思小姐說，「這可不是南非呀，正像我年輕時也不是待在南非那樣。我敢說這並不重要，但也有它的價值。我還要告訴你一件別的事。我聽見威利特太太呼喊她的女兒，她喊的是『卡依』，那比較像澳洲話，而不是南非話嘛。我說，真古怪，如果是從澳洲來的，幹嘛不願意承認呢？」

「這當然很奇怪，」愛蜜莉說，「而且她們到這裡來過冬也很奇怪。」

「那是顯而易見的。」波郝思小姐說，「你見過她們了吧？」

「沒有，我今天上午本來想去的，只是不知道上那兒去該說些什麼。」

「我可以幫你找個藉口，」波郝思小姐輕鬆愉快地提出了建議。「把我的鋼筆給我，再拿幾張筆記紙和一枚信封來。對了，現在，讓我想想看。」

她不說話了，認真地考慮著，突然之間，她並未發出任何警告，便歇斯底里尖叫起來。

「隆納，隆納，隆納！那孩子聾了嗎？叫他來他幹嘛不來呀？隆納！隆納！」

隆納疾步而至，手裡還拿著油漆刷子。

「有什麼要緊的事情嗎，卡洛琳姨媽？」

「有什麼要緊的事情？我在叫你，就是這麼回事。昨天你在威利特家喝茶時，有什麼特別的蛋糕嗎？」

「蛋糕？」

「蛋糕、三明治啦，諸如此類的。你這個人反應真慢，孩子。你昨天在那兒喝茶時都吃了些什麼來著？」

「有咖啡蛋糕，」隆納說，一副大惑不解的模樣。「還有酥皮三明治……」

「咖啡蛋糕，」波郗思小姐說，「那就行了。」她俐落地寫著。「你可以回去刷油漆了，隆納。別待在這裡，別張著嘴巴站在那兒，你八歲割過扁桃腺，別找藉口了。」

她寫道：

親愛的威利特太太：

聽說昨天下午茶你做了非常可口的咖啡蛋糕，能否把配方告訴我以便如法炮製？我知道這種要求你是不會介意的……一個病人除了在飲食上變花樣，也沒什麼事好做的。因為隆納正忙著，翠弗西絲小姐好心替我送這張小條子。逃犯的消息真嚇人，可不是嗎？

你誠摯的卡洛琳．波郝思

她把小條子放進信封，封好，寫上姓名地址。

「行了，年輕的女孩。你會發現她家門口擠滿了記者。他們當中有許多人是乘坐那輛福特汽車到巷子裡來的。我見過他們。但你是去見威利特太太，就說我讓你帶張小條子給她，你輕而易舉就可以混進去了。不消我多說，你把眼睛睜大點，盡量利用這次造訪的機會吧。無論如何你一定會成功的。」

「你真好心，」愛蜜莉說，「真是太好心了。」

「我幫助懂得自助的人，」波郝思小姐說，「順便問一下，你還沒有問我對隆納有什麼看法呢？我想他也是你想了解的人之一。他是個好青年，只可惜很膽怯。我必須很遺憾地說，他幾乎願意為錢賣命。你瞧他那副傻頭傻腦的樣子！如果他只是偶爾來這裡，甚至說句要我去見鬼的話，我倒會十倍地喜歡他，但他偏就沒這個腦筋，看不出門道來。村裡還有一個人，就是惠特上校。我敢說他在抽鴉片，他是英格蘭脾氣最壞的人。你還想了解什麼別的事嗎？」

「不用了，」愛蜜莉說，「你告訴我的這一切真算得上是包羅萬象了。」

18 愛蜜莉造訪西塔佛別墅

愛蜜莉步履輕快地沿著巷子往前走，她注意到早上的天氣變化很快，此刻已是濃霧瀰漫，四周白茫茫一片。

「在英格蘭的這個地方，生活實在大不易，」愛蜜莉想，「不是下雪就是下雨，要不就颳風，不然就是滿天大霧，即使出太陽，天氣也冷得要命，凍得人手腳麻木。」

她的沉思被粗嘎的說話聲打斷，說話的人就在她右側很近的地方。

「對不起，」那個人說，「你看見一隻雜種牛頭犬了嗎？」

愛蜜莉吃了一驚，轉過身來。只見一個瘦削高大、臉色褐黃、頭髮灰白的男人靠在一扇大門上。他拄著一根拐杖，饒有興致地打量著愛蜜莉。她一眼就認出此人正是那個傷兵，住在三號屋的惠特上校。

「沒有，我沒看見。」愛蜜莉答道。

「牠跑出去了，」惠特上校說，「這小東西挺通人性的，不過卻是隻傻狗。你瞧那些汽車……」

「這條巷子沒什麼汽車會經過。」愛蜜莉說。

「夏天就有遊覽車經過，」惠特上校冷冷地說，「早上從艾克漢普頓出發，搭乘遊覽車到這裡，總共得花三英鎊六便士，中途會讓遊客登上西塔佛燈塔，然後可以休息一下、吃吃點心什麼的。」

「是的，但現在不是夏天啊。」愛蜜莉說。

「剛才就有一輛遊覽車開過去，我想，可能有些記者想去看看西塔佛別墅吧。」

「你和崔夫霖上校很熟嗎？」愛蜜莉問。

她認為惠特上校問她是否見到雜種牛頭犬只是個藉口罷了，這表明他對自己很感興趣，這倒是很自然的事。她心裡非常清楚，自己已成為西塔佛村人關注的焦點。惠特上校想看看她是什麼模樣，這和別人一樣，也很正常。

「不太熟，」惠特上校答道，「這房子是他賣給我的。」

「哦。」愛蜜莉的語氣鼓勵他繼續往下說。

「一個吝嗇鬼，他就是那種人。」惠特上校說，「當時原本協議他要按房客的喜好去建，但就因為我要求窗框要漆成有檸檬黃襯底的巧克力色，他就要我分攤一半費用，說什麼原先的協議是用統一規格的顏色。」

「你不喜歡他這個人吧？」愛蜜莉說。

「我經常和他吵架，」惠特上校說，「但我也常和別人爭吵。」他想了一下又補充道：「在這種地方你得學會不讓別人來煩你。這些人老是來敲門，大剌剌坐在你屋裡瞎聊。心情好的時候，我倒不在乎有人來訪，但必須是我心情好，而不是別人心情好才行。崔夫霖竟然對我擺什麼房東的架子，想來就來，太過分了嘛。好了，現在沒人來打擾我啦。」他很滿意地說。

「哦。」愛蜜莉覺得很驚訝。

「有個土著僕人是最棒的事了，」惠特上校說，「他們懂得服從命令。阿布多！」

一個纏頭巾的高個子印度人應聲從房間裡走出來，恭恭敬敬地等候使喚。

「你進來吃點東西吧，」惠特上校說，「參觀一下我的小屋。」

「對不起，」愛蜜莉說，「我得趕緊走了。」

「唉，忙什麼嘛。」惠特上校說。

「是的，我得趕緊走了，」愛蜜莉說，「我有個約會。」

「如今真是沒人懂得生活的藝術了，」惠特上校說，「趕什麼火車啦、約會啦……全是瞎忙。我說，太陽出來就起床，想吃飯就吃飯，千萬別訂什麼時間表，別赴什麼約會，如果人們願意聽我的話，我倒是很願意教別人怎麼過日子。」

愛蜜莉想，這種沾沾自喜的生活方式結果只是毫無希望。像惠特上校這種有如沉船般的人，她還真是沒見過。無論如何，想必上校的好奇心應該暫時得到滿足了，於是她堅持要赴約，就告別而去。

西塔佛別墅的大門是用堅固的橡木建造的，門鈴的拉線也很結實，門前還鋪了一大塊鋼絲擦腳墊，掛了一個擦得錚亮的黃銅信箱。愛蜜莉看得出來，這代表著舒適雅致、端莊得體。一個衣著整潔、外表極其普通的女僕應聲打開了大門。

女僕態度冷淡地說：「今天上午威利特太太不見客。」

愛蜜莉心想，八成是之前有記者來過，於是她馬上接著說：「我是來給波郝思小姐送信的。」

顯然這番話起了作用。女僕臉上露出猶豫的神色，接著態度幡然改變，不再拒人於門外。

「請進來吧。」

愛蜜莉先被引進那被房屋仲介形容為「設備完善」的門廳，從那兒進入客廳。客廳裡爐火正旺，到處散放著帶有女性特色的東西：玻璃鬱金香花、精美的手工織袋、一頂女帽、一尊長腿的白臉丑角娃娃。她注意到客廳裡沒有擺放照片。

將這一切看在眼裡之後，愛蜜莉便在爐火前暖手。這時門打開了，一個年齡與她相仿的女孩走了進來。愛蜜莉看得出這女孩十分漂亮，穿著高雅昂貴，但表情似乎有些緊張害怕。她心想，這樣漂亮的女孩真是前所未見。女孩的緊張害怕並不明顯，因為她刻意表現得風度翩翩，悠然自得。

「早安。」威利特小姐走上前來，與愛蜜莉握手。「對不起，母親還沒下樓來，上午的時候她總是躺在床上。」

「哦，真遺憾，也許我來得不是時候。」

「唉，別那麼說。廚師正在寫下蛋糕的配方，波郝思小姐用得著，我們真是高興極了。你和她住在一起嗎？」

愛蜜莉不禁暗自竊笑，在整個西塔佛村，大概只有這棟房子裡的人不知道她是誰，也不明白她何以登門造訪了。西塔佛別墅有主人和許多僕人，也許僕人知道她是誰，但主人則顯然一頭霧水。

「確切地說，我並不是住在她家，」愛蜜莉說，「我其實是住在柯帝斯太太那兒。」

「那棟房子當然是太小，她的外甥隆納也住在那裡，對吧？我想，她家也沒有房間可以讓你住。但她人很好，對吧？很有個性，我老在想，我還真的很怕她呢。」

「她讓人又愛又恨，不是嗎？」愛蜜莉愉快地表示同意。「當個會嚇唬人的惡霸倒是挺誘人的呢，尤其是當別人不敢正視你的時候。」

威利特小姐嘆了一口氣。

「我倒希望我能夠勇敢面對別人呢。」她說，「整個上午那些記者真是纏得我們好煩。」

「哦，當然，」愛蜜莉說，「這是崔夫霖上校的房子，沒錯吧？他就是那個在艾克漢普頓被謀殺的人啊。」
她決定弄清楚維奧麗．威利特小姐如此緊張害怕的原因。那女孩的確非常驚惶。有些事情讓她感到害怕，而且十分驚恐。她是故意提起崔夫霖上校的名字的。那女孩的反應並不明顯，但她很可能料到別人會這麼問她。
「是的，很可怕，可不是嗎？」
「如果你不介意談一談，可以告訴我有關這方面的事嗎？」
「不，不，當然不……怎麼會呢？」
愛蜜莉心想，這女孩很不對勁，她連自己在說些什麼都搞不清楚，今天早上到底有些什麼特別的事情使她提心吊膽呢？
「是桌仙吧，」愛蜜莉說，「我偶然間耳聞這件事，覺得很有意思……我的意思是，這實在太陰森可怕了。」
她心想，其實是小女孩的大驚小怪，我猜就是這麼回事。
「噢，真嚇人哪，」維奧麗說，「那天傍晚……我永遠也忘不了，當然，我們認為一定是有人在開玩笑，只不過這種玩笑實在太差勁了。」
「是嗎？」
「我絕對忘不了打開燈的一剎那，那時每個人看起來都是一副古怪的模樣，除了杜克先生和伯納比少校……他們倆倒是挺沉得住氣，死不承認那種事情有什麼了不起。不過，還是看得出伯納比少校其實非常不安。我覺得他比別人更相信這可能是真的。當時我還擔心可憐的雷果夫先生會心臟病發，但他對那種事情應該見怪不怪了，畢竟他做過許多靈魂方面的研究；至於隆納呢，你知道，就是隆納．加菲爾，他看上去簡直像活見鬼似的，也許真的是見鬼了吧。甚至連我媽也感到非常不安，我從未見過她那麼不安。」

「這一定相當奇怪，」愛蜜莉說，「要是我能在現場目睹這一切那就好了。」

「真的很嚇人。我們原先都假設那是……開玩笑，你明白吧，但其實又不像。後來伯納比少校突然決定要去艾克漢普頓，我們大家都勸他別去，說暴風雪會把他淹沒，但他執意非去不可。他走後，我們大家都坐在客廳，又擔心又害怕。昨天晚上，不，是昨天上午，我們就聽到消息了。」

「你以為是崔夫霖上校的幽靈吧？」愛蜜莉的話音裡充滿了敬畏。「要不就認為是超人的洞察力或者心電感應吧？」

「啊，我不知道，但我以後絕對不敢再嘲笑這種事了。」

女僕托著一個盤子進來，然後把盤子上摺好的紙條遞給維奧麗。

女僕退出客廳後，維奧麗打開紙條看了一遍，然後把它遞給愛蜜莉。

「你看，」她說，「說實話，你來得正是時候。謀殺案使傭人們非常不安，她們認為住在這荒原很危險。昨天傍晚媽媽對她們大發脾氣，叫她們收拾好東西回家。午飯後她們就要走了。我們得另外雇用兩名男僕，一個負責管理日常事務，一個是廚師兼司機。我想這樣更好些。」

「那些女僕真傻，不是嗎？」愛蜜莉問道。

「就算崔夫霖上校是在這棟房子裡被謀殺，也不該這樣啊！」

「你們怎麼會想到要來這裡住呢？」愛蜜莉問，努力不讓這個問題聽起來惹人注意，只是像個好奇的女孩自然而然地發問。

「哦，我們原來還以為這裡很好玩呢。」維奧麗答道。

「你不認為這兒相當沉悶嗎？」

「噢，不沉悶啊，我喜歡這個國家。」

然而她的目光卻在迴避愛蜜莉。有那麼一會兒，她看起來心事重重，擔憂害怕。維奧麗在椅子上不安地挪動著，愛蜜莉頗不情願地站起身來。

「我該回去了，」她說，「非常感謝，威利特小姐，我衷心希望你母親平安無恙。」

「唉，她挺好的，就是那些女僕和一些煩人的事情。」

「那當然。」

愛蜜莉悄悄將手套丟在小桌子上，她動作很快，威利特小姐毫未察覺。維奧麗．威利特陪著她走到大門口，愉快地說了幾句話，互相道別。

女僕已經把門打開，維奧麗關上了門，但愛蜜莉沒有聽見鑰匙轉動的聲音。快走到大門時，她又慢慢加快腳步往回走。

這次拜訪證實了她對西塔佛別墅的猜測。這裡的確有點不對勁。她並不認為維奧麗．威利特和謀殺案有直接關聯，如果真是那樣，那維奧麗．威利特便是個極為出色的演員。但是有些狀況不對勁，而且和命案有關。威利特母女和崔夫霖上校三人之間一定有某種聯繫，在這種聯繫之中，可能藏有解開整個祕密的鑰匙。

她走到門口，輕輕轉動門把，跨進門檻。門廳裡寂然無聲，愛蜜莉停住腳步，不知道下一步該做什麼。反正藉口是有了——那雙故意遺忘在客廳裡的手套。她佇立在那兒，側耳傾聽。除了從樓上傳來的低聲話語外，沒有別的聲音。愛蜜莉盡量不發出聲音地走到樓梯口，站在那兒往上看，接著又小心翼翼地拾級而上。這樣做很冒險，總不能說手套掉在二樓吧，但對於樓上傳來的談話聲，她卻很想偷聽。在愛蜜莉看來，現代建築師所設計的門總是關不緊，可以聽見門後房間裡的低語聲。所以只要走到門邊，房間裡的談話便能聽得一清二楚。她一級一級地上了階梯……有兩個女人的說話聲，毫無疑問，是維奧麗和她母親的談話。

談話聲突然停了！腳步聲響起。愛蜜莉趕緊往後退。

當維奧麗．威利特打開母親房間的門，並且來到樓下時，發現剛才那位客人正站在門廳裡，像隻迷途小狗似的四下張望著。

「我在找我的手套，」愛蜜莉解釋道，「我一定忘在這裡了。我是回來找手套的。」

「我想應該是在客廳。」維奧麗說。

她們倆走進客廳，就在離愛蜜莉剛才坐過的那把椅子不遠的小桌上，正放著那雙忘記帶走的手套。

「啊，謝謝。」愛蜜莉說，「我真是蠢極了，老是丟三忘四。」

「這種天氣沒有手套可不行，」維奧麗說，「太冷了。」

兩人又一次在門口道別，愛蜜莉這一次聽見了鑰匙轉動的聲音。

她走下坡道，心中波濤洶湧。因為剛才在階梯上時，當那扇門一打開，她就清楚聽見一個老年婦女說了一句話，那語調既煩躁又哀怨。

「我的天哪，」那聲音悲鳴道，「我受不了啦，晚上怎麼還不快點到？」

19 種種推測

愛蜜莉回到柯帝斯太太家時，她那位男性友人已經不知去向。柯帝斯太太告訴她，恩德比先生和幾個年輕人出去了。此外，有兩封愛蜜莉的電報。她打開電報，隨即又揣進口袋裡，柯帝斯太太目不轉睛地盯著那兩封電報。

「不會是壞消息吧？」柯帝斯太太問。

「唉，不是。」愛蜜莉答道。

「電報總是讓我心驚肉跳。」柯帝斯太太說。

「我知道，」愛蜜莉說，「很惱人的。」

此刻她心裡一片空白，只希望獨自靜一靜。她想清理一下思緒，再好好思考一番。

她上樓來到自己的小房間，拿起鉛筆和一張紙，著手整理。就這樣寫了二十分鐘後，恩德比先生打斷了她的思路。

「嗨，嗨，嗨，你可回來了。艦隊街的那些人整個上午都在找你，但哪兒都找不到。我告訴他們別擔心，對你來說，我才是最大的干擾呢。」

他在椅子上坐下，哈哈哈地大笑著。愛蜜莉則坐在床上。

「整件事毫無嫉妒和怨恨！」他說，「我把東西交給他們，這些人我都認識，而我就置身其中，簡直不敢相信，我不停捏自己，覺得我馬上就會清醒似的。呃，我說，你注意到起霧了吧？」

「這可難不倒我，今天下午我要去伊克塞特，知道嗎？」愛蜜莉說。

「你要去伊克塞特？」

「對，我要去見戴可仕。他是我的律師，你知道吧，他也是吉姆的辯護律師，想見見我。既然如此，我想我應該順路去看看吉姆的珍妮佛姨媽。畢竟，去伊克塞特只要半小時就夠了。」

「你的意思是說，她姨媽有可能搭火車到那裡，朝她弟弟頭上敲那麼一記，而誰都沒注意到她曾經出過門。」

「哎呀，我知道這聽起來很不可思議，但每個細節總是該徹底了解呀。我不是說我希望凶手就是珍妮佛姨媽……我沒這樣想。我倒寧願凶手是馬丁．迪林，那種人最可惡，仗著是別人的姻親，明目張膽做些醜事，你又不能當著眾人的面摑他耳光。」

「他是那種人嗎？」

「八九不離十，當凶手的理想人選。他老是接到書商發來的電報，不然就是賭馬輸錢。但他有很充分的不在場證明，真煩死人了。文學餐敘，迪林先生就是這樣告訴我的。出版商和文學餐敘聽起來無懈可擊，又很冠冕堂皇。」

「文學餐敘嘛，」恩德比說，「是星期日晚上。馬丁．迪林……讓我想想看，馬丁．迪林，噢，對了，我幾乎敢確定是這麼回事。見鬼，我有十足把握，我可以寫信給卡拉瑟把事情弄清楚。」

「你在說些什麼呀？」愛蜜莉問。

「你聽我說，我是星期五傍晚來艾克漢普頓的。呃，當時我打算向一個朋友拿點資料，他也是個記者，名叫卡拉瑟，他原定六點半左右來看我，就在他去參加文學餐敘之前。這個卡拉瑟是個大塊頭，還說如果來不了，就會捎封信到艾克漢普頓給我。嗯，結果他沒來成，倒是給我寫了封信。」

「這沒什麼關係呀。」愛蜜莉說。

「別這麼沒耐心嘛，我就快說到重點了。那老傢伙把我需要的資料給我，然後說他飽餐了一頓，喝得滿醉的，接著他又將席間的情形描寫了一番，什麼講演啦、蠢話啦、有名的小說家和劇作家啦，諸如此類。他還說座位安排得糟透了，他的兩邊都是空位，一邊本來是茹比．麥卡莫這位暢銷書女作家的位子；另外一邊則是個空位，原本是馬丁．迪林這位大情聖的位子。由於卡拉瑟想利用這次文學餐敘的機會多了解一些文學界的狀況，所以就移到一位詩人的旁邊去坐，因為那個詩人在布萊克希思很出名。好了，你聽出我的重點了吧？」

「查爾斯，親愛的！」愛蜜莉高興極了。「好極了，所以馬丁・迪林根本就沒去參加文學餐敘？」

「正是這樣。」

「你還記得那些名字嗎？」

「當然。但我把那封信撕掉了，真可惜。不過我可以寫信給卡拉瑟問清楚。我相信自己沒弄錯。」

「當然，還有那位出版商，」愛蜜莉說，「就是和他鬼混了一下午的那位。我記得那位出版商是要回美國，如果是這樣，那可就怪了。我是說，這看起來像是他找了一個不容易詢問到的對象當作不在場證明。」

「你真以為我們猜對了？」查爾斯・恩德比問道。

「嗯，應該是吧。我認為最應該做的事，就是直接去找那位可愛的納拉科特警官，把這些新發現告訴他。我是說，我們總不可能去追查一個可能在茅列塔尼亞號或貝倫加里亞號船上的美國出版商吧？那是警方的事。」

「如果真能成功，不就成了獨家新聞！」恩德比先生說，「如果成功了，我想，《每日電訊報》至少會提供我……」

愛蜜莉毫不留情地打破了他的加薪美夢。

「但我們可別昏了頭，」她說，「其他線索也得繼續追查。我必須去一趟伊克塞特，明天才能回來。不過我幫你找了件差事做。」

「什麼事啊？」

愛蜜莉把拜訪威利特家的事以及那句莫名其妙的話告訴了他。

「我們絕對要查出今晚會出什麼事才行，一定有些什麼事。」

「真不尋常呀！」

「可不是嗎？不過當然也可能是巧合，也許不是……但女僕們全給打發走了。今晚那裡一定有怪事要發生，你得去看看是什麼事。」

「你是要我整個晚上待在灌木叢裡發抖嗎？」

「噢，你不會介意吧？只要目的正當，新聞記者是什麼都願意做的。」

「誰這麼告訴你的？」

「別管是誰告訴我的，我知道記者都是這樣。你願意去吧？」

「呃，非常願意，」查爾斯說，「我不會錯過任何機會。如果今晚西塔佛別墅要出怪事，那我一定會在那裡等著。」

愛蜜莉把行李標籤的事情告訴了他。

「很古怪，」恩德比先生說，「培生家的老三就在澳洲，對吧？就是最小的那個。當然，這不一定就代表有什麼問題，不過仍然……呃，可能有關係。」

「唔，」愛蜜莉說，「我就是這麼覺得。你那方面有什麼消息嗎？」

「哦，」查爾斯說，「我有個想法。」

「是嗎？」

「但我不知道你是否喜歡這個想法。」

「你說什麼……我是否喜歡這個想法？」

「你聽了不會冒火吧，啊？」

「我想不會吧，我是說我希望自己能夠理智且平靜地聽聽別人的意見。」

「好吧，我的想法就是，」查爾斯依然狐疑地望著她。「別以為我是故意要冒犯你什麼的，但你真的認為你心上人說的話字字不假嗎？」

「你是說，」愛蜜莉回答，「謀殺就是他幹的吧？你要那麼想我也沒辦法。一開始我就說過了，那樣認為是最方便不過了，但我們得假設不是他呀。」

「我不是那個意思，」恩德比說，「我同意你的假設，人不是他殺的。我的意思是，他自己所陳述的情況究竟真實到什麼程度？他說他去那老頭家，和老頭談過話，離開時老頭還好端端什麼的。」

「是這樣啊。」

「嗯，剛剛我才在想，你不一定這麼認為吧，可不可能他到那裡時，發現老頭子已經死了？我是說，他也許聽到了風聲，嚇得不敢吐實。」

查爾斯十分模稜兩可地把自己的推測說完。使他稍感欣慰的是，愛蜜莉居然沒對他發脾氣。相反地，她眉頭緊蹙，陷入沉思之中。

「我不願意對你說假話，」她說，「這是可能的，我以前沒有想到，雖然吉姆不會謀殺任何人，卻有可能被嚇壞了，於是愚蠢地撒起謊。當然，一旦說了謊，就不得不說到底。是的，這有可能。」

「最麻煩的是，現在不能去問他。我是說，他們不會讓你單獨見他，對吧？」

「我可以讓戴可仕去見他，」愛蜜莉說，「我想，一個人只能單獨去見自己的律師。最麻煩的是，吉姆非常固執，一旦他這麼說了謊，就會堅持到底。」

恩德比先生心領神會地說：「要是我，我也會堅持到底。」

「沒錯，我很高興你提醒我那種可能性，查爾斯。這我倒沒想過。我們一直在尋找某個吉姆走了之後才進去的人，但在吉姆到達那裡之前……」

她頓住了，又陷入沉思之中。兩種推測竟然如此大相逕庭。就雷果夫先生之見，認為吉姆跟他舅舅吵架是關鍵點。另一種推測則認為跟吉姆無關。愛蜜莉覺得，首要之務是去見第一次檢視屍體的醫生。如果崔夫霖上校是……譬如說吧，在四點遇害的，那在不在犯罪現場的問題就大不相同了，再來就是請戴可仕促使他的當事人絕對要說出事實真相來。

她跳下床，站住了。

「哦，」她說，「你最好想想我該怎麼去艾克漢普頓。我想，鐵匠家有輛汽車。你能不能去跟他說說看，讓他開車送我去。我午飯後馬上出發。三點十分有一班開往伊克塞特的火車。那樣我就有時間先去見醫生了。現在幾點了？」

恩德比先生一邊看手錶，一邊說道：「十二點半。」

「我們一起去確定汽車的事情吧，」愛蜜莉說，「離開西塔佛村之前，我還有一件事情要辦。」

「什麼事啊？」

「我要去見杜克先生。他是我在西塔佛村唯一還沒見過的人，也是參加桌仙的人之一。」

「嗨，去鐵匠家的路上要經過他的房子。」

杜克先生的房子是那一排小屋的最後一棟。愛蜜莉和查爾斯拉開大門門閂，走上小徑。這時發生了他們沒預料到的情況。門打開後，一個男人走出來，此人竟然是納拉科特警官。

納拉科特警官看起來也很吃驚，愛蜜莉心想，甚至還有點難為情呢。

愛蜜莉打消了原來的想法。

「見到你真高興，納拉科特警官，」她說，「如果可以，我有幾件事要跟你談談。」

「我很樂意，翠弗西絲小姐，」他掏出一支手錶。「恐怕得快點說，有輛車在等我。我得馬上趕回艾克漢普頓。」

「運氣真是太好了，」愛蜜莉說，「我可以搭你的便車吧，警官？」

警官很木然地表示他很樂意。

「你幫我把手提箱拿來，查爾斯，」愛蜜莉說，「我已經收拾好了。」

「在這裡見到你真令人吃驚啊，翠弗西絲小姐。」納拉科特警官說。

「我說過會『再見』的嘛。」愛蜜莉提醒他。

「我當時根本沒注意。」

「你根本不知道我已經做了那些事呀，」愛蜜莉誠懇地說，「你知道吧，納拉科特警官，你犯了個錯誤。吉姆並不是你要追捕的人。」

「真的？」

「而且我還相信，」愛蜜莉說，「你內心是同意我的說法的。」

「你為什麼會那麼想呢，翠弗西絲小姐？」

「那你又在杜克先生的家裡幹嘛呢？」

愛蜜莉針鋒相對，毫不退讓。納拉科特有點尷尬。她馬上又接著說：「你心裡是存疑的，警官，你的確是……心存懷疑。你原以為抓對了人，但現在你不確定了，所以又開始調查。呃，我打聽到一些事情，可能會有幫助。在去艾克漢普頓的路上我會告訴你。」

路上傳來腳步聲，隆納．加菲爾來了。那副模樣活像個逃學的學生，氣喘吁吁，內疚不安。

「嗨，翠弗西絲小姐，」他說，「今天下午去散步如何？我姨媽在午睡，你知道的。」

「不行，」愛蜜莉說，「我要去伊克塞特。」

「什麼，真的嗎？你是說你要一去不返了嗎？」

「噢，不是的，」愛蜜莉說，「我明天上午還會回來。」

「啊，那太好了。」

愛蜜莉從口袋裡掏出一件東西，遞到他手上。

「把這交給你姨媽，好嗎？是咖啡蛋糕的配方，告訴她這配方要得正是時候，廚師明天就要走了。其他女僕也要走。一定得告訴她，她會感興趣的。」

微風中從遠處傳來一陣尖聲呼叫。

「隆納！隆納！隆納！」

「是我姨媽在叫我，」隆納緊張地一躍而起。「我得走了。」

「我看你的確該走了，」她在他身後又叫道，「你左臉上沾了綠油漆。」

隆納已經閃身進了他姨媽家的大門。

「我的男性友人把手提箱拿來了。」愛蜜莉說，「走吧，警官，我會在車上把一切全告訴你。」

20 造訪珍妮佛姨媽

兩點半，華倫醫生接到愛蜜莉打來的電話。他立即對這位有效率、魅力十足的女孩產生好感，她提的問題十分大膽，而且切中重點。

「是的，翠弗西絲小姐，我明白你的意思。你知道，這和小說裡的情節正好相反，確定死亡時間是最困難的事情。我見到屍體時是八點。可以非常確定地說，崔夫霖上校至少已經死了兩個小時，但是否更久就很難說了。如果你認為他是四點鐘遇害的，我也覺得應該有可能，不過我傾向於認為是稍晚一些。此外，死亡時間也不可能太早，應該是在四點到四點半之間，不可能再更早了。」

「謝謝，」愛蜜莉說，「這正是我想了解的。」

她搭乘三點十分的火車，直接來到戴可仕先生下榻的旅社。

兩人的談話實事求是，不帶情緒。打從愛蜜莉幼年時代起，戴可仕先生就認識她了，成年後，戴可仕先生就負責幫她處理法律方面的事情。

「你必須對驚人的後果有心理準備，愛蜜莉，」他說，「情況比我們預料的對培生更不利。」

「更不利嗎？」

「是的。我用不著對你拐彎抹角。有些事實查清楚了，而且對他極為不利。就是這些事實讓警方認定他就是凶手。如果我對你隱瞞這些事實，那可就對不起你了。」

「請把這些事實告訴我吧。」愛蜜莉說。

她的語調極為平靜沉著。不管內心如何震驚，她絕不表露自己的情緒，情緒是救不了培生的，要靠頭腦才行。

「毫無疑問，他亟需用錢，眼前我暫且不評論他道德方面的問題。總之，培生之前不時借貸，婉轉地說，是從他的公司借貸，只是公司不知情罷了。他喜歡投機玩股票，在先前的投機行為中，他料定股息會在一星期之內入帳。有鑑於此，他便挪用公司的錢先買進某一支他認定會上漲的股票。結果交易非常順利，公司的帳也填回去了。對於這樣的行為，培生絲毫不覺得有什麼不對。一星期前他又如法炮製，這次卻出現他意料之外的結果。由於某種原因，公司原先預定的查帳日期提前，於是培生便陷入進退兩難的尷尬處境。他對自己挪用的款項非常清楚，知道自己絕對湊不出那筆數目。他承認自己四處籌措均未成功，最後出於無奈，他去了德文郡，把事實真相對他舅舅和盤托出，想說服舅舅伸出援手，可是崔夫霖上校卻一口拒絕了。

「呃，我親愛的愛蜜莉，我們無法阻止這些事實曝光。警方已經把這些事調查清楚。你看，這豈不是一個非常急迫的犯罪動機嗎？崔夫霖上校一死，培生便可以很輕易地從柯克伍先生那兒得到所需的金援，填平他所挪用的款項，讓自己免於一場災難甚或被指控詐欺呢。」

「咳，這個呆子。」愛蜜莉無可奈何地說。

「他的確是個呆子。」戴可仕冷冷地說，「看來我們只有一個機會，就是證明吉姆・培生對他舅舅的遺囑條款毫不知情。」

愛蜜莉思忖著，沉默不語。然後平靜地說：「恐怕不行。他們三人全知道，吉姆、席薇雅和布萊恩都知道遺囑條款。他們經常談起，還笑著大開德文郡這位富舅舅的玩笑。」

「哎呀，哎呀，」戴可仕先生說，「這真是不幸啊。」

「你認為他是清白的吧，戴可仕先生？」愛蜜莉問。

「奇怪得很，我並不認為他有罪，」律師答道，「就某些方面而言，吉姆・培生是個非常誠實的年輕人。如果你不介意，我必須說，他缺少高標準的商場誠信，可是我絕不相信他會用鐵管砸他舅舅的腦袋。」

「唉，那也好，」愛蜜莉說，「我倒希望警方的看法和你一樣。」

「沒錯。但我們對他的印象和看法沒有什麼實際的幫助。很不幸，目前對他的指控強而有力。我並不打算隱瞞你，親愛的孩子，前景不妙啊！我建議請王室法律顧問洛里墨來為他辯護。人們都管他叫絕望者的救星呢。」他愉快地補充。

「我還想知道一件事，」愛蜜莉說，「你應該已經見過吉姆了吧？」

「當然了。」

「希望你坦誠告訴我，你認為他在其他事情上說的是不是真話？」

她把恩德比之前提出的想法扼要地說了一遍。

回答之前，律師慎重考慮了一番。

「根據我所獲得的印象，」他說，「他說他要和舅舅會面的事情應該是真的，但他也可能被嚇壞了，如果當時他走到窗邊，從落地窗進去，並發現舅舅的屍體……那他有可能被嚇壞了，所以不敢吐實，於是就另外編出一套謊話。」

「這就是我擔心的，」愛蜜莉說，「你下次見到他時，戴可仕先生，你能促使他說真話嗎？這樣會使事情大為改觀。」

「我會的。不過我還是覺得，」他稍稍停頓了一下。「你這個想法不對。崔夫霖上校遇害的消息大概八點就傳遍了艾克漢普頓。那時候最後一班火車已經開往伊克塞特，而吉姆．培生卻搭乘第二天上午最早的一班車離開，這樣做實在太不明智，於是他的行動就格外引人注目了。如果他的火車班次選得正常一點，就不會那麼醒目。如果像你所說的，他是四點半之後才發現舅舅的屍體，我認為他馬上就會離開艾克漢普頓。六點多有一班火車，七點四十五分也有另外一班，他可以搭那兩班火車離開。」

「這倒是個重點，」愛蜜莉說，「我沒想到。」

「我曾經問他是怎麼進入舅舅家的，」戴可仕繼續說，「他告訴我崔夫霖上校要他把靴子脫掉，放在門廊裡。這可以解釋玄關何以沒有溼腳印。」

「他有沒有提到是否聽到什麼聲音或動靜，讓他以為房子裡還有別人？」

「他沒提到，但我可以問他。」

「謝謝你，」愛蜜莉說，「我寫張紙條，你可以交給他嗎？」

「你知道，得當場唸出來才行。」

「哦，那我必須寫得很謹慎。」

她繞到寫字檯前，草草寫了幾句話：

親愛的，你實在太傻了。我最親愛的吉姆，一切都會沒事的，所以打起精神來吧。我正像做苦工似的查明真相。

愛你的愛蜜莉

「寫好了。」

戴可仕先生把紙條看了一遍，未做評論。

「我寫這張紙條費了點勁，」愛蜜莉說，「這樣就方便獄監朗讀了。現在我得走了。」

「喝杯茶再走吧。」

「不，謝謝了，戴可仕先生。我沒時間了。我要去見吉姆的姨媽珍妮佛。」

在月桂莊，僕人告訴愛蜜莉，賈德納太太外出，但很快就會回來。

愛蜜莉對僕人莞爾一笑。

「那我就進來等著吧。」

「你願意見見黛薇絲護士嗎？」

愛蜜莉誰都願意見。

「好。」她很快就答應了。

過了幾分鐘，黛薇絲護士來了。她顯得既拘謹又好奇。

「你好，」愛蜜莉說，「我是愛蜜莉．翠弗西絲，算是賈德納太太的甥媳吧。也就是說，我將來會是她的甥媳。我的未婚夫吉姆．培生被逮捕了，想必你知道吧。」

「啊，真是太可怕了。」黛薇絲護士說，「我們在今天上午的報紙上看到了。這件事真可怕，你看起來很堅強，翠弗西絲小姐，這真是太好了。」

護士的話中有一絲不以為然的味道。她的話中暗示著醫院的護士由於性格堅強能挺得住，而一般人則是會洩氣的。

「唉，一個人不該懷憂喪志嘛。」愛蜜莉說，「希望你別太介意，我的意思是，捲入一個發生謀殺案的家庭，這對你來說一定很難堪。」

「當然，是很不愉快，」黛薇絲護士對這種關切毫不領情。「不過，照顧病人是我們的天職。」

「真棒，」愛蜜莉說，「珍妮佛姨媽能有你依靠，實在太好了。」

「啊，真的啊，」護士悻悻然地竊笑。「你太好了，不過，當然，之前我也有一些特別的經歷，呃，就是我照料的病人……」

愛蜜莉耐著性子聽她講述一個冗長乏味的故事，其中包括醜聞，以及由此引發的複雜的離婚和父親應盡的義務等等。愛蜜莉對黛薇絲的老練機敏和圓滑手腕大加恭維，最後，她又把話題轉回賈德納太太身上。

「我還不認識珍妮佛姨媽的丈夫呢，」她說，「我沒見過他。他從不出門，對吧？」

「是啊，可憐的人。」

「他的病情到底怎麼樣啊？」

黛薇絲護士帶著職業性的熱情娓娓道來。

「所以，聽你這麼說，他的健康有可能突然好轉囉。」愛蜜莉若有所思地說。

「他可能是極度虛弱吧。」護士說。

「啊，當然。這似乎讓他更有希望康復，對吧？」

護士搖了搖頭，表現出職業性的深思熟慮，口氣十分堅定。

「我不認為他的病能治得好。」

愛蜜莉已經在她那個小筆記本裡寫好了時間表，其中還包括她所說過的珍妮佛姨媽不在場的證據。她試探性地小聲說：「真夠古怪的，就在她的弟弟被殺害時，珍妮佛姨媽竟然會在畫廊裡欣賞繪畫。」

「很慘，對吧？」黛薇絲護士說，「當然，她也說不出什麼話來，因為打擊太大了嘛。」

愛蜜莉不想用直接提問的辦法來探詢，她心裡暗暗打定了主意。

「她是否產生過什麼幻覺，或者預感？」她試探地問道，「你是在門廳裡遇見她的嗎？她進屋時看起來模樣很古怪，這是你說的吧？」

「唉，不是我，」護士說，「不是我說的。我是在吃晚飯時才見到她，當時她看起來和平常沒什麼兩樣，很有意思吧。」

「我想我是把事情弄混了。」愛蜜莉說。

「也許是別的親戚吧，」黛薇絲護士提醒道，「我自己很晚才進屋裡來。把病人撇下了很長一段時間，我覺得很過意不去，但這是他要我去的。」

她突然瞧了一眼手錶。

「哎呀，我的天，他要我給他換熱水袋，我得馬上去幫他弄。請原諒，翠弗西絲小姐。」

護士走了之後，愛蜜莉來到壁爐那兒，按了鈴。

那位穿著邋遢的女僕走進客廳，臉上一副受了驚嚇的樣子。

「你叫什麼名字啊？」愛蜜莉問。

「我叫畢翠絲，小姐。」

「呃，畢翠絲，我可能等不到姨媽回來了，我想問她星期五上街買了些什麼。你知道吧，她是不是買了一大包東西回家？」

「我不知道，小姐，我沒看見她進屋。」

「我記得你說過她是六點回來的。」

「是的，小姐，是這樣的，但我沒看見。七點我送熱水到她房裡，還大吃一驚，因為我看見她沒開燈就躺在床上。『哦，太太，』我對她說，『你真把我嚇了一跳。』『我早就回來了，六點回來的。』她說。我沒看見大包裹什麼的。」

畢翠絲竭盡全力，希望能幫得上忙。

「還真難，」愛蜜莉暗想，「得想出些招數來。我已經憑空編出了什麼預感和大包裹的，不過顯然如果不想引人懷疑，就得瞎編一點什麼東西才行。」

她笑容可掬地說：「這樣就好了，畢翠絲，沒什麼事了。」

畢翠絲出了房門，愛蜜莉從手提袋裡拿出一張地方火車時刻表，仔細研究起來。

「聖戴維火車站，從伊克塞特開車的時間是三點十分，」她小聲唸道，「到達艾克漢普頓的時間是三點四十分，其間有半小時到四十五分鐘的時間，足夠讓她進入弟弟家行凶……這聽起來相當冷酷無情，不過也是胡猜一通。回來的火車呢？四點二十五分有一班，戴可仕還說六點十分有一班，大約在六點三十七分抵達伊克塞特。是的，實際上兩種可能性都有。

護士沒什麼好懷疑的，這真可惜。她一下午都在外面，也沒人知道是在哪兒。當然，我並不是真的懷疑這屋裡有誰殺害了崔夫霖上校，但知道他們有下手的可能，還是多少令人感到安慰吧。嗯，大門那邊好像有動靜。」

大廳裡傳來低語聲，門打開了，珍妮佛．賈德納走進客廳裡。

「我是愛蜜莉．翠弗西絲，」愛蜜莉自我介紹說，「你知道，我和吉姆．培生是訂了婚的。」

「這麼說你就是愛蜜莉哪，」賈德納太太一邊說，一邊和她握手。「哦，真想不到呀！」剎那間，愛蜜莉覺得自己既單薄又渺小。好像一個小女孩在做傻事似的。珍妮佛姨媽不是個普通人物，她很有個性，果真薑是老的辣啊。

「喝過茶了沒，親愛的？那我們一塊兒來喝茶吧。稍等一下，我得先上樓去看看羅伯特。」

提到丈夫的名字時，她臉上掠過一絲奇怪的表情，強硬而悅耳的聲音也變得柔和了，宛若一束光線照射到水面的漣漪上。

「她很敬愛他，」愛蜜莉暗忖，此時客廳裡只剩她一個人。「不過珍妮佛姨媽有種令人畏懼的特質，不知道羅伯特姨父是否喜歡被人如此敬愛著？」

珍妮佛．賈德納回到客廳，摘下了帽子。愛蜜莉很欣賞她往後直梳的光滑頭髮。

「你想談一談嗎，愛蜜莉？或是不想談？如果不想談，我也相當能理解。」

「談得再多也沒用，對吧？」

「只希望，」賈德納太太說，「警方會盡快查明凶手。按一下鈴好嗎，愛蜜莉？我叫人把護士的茶送上樓去，我不希望她待在樓下聒噪。我真恨死這些護士了。」

「她是個好護士嗎？」

「我想是吧。羅伯特也認為是這樣。但我恨死她了，羅伯特還說她是我們遇過最好的護士呢。」

「她看起來挺漂亮的嘛。」愛蜜莉說。

「胡說！就憑她那雙令人慘不忍睹的粗手嗎？」

愛蜜莉仔細看著她那修長的手指。她的兩隻手正拿著牛奶杯和糖夾。

畢翠絲拿起茶杯和一碟食物，出了客廳。

「羅伯特對這件事感到非常不安，」賈德納太太說，「脾氣變得古怪起來，我想這都是因為他的病。」

「他不太了解崔夫霖上校，是嗎？」

珍妮佛．賈德納搖搖頭。

「一點也不了解，也不關心他的事。老實說，對他的死，我沒辦法裝得很悲傷。他是個既冷酷又吝嗇的人，愛蜜莉。他知道我們在苦苦掙扎，我們就是窮啊！他也知道及時借給羅伯特一筆錢，就能讓他得到特殊治療，讓他的病情大為好轉。唉，他這算是遭到報應了。」

她的聲音十分低沉壓抑。

「她是個多麼奇異的女人啊！」愛蜜莉心想，「又美麗又可怕，活像是希臘悲劇裡的人物。」

「也許還不算太晚，」賈德納太太說，「我今天給艾克漢普頓的律師寫了一封信，詢問是否可以預支一筆錢。在某種程度上，我所說的那種特殊治療也許有人認為是民間療法，但在許多病例上都證明是有效的。愛蜜莉，如果羅伯特能走路那該有多好啊。」

她滿臉容光煥發，像被電燈照亮了似的。

愛蜜莉覺得十分疲倦。勞累了一整天，幾乎什麼也沒吃，再加上心情壓抑，她被弄得精疲力竭。此時她只覺得整個房間在搖晃，一會兒變得很遠，一會兒又挪得很近。

「你不舒服嗎，親愛的？」

「沒關係。」愛蜜莉喘了口氣，心裡的煩惱和委屈變成了滾滾淚水，連她自己也大吃一驚。

賈德納太太並沒有站起來安慰她，這反倒讓愛蜜莉很感激。她默然無語地坐在那兒，直到愛蜜莉停止哭泣，才體貼地小聲說：「可憐的孩子。吉姆被逮捕真是太不幸，太不幸了。我希望……能想點辦法才好。」

21 閒聊

展開單獨行動之後，查爾斯．恩德比不敢稍有鬆懈。為了熟悉西塔佛村的生活，他只能依賴柯帝斯太太，把她當成個提供情報的小水龍頭。他有點頭暈目眩地聽她滔滔不絕地談論軼聞奇事、往事謠傳、種種揣測和平常瑣事，竭力從中篩選出自己所需要的素材。接著，他提起一個人的名字，馬上把她的注意力引向自己所希望的方向。這次他聽到了有關惠特上校的詳細情況。上校那猶如熱帶風暴般的脾氣、粗魯無禮的行為舉止、和鄰居的大吵大鬧，以及偶爾顯露的令人驚訝的優雅風度，而這種優雅風度常常是用在漂亮的年輕女人身上；還有他和印度僕人過的特殊生活、不同尋常的進餐時間以及特殊食譜。他也聽說雷果夫先生有個猶如圖書館般的書房，他常用某種潤髮油，對整潔和準時要求嚴格，對別人的言行表現出特殊興趣，還有他最近賣掉的幾件早年獲得的獎品、對鳥類的偏愛，以及對威利特太太向他獻殷勤一事，提出令人驚訝的看法。他還聽說了波郝思小姐的尖嘴利舌、能言善辯，她訓斥外甥的口吻以及有關那個外甥在倫敦的放蕩生活等種種謠傳。他再一次聽聞伯納比少校和崔夫霖上校之間的友誼、對往事的回憶以及他們倆對西洋棋的喜愛。他了解到有關威利特母女的一切，包括維奧麗·威利特小姐吊隆納·加菲爾先生的胃口，但並非真的愛他等等閒言閒語。柯帝斯太太還暗示，她常常令人不解地去荒原閒逛，有人看見她和一個年輕男人在一起散步。正是由於這個原因，柯帝斯太太猜想，她們才搬到這偏僻的地方。她母親就這麼帶著她，好「離開那些紛擾」。但這樣做還是不行，因為「女孩們遠比老媽狡猾多了，而做媽媽的作夢也想不到」。關於杜克先生的種種卻所聞甚少，這的確很奇怪。只知道他剛搬來，整天拾掇他那個花園。

到了三點，柯帝斯太太的侃侃而談讓恩德比先生腦袋發脹、兩眼昏花，他只好出門去閒逛，讓心情鬆弛下來。他本來就很想和波郝思小姐的外甥混得更熟一些，於是小心翼翼地先把波郝思小姐的房子偵察了一遍，但沒辦法確定那位外甥是否就在屋裡，不料這時卻碰見剛從西塔佛別墅走出來的隆納，真是太幸運了。只見隆納一臉愁容滿面、鬱鬱寡歡，活像碰了釘子而垂頭喪氣似的。

「哈，」查爾斯打招呼。「喂，那是崔夫霖上校的房子吧？」

「對極了。」隆納回答。

「我今天上午本來想給它拍張照片的，好用在報紙上，你知道吧，」他說，「但這種天氣實在不適合拍照啊。」

隆納不疑有他就認同他的說法，想都沒想過如果拍照片非得陽光燦爛才行，恐怕能上報的照片非常少。

「想必這工作很有趣吧，我是指你平常做的事情。」他說。

「累死了，簡直是在做牛做馬。」查爾斯說。絕不要表露出對工作的熱情，他對這項常規是極為遵循的。他望著隆納身後的西塔佛別墅。「這個地方挺悶的。」

「威利特一家子搬來後，發生了許多變化，」隆納說，「去年這時候我也在那裡住過，現在卻幾乎認不出是原來的那棟房子了。哈，不知道她們都幹了些什麼事。家具挪動了位置，我想，還弄來一些墊子啊什麼的。我說啊，她們搬到這裡真是老天保佑。」

「一般而言，我想，這裡住起來不是很舒服吧。」查爾斯說。

「舒服？如果讓我住上兩個星期，一定會受不了。我姨媽對生活方式的堅持，簡直是要我的命嘛。你還沒見到她養的那些貓呢。我今天上午給一隻貓梳毛，你看那小畜生是怎麼抓我的。」

他伸出手掌和手臂給查爾斯看。

「運氣真不好呀。」查爾斯說。

「是啊。我說，你是在調查案情吧？如果是這樣，我可以幫你的忙嗎？你當福爾摩斯，我就是華生什麼的，行嗎？」

「西塔佛別墅有什麼線索嗎？」查爾斯漫不經心地問道，「我的意思是，崔夫霖上校沒在那裡留下什麼東西嗎？」

「我看是沒有。我姨媽說他把自己的東西全搬走了。什麼象腳、用河馬牙齒做成的釘子，以及所有的獵槍等等，他全帶走了。」

「好像不打算回來了似的。」查爾斯說。

「嗯……這想法挺不錯的。你不會認為是自殺吧？」

「一個能用鐵管準確擊中自己後腦勺的人，在自殺者的國度裡可能是個藝術家吧。」查爾斯答道。

「是的，自殺這種猜測不大可能。看起來他大概有預感吧。」隆納的表情變得愉快起來。「對，可不可能是這樣？他知道仇家緊追不捨，知道他們會來，所以就事先避開，把房子租給威利特母女。」

「威利特這對母女也是怪得很哪。」查爾斯說。

「對啊，我也想不通，跑到鄉下來住，這是什麼道理嘛。維奧麗好像不在乎，事實上她還說她挺喜歡的。我不知道她今天是怎麼了。我看大概是家務事吧。我真不懂，女人幹嘛這麼操心僕人的事情。如果不好使喚，就讓他們走好了。」

「她們已經辭退了僕人，不是嗎？」查爾斯問。

「是的，這我知道。但她們為此吵得不可開交。做母親的躺著歇斯底里大哭大叫，做女兒的則像隻野鴿子嘰哩咕嚕地惡言惡語，所以我只好一走了之。」

「她們和警察談過了，對吧？」

隆納目瞪口呆。

「警察？不，幹嘛跟警察談？」

「噢，我也不知道。今天上午我看見納拉科特警官。」

隆納的手杖咔嚓一聲掉在地上，他彎腰拾了起來。

「你說今天上午誰在西塔佛村來著……是納拉科特警官？」

「正是。」

「他，他是負責崔夫霖命案的人吧？」

「是的。」

「他在西塔佛村幹嘛，你在哪兒見到他的？」

「啊，我看他是在四處打探吧，」查爾斯說，「他在調查崔夫霖上校生前的情況。」

「你認為就這樣嗎？」

「我想是吧。」

「他該不會以為西塔佛村的人和案子有關吧？」

「不太可能，對吧？」

「哦，真嚇人。不過你明白警方是怎麼回事吧，他們老是瞎忙一場。至少偵探小說裡是這麼寫的。」

「我認為他們是一群相當聰敏的人，」查爾斯說，「當然，報界也幫了他們不少忙。」他又說：「如果你真正認真仔細地研讀一下案情，其實他們是在毫無證據的情況下追捕到凶手的，這真是太令人吃驚了。」

「呃，哦，真高興知道這種事，對吧？他們好像很快就找到這個名叫培生的人。這案子看來再清楚不過了。」

「再清楚不過了，」查爾斯說，「被逮捕的人不是你，也不是我，這本身就是件好事，不是嗎？哦，我得去發電報了。這地方的人好像不大習慣發電報。如果你發一次電報的費用超過半克朗，好像他們就認為你是從瘋人院逃出來的瘋子似的。」

查爾斯發了電報，買了一包香菸和幾顆不起眼的薄荷糖，還有兩本很舊的平裝小說。接著他回到柯帝斯太太家，一躺上床就昏昏入睡。這時周圍的人早就滔滔談論他和愛蜜莉・翠弗西絲小姐（特別是愛蜜莉）的事，而他則幸運地毫不知情。可以這麼說，眼前西塔佛村居民談論的話題有三個：一是謀殺案，二是普林斯頓監獄的逃犯，再來就是愛蜜莉・翠弗西絲小姐和她的表哥。這時候，在四個不同的閒聊場合中，她都是議論的焦點。

第一個地方是西塔佛別墅，維奧麗・威利特和她母親正在收拾客人離去後的茶具。

「是柯帝斯太太告訴我的。」維奧麗說。

她看起來仍然蒼白而憔悴。

「那女人說起話來簡直病態。」她母親說。

「我知道，看起來那女孩和她表哥什麼的待在那裡，她也提到今天上午待在柯帝斯太太家，因為波郝思小姐沒有房間讓她住，而且看起來她今天上午還沒見到波郝思小姐。」

「我討厭那個女人。」威利特太太說。

「你說的是柯帝斯太太嗎？」

「不是，不是，是波郝思那個女人。那種女人相當危險，她們活著就是為了探聽別人的隱私。竟然叫那個女孩來要咖啡蛋糕的配方！我真想送她一塊毒蛋糕呢，那她就再也不會干涉別人的事情了。」

「我想我應該猜得到……」

維奧麗說，可是她母親卻打斷了她的話頭。

「你怎麼猜得到呢，親愛的。無論如何，沒出什麼問題吧？」

「你認為她幹嘛要來這兒？」

「我不認為她有什麼特定的想法，只是來刺探罷了。柯帝斯太太確信她和吉姆·培生是訂了婚嗎？」

「那女孩告訴過雷果夫先生。我相信是真的，但柯帝斯太太說她打從一開頭就不相信是真的。」

「噢，那整件事就很自然了。她只是茫無頭緒地在打聽可能會有幫助的事情。」

「你沒有見到她，媽媽，」維奧麗說，「她可不是茫無頭緒啊。」

「我真希望見過她就好了，」威利特太太說，「但我今天上午頭都快炸了，我想這是昨天跟那位警官談話造成的。」

「你真是太棒了，媽媽，要是我沒有蠢到竟然昏倒就好了。唉，出了那樣的洋相，我真是不好意思。而你卻這麼鎮定自如，連眼皮也沒眨一下呢。」

「我是受過良好訓練的，」威利特太太的聲音乾巴巴的，毫無感情。「你要是經歷過我所遭遇過的一切……不過，我倒希望你不會，孩子，我確信你將來的生活是幸福安寧的。」

維奧麗搖搖頭。

「恐怕，恐怕……」

「胡說。至於你剛才說的昨天因為昏倒，所以出了洋相……沒那回事。別擔心了。」

「可是那位警官，他一定會以為……」

「以為是提到吉姆．培生使你昏倒的吧？是的，他會以為就是那樣。那個納拉科特警官並不傻，不過他要是真的這麼以為，那會怎麼樣？他會懷疑你們有什麼關係，然後就想找出這層關係來，但他永遠也找不出來。」

「你認為他找不出來嗎？」

「當然找不出來！他怎麼找？相信我吧，維奧麗，親愛的，那是絕對不可能的。也許你昏倒反而更好。我們就這麼想吧。」

第二個地方是伯納比少校家。那場談話有點像是單口相聲，說話的只有柯帝斯太太，她早就做出要告辭的樣子，可是半小時過去了，她仍然待在那兒沒走。她是順路來收伯納比少校的髒衣物。

「我今天早上就跟柯帝斯這麼說來著，就像我姑婆薩拉的女兒貝玲達，」柯帝斯太太洋洋得意地說，「她是個老謀深算的女人，就是那種把男人弄得神魂顛倒的女人，只消用一根指頭就能把他們全弄得暈頭轉向。」

伯納比少校大聲嘟囔了一下。

「她和一個年輕男人訂了婚，然後又勾搭上另一個，」柯帝斯太太說，「就和我姑婆薩拉的女兒貝玲達一樣，簡直就是她的翻版嘛。而且還不是鬧著玩，你可得小心點，這不是輕浮，她可是個老謀深算的女人。現在那個乳臭未乾的加菲爾呀……我們還沒搞清楚是怎麼回事，他早就上當了。今天早上我看見他在她面前就像隻綿羊似的，我還沒見過有哪個年輕男人像他那副模樣。」

她停下來，喘了口氣。

「好啦，好啦，」伯納比少校說，「我不耽誤你了，有事你就先去忙吧，柯帝斯太太。」

「柯帝斯也該要喝茶了，」柯帝斯太太說，仍然坐著沒動。「我是受不了別人嘮叨的，『去做你的事吧』，我經常這麼說來著。說到做事，你那邊怎麼樣，先生，還順利嗎？」

「不怎麼樣！」伯納比少校使勁地說。

「已經做了一個月了呢。」

「不，我倒想知道哪兒能有點事做做呢。自從上回之後，就沒有事做了。」

柯帝斯太太嘆了口氣。她對洗滌、煮菜毫無熱情，但總比沒工作好。

「惠特上校打算來場春季大掃除，」她說，「他有個什麼土著僕人，我倒想知道他懂得什麼是清潔呢，那些黑土人可真討厭。」

「沒什麼比得上土著僕人的了，」伯納比少校說，「他們很在行，只管埋頭做事，不多話。」

柯帝斯太太完全沒聽出其中的暗示。她的心思又回到剛才談過的話題上。

「她收到兩封電報……半小時前收到的。瞧她讀電報的那副鎮定自若模樣，真把我嚇了一跳！後來她跟我說要去伊克塞特，明天上午才能回來。」

「她的那位男性友人和她一塊去了吧？」少校帶著一絲希望地問道。

「沒有，他還在這裡。是個說話挺討人喜歡的年輕人，他們倆倒是挺不錯的一對。」

伯納比少校又嘟囔了一聲。

「好了，」柯帝斯太太終於說道，「我看我得回去了。」

少校連大氣也不敢出一聲，生怕擾亂她想走的決心。柯帝斯太太這回倒是說走就走，門在她身後關上了。

少校鬆了口氣，拿出一支菸斗，開始思索起某個礦場的美麗遠景，誰都可能會對這樣的礦場起疑心，只有寡婦或退休軍官不會。

「百分之十二，」伯納比少校小聲說，「聽起來挺不錯的嘛……」

這時隔壁的惠特上校正在對雷果夫先生說教。

「你這傢伙，」上校說，「簡直太不懂事了，好像這輩子都白活了，一天苦日子也沒有捱過。」

雷果夫先生無言以對，在惠特上校面前，很難不被挑錯，所以通常不開口反倒好些。

上校仰靠在那把病人用的椅子上。

「那壞女人上哪兒去了？那漂亮的小妞？」他又說。

他心裡產生這種聯想是很自然的。然而雷果夫先生卻沒有這種聯想，他有點憤慨地看著上校。

「她在這裡幹嘛？我倒真想知道。」惠特上校說，「阿布多！」

「先生有什麼吩咐？」

「狗在哪兒？牠又出去了吧？」

「在狗窩裡，先生。」

「好，別餵牠。」他又仰靠在椅子上，開始思考別的問題。「她到這裡來幹嘛？在這樣的地方能和誰談話呢？你們這些老頭子應該會讓她很悶。今天上午我和她說了幾句話。我想，她會很驚訝這種地方竟然會有我這樣的人吧。」

他撚了撚鬍鬚。

「她是吉姆·培生的未婚妻，」雷果夫先生說，「你知道吧，就是那個因崔夫霖謀殺案被捕的人。」

惠特上校正把威士忌送到嘴邊，一聽這句話，酒杯便掉落在地，摔得粉碎。他立即大聲吼叫著呼喚阿布多，粗魯地責罵他，怪他沒把桌子擺放在適當的地方。然後又繼續和雷果夫談話。

「原來如此。一個坐辦公室的職員可就太配不上她了，這女孩需要的是真正的男人。」

「培生挺年輕、挺英俊的。」雷果夫先生說。

「英俊，英俊有什麼屁用，女孩子不需要傻瓜，那種成天待在辦公室的年輕小子懂什麼生活？他對現實有什麼經驗可談？」

「或許這次因涉嫌謀殺而受審的經驗就足夠了，這可以讓他受用一陣子。」雷果夫先生冷冷地說。

「警方認定是他幹的嗎？嗯？」

「他們一定很有把握吧，否則就不會逮捕他了。」

「這些個鄉巴佬。」惠特上校鄙夷地說。

「也不盡然，」雷果夫先生說，「納拉科特警官今天上午讓我留下很深的印象，他是個很能幹的人。」

「你今天上午在哪裡看見他？」

「他去我家了。」

「但他沒來我這裡。」惠特上校說，他的口氣好像受了傷害似的。

「唉，你又不是崔夫霖的好朋友。」

「我不明白你這話是什麼意思。崔夫霖是個吝嗇鬼，我當著他的面就這麼說，他才不敢對我耀武揚威。我不像有些人，老是對他點頭哈腰、頂禮膜拜、寒暄拜訪……真煩人。我要不要跟誰見面，無論是一星期也好，一個月也罷，甚至一年，那全是我自己的事。」

「你已經有一個星期沒和什麼人碰面了吧，不是嗎？」雷果夫先生問。

「沒有，幹嘛要見？」怒氣沖沖的傷兵拍起桌子來了。「他媽的，我幹嘛要見？你倒是說說看！」

就像往常那樣，雷果夫先生發現自己又說錯話了。

這使雷果夫先生變得謹慎，他沉默不語地坐在那兒，於是上校的怒氣消了。

「全是一丘之貉！」他咆哮道，「如果警方想了解崔夫霖，他們應該來找我。我是見過世面的，心中雪亮。一個人有幾斤幾兩，我一估計就知道了。跑去找那些連路也走不動的人和老太太幹嘛？他們需要的是一個男子漢來下判斷。」

他又拍了一下桌子。

「呃，」雷果夫先生說，「我想他們知道自己在找些什麼。」

「他們問過我，」惠特上校說，「他們當然應該那樣做嘛。」

「嗯，啊，我記不太清楚了。」雷果夫先生小心翼翼地說。

「你怎會記不清楚了？你還沒老糊塗呢。」

「我想我是……呃，有點害怕吧。」雷果夫先生試圖安撫他。

「害怕，你害怕？害怕警方？我才不怕。讓他們來我這兒好了。我就是這麼說的，我要讓他們好看。你知道吧，前天晚上我一槍就打死了一百碼外的那隻貓！」

「真的？」雷果夫先生問。

上校有個習慣，喜歡用左輪槍對真正的貓和想像中的貓開火。這對左鄰右舍而言，實在很苦惱。

「噢，我累了。」惠特上校說道，「再喝一杯吧。」

雷果夫先生清楚地領悟到這個暗示，馬上站起身來，惠特上校卻仍然勸他喝一杯再走。

「如果你能多喝一點，那你就是個真正的男子漢了。一杯酒也不喝的男人可算不上是個男子漢。」

然而雷果夫先生執意拒絕了這個提議，因為他已經喝過一杯酒精濃度很高的威士忌加蘇打。

「你喝什麼茶？」惠特問道，「我對喝茶可是一竅不通。我叫阿布多買了一些茶回來，我想，那女孩說不定哪天會來喝上一杯。媽的，真是個漂亮小妞啊！應該幫她做點事，她在這鬼地方連個說話的人也找不到，想必煩死了。」

「有個年輕人陪著她。」雷果夫先生說。

「時下的年輕人真讓我噁心，」惠特上校說，「他們有個什麼用？」

這種問題可真難回答，而雷果夫先生也不想回答，便告辭而去。

那條母雜種牛頭犬跟著他走到大門口，這使他驚惶不已。

在四號屋，波郝思小姐正在對她的外甥隆納說話。

「如果你是老圍著一個對你不感興趣的女孩打轉，那可是你自己的事，隆納，」她說，「最好還是不要放過威利特那女孩。也許還有機會，儘管我認為很不可能。」

「嗯，我可以……」隆納表示異議。

「此外聽著，如果警官來到西塔佛村，得讓我知道。誰料得到呢，也許我能向他提供有價值的情報吧。」

「他已經走了我才知道的。」

「你就是這樣，隆納。你可真是與眾不同啊！」

「對不起，卡洛琳姨媽。」

「你漆花園的家具時，沒必要連臉都漆嘛。臉上塗油漆可不能美容啊，而且還浪費油漆呢。」

「對不起，卡洛琳姨媽。」

「那麼就別再跟我爭辯了，」波郝思小姐閉上了眼睛。「我累了。」

隆納站不住，把兩隻腿不停地換來換去，那模樣看起來是很不舒服。

「嗯？」波郝思小姐厲聲問道。

「哦，沒什麼，只是……」

「只是什麼？」

「呃，我明天想去一趟伊克塞特，不知道你同不同意。」

「去幹什麼？」

「呃，我想去見一個人。」

「什麼人啊？」

「噢，只是去見一個人。」

「年輕人想說話，也應該說得清楚一點嘛。」波郝思小姐說。

「唔，我說了，只是……」

「別道歉。」

「行嗎？我可以去吧？」

「我不懂你說什麼『我可以去吧？』到底是什麼意思，好像你還是個小孩子似的。你都已經二十一歲了。」

「是的，不過我的意思是，我不想……」

波郝思小姐再度閉上眼睛。

「我已經告訴你別和我爭辯，我累了，想要休息一下。如果你在伊克塞特要見的那個人是個穿裙子的，而且名叫愛蜜莉·翠弗西絲，那你就是大笨蛋。我要說的就是這些。」

「但是，我……」

「我累了，隆納。夠了。」

22 查爾斯夜探西塔佛別墅

對於今晚守夜偵查的行動，查爾斯並不看好。這樣做根本是徒勞，他認為愛蜜莉的想像力過於活躍，簡直走火入魔了。

他認為愛蜜莉只是偶然間偷聽到隻言片語，就對它們過度解讀，其實那是她原先就有的念頭罷了。威利特太太盼望趕快天黑，很有可能只是出於疲倦而已。

查爾斯望著窗外，禁不住打了個冷顫。這是個寒冷徹骨、溼冷又多霧的夜晚。但在這種令人最不想在戶外遊蕩的夜晚，他卻必須等待某些極其含糊的事情發生。

他很想舒舒服服待在家裡，然而他不敢屈從於這種欲望。他回憶起愛蜜莉那清脆悅耳的聲音：「有個人能依靠真是太好了。」

她依靠他，查爾斯，可不能讓她失望啊。什麼，讓那個美麗無助的女孩失望嗎？絕不。

他把所有的內衣褲全穿上，再套上兩件套頭毛衣，把大衣也緊裹在身上。他心裡明白，如果愛蜜莉回來發現他沒有實踐自己的諾言，那就糟了。

她會說出一些令人很難堪的話來，不行，他可不願意冒這種被人責難的風險。話又說回來，要是真的發生什麼事就好了……

但這種不知所以的事情究竟何時發生，如何發生呢？他又沒有分身術，而且就算會發生什麼事，大概也可能是在西塔佛別墅裡，而他也不可能知道裡面的情況。

「女孩子就是這樣，」他自言自語地嘟囔道，「她輕輕鬆鬆跑去伊克塞特，卻把這種麻煩的苦差事丟給我。」

這時，他再度回憶起愛蜜莉說那句話時清脆的嗓音，不禁對自己的牢騷深感內疚。

他草草梳洗整理一番，其實看起來和沒梳洗整理差不多，然後便悄無聲息地溜出屋去。

夜晚的氣溫比他原先預想的更低，也比他預期中更不舒服。對於他為了她而正要去吃的苦頭，愛蜜莉可曾想過？但願她是想過的。

他輕輕地在口袋裡摸索著、摸著藏在裡面的一只小酒瓶。

「當然，在這樣的夜晚，」他悄聲說，「這是男孩子最好的良伴。」

他小心翼翼溜進西塔佛別墅。威利特母女沒有養狗，所以不用擔心狗兒會示警。園丁的小屋亮著燈，顯示裡面有人。西塔佛別墅則是漆黑一片，只有二樓的一個房間裡泛著燈光。

「屋裡只有這對母女，」查爾斯暗想，「我可以不用去管她們。這裡真有點令人毛骨悚然。」

他認為愛蜜莉的確聽到了那句話：「晚上怎麼還不快點到？」這句話到底是什麼意思呢？「不知道她們會不會逃走，」他心裡揣想，「無論發生什麼情況，我小查爾斯就在這裡等著瞧。」

他不遠不近地繞著房子打轉，由於霧很大，不必擔心會被人看見。極目所視，一切還算正常。他小心地查看著外層建築，發現全都上了鎖。

幾小時就這樣過去了。

「真希望會發生什麼事，」查爾斯邊說邊掏出小酒瓶來，啜了一口。「我還從來沒在這種大冷天氣待在戶外過呢。『大戰中你在幹什麼呀，老爸？』那時你的處境應該跟我相去不遠吧。」

他看看手錶，才十一點四十分，不禁感到很驚訝。他還以為快天亮了呢。

一陣突如其來的響聲使他興奮得豎起了耳朵。是門閂在插孔裡輕輕拉開所發出的聲音，從別墅那邊傳來。查爾斯悄然無聲從一叢灌木溜到另外一叢灌木。是的，他猜得沒錯，小側門慢慢打開了，一個黑影站在門檻那兒，急切地向夜幕中窺視。

「是威利特太太，要不就是威利特小姐，」查爾斯自言自語地說，「我想一定是漂亮的維奧麗。」

等了一兩分鐘，只見那黑影無聲無息地關上門，走到外面的路上，又朝著與前門車道相反的方向走去。那條路通往西塔佛別墅的後方，穿過一片小樹林，進入開闊的荒原。

查爾斯此時就藏身在那條路的旁邊，他可以辨認出近在咫尺的那個女人。他猜得很對，是維奧麗．威利特。她身穿一件黑色的長大衣，頭戴貝雷帽。

她往前走去，查爾斯緊隨其後，盡量不發出一點聲音。他並不怕會被她看見，只是小心別讓她聽見自己的腳步聲。他格外擔心自己嚇到那位女孩。由於他過分小心謹慎，於是她便走到前方很遠的地方去了。有那麼一會兒，他擔心會找不到她，然而正當他也從那片小樹林轉過去時，卻看見她就站在前方不遠處。環繞這片領地的矮牆在這兒有一扇大門，維奧麗．威利特靠著門站在那兒，向暗夜中的遠方張望著。

查爾斯大膽地湊得很近。時間一分一秒地逝去。那女孩帶著一支手電筒，偶爾打開一下子。查爾斯想，她大概是在看手錶。她仍然依靠在門上，一副急切盼望的姿勢。驀地，查爾斯聽見兩聲低沉的口哨。

他發現女孩驟然變得警覺起來。她從門邊俯身向前，從她的嘴形上看得出，她也在吹口哨，查爾斯聽見兩聲同樣低沉的口哨聲。

接著，一個男人的身影突然從夜幕中閃現。那女孩發出一聲低喊。她往後倒退了一兩步，大門朝內打開，那個男人來到她身旁，她低聲急切地在說著什麼。因為聽不清他們的談話，查爾斯有點唐突地往前移動，腳下有根樹枝吱嚓地響了一聲。那個男人立刻轉過身來。

「那是什麼？」他問。

查爾斯趕緊往後退。

「喂，站住！你在這兒幹嘛？」

那個人說完一躍而起，朝查爾斯撲去。查爾斯轉過身來，敏捷地和他交手。兩人一下子便緊扭著在地上翻滾起來。

扭打很快便結束了。查爾斯的對手體格比他強壯，力量也比他大。對方站起身來，抓著新到手的俘虜。

「把手電筒打開，維奧麗，」他說，「我們看看這傢伙是誰。」

那女孩就站在幾步之外，她嚇壞了。此時她走上前來，順從地打開手電筒。

「一定是那個待在村裡的男人，」她說，「就是那個記者。」

「是個記者，嗯？」那個男人叫道，「我不喜歡記者。晚上這個時候你在別人的土地上幹什麼？你這討厭的傢伙！」

手電筒在維奧麗的手裡顫動。查爾斯這才首度看清對手的全貌。有那麼一會兒，他對自己那漫無節制的猜想感到很高興，以為此人一定是普林斯頓監獄的那名逃犯。但再瞧了此人一眼，他便打消了這個想法。這是個年輕人，最多不過二十四、五歲。他身材高大，模樣英俊，神態沉靜果決，毫無一絲逃犯的味道。

「現在，」他厲聲問道，「報上名字來吧？」

「查爾斯．恩德比，」查爾斯回答，「你還沒告訴我你是誰呢。」

「你真是厚臉皮！」

查爾斯突然有了個靈感，而這種突發的靈感不只一次拯救過他的生命。這一招很輕率，但他相信絕對錯不了。

「不過，我想啊……」他平靜地說，「我猜得出來。」

「哦？」

那個年輕人顯然吃了一驚。

「我想，」查爾斯說，「我能十分榮幸地稱呼您是來自澳洲的布萊恩·培生先生吧？」

一陣沉默，相當長的一陣沉默。查爾斯覺得情勢已經有所轉變。

「我不知道你到底是怎麼知道的，」那個年輕人終於說，「不過你說對了，我就是布萊恩·培生。」

「既然如此，」查爾斯說，「那我們就進屋去好好談一談吧。」

23 哈茲莫小屋

伯納比少校在算帳，用狄更斯的口吻來說，他是在清點自己的資產。少校是個講究方法的人，他用一本小牛皮當封面的本子登記買進賣出的股票和盈虧，但結果通常都是虧損，因為和大多數退休軍官一樣，少校比較喜歡高報酬率，不太看重安全係數高的低報酬率。

「這些油井看起來不錯，」他嘀咕著，「該有點橫財可發吧，不料反而和那個鑽石礦脈一樣糟！加拿大那塊地的狀況現在應該比較穩定了吧……」

他的思路被打斷了，隆納．加菲爾的腦袋出現在打開的窗戶上。

「哈，」隆納愉快地說，「我想我沒亂闖進來吧？」

「要進來就走前門，」伯納比少校說，「小心那些岩間植物，我猜你現在一定是踩在上面。」

隆納道過歉之後趕緊往後退，很快便來到前門。

「麻煩你在墊子上擦擦腳。」少校喊道。

他發現年輕人都滿討厭的。說實在的，他唯一比較有好感的的年輕人倒是那位記者，也就是查爾斯．恩德比。

「一個挺不錯的小夥子，」少校自言自語地說，「還興致勃勃地聽我談布爾戰爭呢。」

少校對隆納．加菲爾就沒這種好感。實際上，倒楣的隆納所說的話和做的事，老是不討少校的歡心。不過，畢竟來者是客。

「喝一杯怎麼樣？」少校謹守好客之道地問著。

「不用，謝謝。其實我是順路來看看我們能不能一起走。我今天打算去艾克漢普頓，我聽說你已經和葉默講好由他開車送你去。」

伯納比點點頭。

「我去處理崔夫霖的東西，」他解釋道，「警方已經檢查過那棟房子了。」

「呃，」隆納很難為情地說，「我今天有事要去一趟艾克漢普頓。我想，我們能不能一起去，嗯，車費平攤怎麼樣？」

「當然可以，」少校說，「我很樂意。其實步行去對你也很好嘛。」他又說：「鍛鍊鍛鍊也好。如今的年輕人都不喜歡鍛鍊了。步行三英里到那兒，再步行三英里回來，好處可多著呢。如果不是得用汽車把崔夫霖的一些東西運回來，我倒想步行過去呢。年輕人愈來愈軟弱，這可真是現世的詛咒。」

「嗯，」隆納說，「我個人倒是不相信吃苦受罪有什麼好的，不過，我很高興這件事算是說定了。葉默說你準備十一點出發，對吧？」

「對。」

「好吧，到時候見。」

隆納卻沒怎麼遵守諾言。他晚了十分鐘才到，只見伯納比少校煩躁不安、怒氣沖天，對他敷衍了事的道歉根本置之不理。

「這老傢伙在搞什麼名堂，」隆納心中暗忖，「什麼準時、做事情要分秒不差地完成，什麼鍛鍊、保持健康的，煩都煩死人了。」

如果伯納比少校和他姨媽結為連理，他想，那誰會占上風呢？他沉溺在這個想法好幾分鐘，暗自竊笑著。他相信占上風的必定是他姨媽。一想到她會拍著手、尖聲呼喚少校，他就樂不可支。

他不再玩味這些念頭，轉而快活地和少校一本正經閒聊起來。

「西塔佛村的民風愈來愈開放了，這到底是怎麼回事？除了翠弗西絲小姐和那個名叫恩德比的老兄，現在又多了一個從澳洲來的小子；順便問你一個問題，他是什麼時候插進來的呀？今天上午大家都看見他了，但誰也不知道他是打哪兒冒出來的。這讓我姨媽擔心極了，臉都急得發青了呢。」

「他和威利特母女住在一起。」伯納比少校刻薄地說。

「是啊，但他是打哪兒來的呢？威利特母女又沒有私人機場。你知道吧，這個名叫培生的小夥子有點神祕莫測，他眼睛裡閃著一股邪光，我就是這麼覺得，實在是非常邪門的目光啊。我有個感覺，我覺得他一定是謀殺崔夫霖的凶手。」

少校沉默不語。

「我看事情是這樣的，」隆納繼續說道，「跑去殖民地的那些傢伙通常都是些孬種。他們的親屬不喜歡他們，所以才會把他們弄去那裡。這樣一來可好了，那孬種回來了，身無分文，趁聖誕節的機會去拜訪住在附近的那位闊舅舅，闊舅舅不會為窮外甥掏腰包的，於是這個一文不名的外甥就給了他這麼一下。我看這個推測八九不離十。」

「你應該對警方說去。」伯納比少校說。

「我倒認為你應該去說才對，」加菲爾先生說，「你是崔夫霖上校的好友，不是嗎？那個警察有沒有再到西塔佛村來偵查？」

「我不清楚。」

「他今天沒和你在房子那邊見面，對吧？」

少校簡短的回答，終於讓隆納無以為繼了。

「呃，」少校含糊不清地說，「是吧。」

接著他又沉思默想起來，緘口不語了。

汽車開到了艾克漢普頓的三冠旅社外面。隆納下了車，跟少校商量好四點半再會面，於是大搖大擺地去逛艾克漢普頓的商店了。

少校先去見柯克伍先生，兩人簡短地交談片刻。少校拿了鑰匙，朝著哈茲莫小屋邁步走去。

他告訴過伊凡斯，要他十二點在那兒會面，他發現那個忠實的僕人正坐在門前的台階上。伯納比少校臉色陰沉地把鑰匙插進大門的鎖眼，打開那空無一人的小屋，伊凡斯緊跟在他身後進去。自從慘案發生的那天晚上以來，他就沒再來過這兒。儘管他意志堅如鋼鐵，不露出任何軟弱的樣子，但當他穿過客廳時，仍然不由自主地微微打顫。

伊凡斯和少校懷著同情心默然無語地收拾著。但只要他們兩人之中的任何一個說出一句簡短的話，另外一個便立即表示理解和讚賞。

「做這種工作可真不舒服，但又不能不做。」伯納比少校說。

伊凡斯則把短襪整齊地堆在一起，數著睡衣的件數，沉思著。

「這真是太不自然了，但就像你說的，又不能不做。」

伊凡斯做事總是一語不發，很有效率。他把每件東西整齊地理好，分門別類堆起來。下午一點，兩人回到三冠旅社，草草地用過午餐。當他們又回到小屋時，少校突然抓住伊凡斯的手臂，後者剛好把大門關上。

「噓，」他說，「你有沒有聽見頭上有腳步聲？是在……在喬的臥室裡。」

「我的老天，先生，真的耶。」

一陣因迷信而起的恐懼讓兩人呆住了。經過片刻，少校擺脫恐懼，憤怒地一抖肩膀，大步衝到樓梯口，聲音洪亮地大喊起來。

他霎時變得又驚又惱，但又感到一陣輕鬆，只見隆納・加菲爾出現在樓梯上。他看上去表情尷尬，又有點不好意思。

「哈，」他招呼道，「我一直在等你。」

「你是什麼意思，等我？」

「呃，我來告訴你，我四點半還回不來，我還要去伊克塞特，所以不必等我。我只好在艾克漢普頓另外叫輛車了。」

「你是怎麼進來的？」少校問。

「門是開著的，」隆納大聲答道，「當然，我還以為你在裡面呢。」

少校驀地轉身對著伊凡斯。

「你出來時沒有鎖門吧？」

「沒有，先生，我沒有鑰匙。」

「我真是太蠢了。」少校咕噥道。

「你不介意吧？」隆納說，「我在樓下沒有看到人，就上樓到處看了看。」

「當然沒關係，」少校脫口說道，「你嚇了我一跳，如此而已。」

「呃，」隆納高興地說，「我現在得走了。再見。」

少校哼了一聲，隆納則走下樓梯。

「我說啊，」隆納孩子氣地說，「你能不能告訴我，呃，上校是在哪兒遇害的？」

少校把拇指豎起來指著客廳的方向。

「噢，我可以進去瞧瞧嗎？」

「想去就去！」少校咆哮了一聲。

隆納打開客廳的門，在裡面待了幾分鐘便出來。

少校上了樓，伊凡斯還留在玄關裡。他看上去像隻警惕戒備的鬥牛犬，一雙小眼睛有點不懷好意地盯著隆納。

「我說嘛，」隆納說，「血跡是洗不掉的，我想不管怎麼洗，血跡還是留在那裡。啊，當然……那老傢伙是被鐵管砸死的，對吧？我真是笨。就是這當中的一根吧，是嗎？」他拿起靠在另外一扇門上的管子，仔細地在手裡掂掂重量，他拿在手裡試著揮舞了幾下。「很有意思的小東西，嗯？」

伊凡斯沉默不語。

「好了。」隆納說，意識到別人的沉默並非讚賞。「我最好還是走了。我大概很不會說話吧？」他把頭朝樓上晃了晃。「我忘了他們是要好的朋友，穿同一條褲子長大的，沒錯吧？呃，我真的要走了。對不起，說了那麼多不該說的話。」

他穿過玄關，從前門走出去。伊凡斯麻木不仁地站在玄關裡，直到聽見大門的響聲，才上樓來到伯納比少校的身邊。他一語不發地直接走到放靴子的鞋櫥前，跪下來整理鞋子。

三點半的時候，東西就處理完了。一捆衣服和內衣給了伊凡斯，另外一捆則準備送給海員孤兒院。文件和單據收進一個文件夾，伯納比少校要伊凡斯去當地的搬家公司，叫他們來運走成堆的體育獎品和動物頭顱標本，因為伯納比少校的家沒地方放。由於哈茲莫小屋是連家具一起出租的，所以沒有什麼別的東西要處理。

一切就緒，伊凡斯緊張地清清嗓子，然後說：「對不起，先生，可是……我想找個傭人的工作，就像我伺候上校那樣。」

「好啊，你可以讓對方來找我，我可以幫他介紹，沒問題。」

「對不起，先生，我不是要你幫別人做介紹。先生，我和瑞貝嘉……我們商量過了，我們在想……先生您本人能不能讓我們為你服務呢？」

「哦，可是，呃……我向來就是自己料理。那個叫什麼名字的老太婆每天來幫我清掃家裡、煮點東西……呃，我只付得起這麼點錢。」

「錢倒還其次，先生，」伊凡斯急忙說道，「我很喜歡上校，還有……呃，我會像伺候上校那樣伺候你，你明白我的意思嗎？」

少校清了清嗓子，避開他的目光。

「你很好，我知道。我會……考慮考慮。」

他以輕快的步履走到外面的路上。伊凡斯在後面瞧著他，臉上露出會意的笑容。

「他和上校真是一個模樣。」他咕噥道。

接著，他臉上露出困惑的表情。

「東西會放到哪兒去了呢？」他又咕噥起來。「這可真怪呀。我得問問瑞貝嘉是怎麼想的。」

24 納拉科特警官談案情

「我對此案的處理並不是很滿意，長官。」納拉科特警官說。局長探詢地望著他。

「不，」納拉科特警官說，「我並不像以往那樣覺得高興。」

「你覺得抓錯人了嗎？」

「我並不滿意。你知道，一開始，所有的跡象都指向同一個人，但現在……情況完全不同了。」

「對培生不利的證據仍然存在。」

「是的，不過我又發現了許多其他事證，長官。還有另一個培生家的人：布萊恩。我原本認為沒什麼好查的，以為他就像人們所說的待在澳洲。但現在發現他最近一直待在英格蘭，好像是兩個月之前來的，和威利特母女搭乘同一艘船。看來，他在船上愛上了那位女孩，無論如何，他並沒有和他家的任何人聯繫過，他的姐姐和哥哥都不知道他在英格蘭。上星期四他離開羅素廣場的奧姆斯比旅社，開車到派汀頓火車站，直到星期二晚上恩德比撞見他為止，沒人知道他的行蹤，他也拒不說明他這段時間在幹什麼。」

「你告訴過他這件事的嚴重性了嗎？」

「他無論如何也不願意講。他說怎麼利用時間是他自個兒的事情，用不著我們去管，但對於他去過什麼地方、做些什麼事，他執意不肯說明。」

「很不尋常啊。」警察局長說。

「的確，長官。這個案子很不尋常，你知道，不說明事實對他毫無益處，他的行為異於常人。關於吉姆·培生用堵冷風的管子砸死那老頭的說法，也有些可疑之處……換個角度來看，也可能是布萊恩·培生在白天下手的，他脾氣火爆，喜歡控制別人，而且，請注意，他也同樣因老頭之死而受益……」

「是的。他今天上午和恩德比先生一起來，看起來聰明活潑、體格魁梧，而且態度光明正大。但這些都靠不住的，長官，靠不住。」

「哦，你是說……」

「得用事實來檢驗才行。他之前幹嘛不露面？他舅舅的死訊就登在星期六的報紙上，他哥哥星期一又被逮捕，但他連個影子也看不見。如果不是那個記者昨晚三更半夜在花園裡撞見他，他還是不會露面。」

「三更半夜的，他在那兒幹嘛？我是說那個恩德比。」局長問。

「記者是怎麼回事這你也知道，」納拉科特警官說，「他們老是四處打探，而且不擇手段。」

「還經常惹麻煩，」警察局長說，「不過他們也滿有用的。」

「我猜，是那位年輕小姐指使他的。」納拉科特警官說。

「哪位年輕小姐啊？」

「翠弗西絲小姐。」

「她怎麼會知道這些事呢？」

「她就待在西塔佛村到處打聽情況。你可以說，她是個精明的年輕女人，什麼也瞞不過她那雙眼睛。」

「布萊恩．培生對自己的行徑怎麼解釋？」

「他說他是來西塔佛別墅看那位年輕小姐，也就是威利特小姐。等到大家都全睡了，她才出來見他，因為她不想讓母親知道。他們是那麼說的。」

納拉科特警官的話中透出不相信的口氣。

「長官，我相信如果不是恩德比讓他現身，他是絕對不會露面的。他會返回澳洲，在那兒要求他的財產繼承權。」

警察局長嘴角上掠過一絲笑意。

「那他可要咒罵這些討厭的記者了。」他低聲咕噥道。

「我們還發現一些新的情況。」警官繼續說，「還有第三個培生家的人，你記得吧。席薇雅．培生嫁給了小說家馬丁．迪林，他跟我說，案發當天他和一位美國出版商共進午餐，傍晚又去參加文學餐敘，但現在我們發現他並沒去。」

「這是誰說的？」

「也是恩德比說的。」

「我得見見恩德比才行，」警察局長說，「看來他是命案調查的即時傳訊者，毫無疑問，《每日電訊報》是有一些聰明的年輕人。」

「呃，當然，那也不能說明什麼，」警官繼續說，「崔夫霖上校是六點遇害的，所以迪林當天傍晚在哪裡其實無關緊要……但他為什麼要故意撒謊呢？我不喜歡這種事，長官。」

「是不該撒謊，」警察局長表示同意，「這看起來完全沒必要嘛。」

「這讓人覺得整件事都是捏造的。我想，這麼想的確是有點牽強，不過迪林有可能是搭乘十二點十分的火車從派汀頓火車站出發，在五點以後到達艾克漢普頓，殺了那老頭兒，然後乘六點十分的火車在午夜之前回家。無論如何，這得調查一下，長官。我們還得調查他的經濟狀況，看他是否亟需用錢。他妻子得到的任何款項他都會使用，只消問問她就行。我們得查證他當天下午的不在場證明。」

「整個案情很不尋常，」警察局長說，「但我認為對培生不利的證據相當確定。我知道你不同意……你覺得抓錯人了？」

「證據看起來是沒問題，」納拉科特承認道，「周邊因素也是，陪審團應該會接受這些證據。不過，你說的也沒錯，我覺得他不像是凶手。」

「而且他那位年輕小姐正在為此案積極奔走。」警察局長說。

「是的，翠弗西絲小姐，她是個人才，這倒是沒錯，一個很不錯的年輕小姐，她下定決心要為他開脫罪名。她操縱那位記者恩德比，盡可能讓他來幫忙。吉姆．培生根本就配不上她，除了相貌英俊，我看他的性格還真是乏善可陳。」

「不過對一個想控制一切的女人來說，這倒正合她的意嘛。」警察局長說。

「啊，」納拉科特警官說，「人的喜好是沒辦法解釋得清的。嗯，長官，你同意吧，我馬上去搞清楚迪林的不在場證明，不能再耽誤了。」

「好的，馬上去辦吧。遺囑裡的第四個人有沒有什麼情況？有第四個人，對吧？」

「對，是那個姐姐，她完全沒問題。我去她家調查過，她六點的時候待在家裡，沒問題，長官。我這就去處理迪林的事。」

五小時後，納拉科特警官再次來到努克莊的客廳裡。這次迪林先生在家。女僕一劈頭就說他正在寫作不能打擾，可是警官亮出證件，要她馬上送給主人看。他邊等著邊在客廳裡大步地來回踱步，心裡在努力思索著，不時從桌上拿起一些小東西，茫然地瞧上一眼，又放回原位。桌上有個澳洲做的小提琴形狀的菸盒，可能是布萊恩．培生送的禮物吧。他又拿起一本相當破舊的書，那是《傲慢與偏見》。翻開封面，只見扉頁上潦草地寫著瑪莎．雷果夫的名字，墨水已經褪了色。雷果夫這個姓氏有點熟悉，但他一時想不起究竟是誰，門打開了，這時馬丁．迪林走進客廳，他的思緒也被打斷了。

小說作家中等身材，栗色的頭髮十分濃密。他雖然動作有些笨拙，容貌卻還算英俊，嘴唇又紅又厚。

他這副模樣並未讓納拉科特警官產生什麼好感。

「早安，迪林先生，很抱歉又來打擾你。」

「啊，沒關係，警官。我已經把所知道的情況全都告訴你了。」

「我們原以為你的小舅子布萊恩．培生在澳洲，現在卻發現他最近兩個月是在英格蘭。我認為你本來應該把這件事告訴我的。你妻子明明告訴我他現在是在新南威爾士。」

「布萊恩在英格蘭！」迪林好像真的很驚訝。「我可以向你保證，警官，我一點也不知道……還有，我相信我太太也不知道。」

「他沒和你們聯繫嗎？」

「沒有，真的沒有。我知道這段時間席薇雅還給他寫過兩封信呢。」

「哦，若是這樣，我應該向你道歉，先生。但是，我本來以為他會和自己的親人聯繫，如果你們對我說謊，那我會覺得很遺憾。」

「呃，正像我告訴你的，我們也一無所知。抽根菸吧，警官。對了，我知道你們已經把逃犯抓回去了。」

「是的，上星期二晚上抓回來的。也算他運氣不佳，霧太大，他一直轉著圈亂走，走了大概二十英里，最後又回到離普林斯頓監獄半英里的地方。」

「在大霧裡打轉可真是奇怪得很哪。幸好他不是星期五晚上逃走的，否則謀殺罪名就要加在他頭上了。」

「那傢伙是個危險份子，大家通常都叫他傅里曼．弗雷迪。他專愛暴力搶劫、攻擊別人，過著特殊的雙重生活。大多數場合他都以受過教育、受人尊敬的有錢人姿態出現。我不知道他老家是不是布羅德莫那個專出怪胎的地方，他時不時會有犯罪的衝動，然後消失一陣子，和那些最卑劣的傢伙混在一起。」

「我想，並不是有很多犯人能逃得出普林斯頓監獄吧？」

「不會的，先生。這次越獄是經過特別策畫並付諸行動。我們還沒有完全查清楚哪。」

「呃，」迪林起身，看了一眼手錶。「如果沒別的事，警官，恐怕我還很忙……」

「噢，不過我還有點事情，迪林先生。我想知道你幹嘛要說你星期五晚上是在塞西爾飯店參加文學餐敘？」

「我……我不明白你是什麼意思，警官。」

「我想你應該明白，先生。你並沒有去，迪林先生。」

馬丁．迪林猶豫起來，那雙眼睛遊移不定，目光從警官的臉上移到天花板，接著又移到門上，最後落在自己的雙腳上。

警官不動聲色地等著。

「呃，」馬丁．迪林終於說，「就算我沒去吧。那到底和你有什麼關係呢？我妻舅遇害後五個小時我做了什麼事，這和你或其他人又有什麼關係？」

「你告訴警方一個說法，迪林先生。經我確認之後，其中有一部分業已證明並不屬實，現在我還得查證其他部分。你說你和一個朋友共進午餐，下午也和他待在一起。」

「是的，他是個美國出版商。」

「他叫什麼名字？」

「名叫羅森克朗，艾德加．羅森克朗。」

「唔，他住在哪兒？」

「已經離開英格蘭了。上星期六走的。」

「回紐約嗎？」

「是的。」

「那此刻他人是在船上囉，他搭的是哪一艘船？」

「我……我真的記不起來了。」

「你知道他搭的是哪個航班吧？是丘納德號還是白星號？」

「我真的記不起來了。」

「哦，好吧，」警官說，「我們會發電報給他在紐約的公司，他們應該會知道吧。」

「他搭的是巨艦號。」迪林面色陰沉地說。

「謝謝，迪林先生。我就說，你試試看就會想起來的嘛。現在，你是說你和羅森克朗共進午餐，下午也一直陪著他，然後你是幾點和他分手的？」

「我看大概是五點吧。」

「後來呢？」

「我拒絕說明。那不關你的事。你想知道的，我都已經說了。」

納拉科特警官沉思著點點頭。如果羅森克朗證實迪林的說法，那麼對迪林不利的所有指控就不攻自破，他當晚那些祕而不宣的行徑也就與此案毫無關係了。

「你打算怎麼辦？」迪林不安地問。

「我要發個電報給船上的羅森克朗先生。」

「見鬼！」迪林叫道，「你這是要出我的洋相嘛，好！」

他走到寫字檯那兒，在一張紙條上胡亂地寫了一陣，然後又把紙條遞給警官。

「我想你遲早也會這麼做，」他頗不講禮貌地說，「只是至少你也應該以我的立場去做，給對方帶來一大堆麻煩，那可不公平呀。」

那張紙條上寫著：

致巨艦號羅森克朗：本月十四日星期五與你共進午餐直到五點鐘，請予以證明。馬丁．迪林。

馬丁．迪林說：「回電就直接送給你吧，我不在乎。但可別送到蘇格蘭警場或者什麼別的警察局，你不了解這些美國人，只要我有捲入某個案件的蛛絲馬跡，那麼我一直在洽談的新合約就泡湯了。請不要張揚出去，警官。」

「我完全同意，迪林先生。我所需要的只是事實。我去發電報，回電會送到我在伊克塞特的私人地址。」

「謝謝你，你為人挺不錯的。靠文學混飯吃不容易啊，警官。到時候你收到回電，就知道沒什麼問題。關於文學餐敘，我確實是撒了謊，但我正是這樣告訴太太的，所以我想我最好也對你堅持這種說法。不然我就要惹上麻煩了。」

「如果羅森克朗先生證實你的說法，迪林先生，你就不用擔心什麼了。」

告辭時警官暗忖，這傢伙真讓人不舒服，不過他相當確定那個美國出版商會證實他的說法。

就在警官跳上開往德文郡的火車時，他突然想起了什麼。

「雷果夫，」他自言自語地說道，「對了……他就是住在西塔佛村那幾棟小屋之一的老先生嘛。這種巧合真是太奇怪了啊。」

25 德勒咖啡館

在伊克塞特的德勒咖啡館裡，愛蜜莉・翠弗西絲和查爾斯・恩德比坐在一張小桌旁。這時是下午三點半，客人很少，咖啡館裡比較安靜，只有幾個人在喝茶，整個咖啡館基本上沒有什麼生意。

「呃，」查爾斯問道，「你對他有什麼看法？」

愛蜜莉蹙著眉頭。

「很難說。」她答道。

和警方見面之後，布萊恩・培生也來和他們倆共進午餐。他對愛蜜莉相當客氣，愛蜜莉甚至覺得有點太客氣了。

對這位機靈的女孩來說，這似乎有點不自然。這個年輕人正在熱戀中，而一個好管閒事的陌生人插了進來。布萊恩・培生像隻羔羊似的，當查爾斯建議找輛車去見警方時，他毫無異議地同意了。這種柔順默認的態度是出於什麼原因呢？愛蜜莉覺得布萊恩・培生原來的性格應該大不相同。

「我寧願死也不會讓你們得手。」

她認為這才是他內心真正的想法。

他這種羔羊似的舉動讓人懷疑。她竭力要把自己的想法告訴恩德比。

「我懂你的意思，」恩德比說，「我們這位布萊恩有些事情想保密，所以沒辦法像他原來那樣頤指氣使。」

「沒錯。」

「你認為他是否有可能謀殺了老崔夫霖？」

「布萊恩嘛，」愛蜜莉若有所思地說，「呃，應該可以列入考慮。他是相當肆無忌憚的人，我認為他如果想得到什麼東西，常規是擋不住他的。他可不是那種馴順的英國人。」

「如果撇開個人因素，和吉姆比起來，他更可能是凶手吧？」

愛蜜莉點點頭。

「是更可能。他做起來會很俐落，因為他絕不膽小。」

「說實話，愛蜜莉，你認為是他做的嗎？」

「我，我不知道。他符合條件，可以說是唯一符合條件的人。」

「你說的符合條件是什麼意思？」

「哦，第一是犯案動機，」她扳著指頭逐條說道，「同一個動機，兩萬英鎊；二是犯案機會，沒人知道他星期五下午在哪兒。他應該可以交代清楚，呃，如果他人在別的地方，應該會說清楚才對吧？所以我們可以認定他星期五其實是在哈茲莫小屋附近。」

「他們發現，沒有任何人看見他在艾克漢普頓，」查爾斯指出，「他可是個相當引人注目的人喔。」

愛蜜莉不屑一顧地搖搖頭。

「他不在艾克漢普頓，這你還看不出來嗎，查爾斯？如果案子是他幹的，那他早就策畫好了。只有可憐的吉姆還傻乎乎待在那裡。從洛德佛、查格弗德或伊克塞特都可以到艾克漢普頓，他可能是從洛德佛步行來的，那裡有條大馬路，也許大雪沒有阻斷那條大馬路，所以還可以通行。」

「我認為這些都應該調查一下。」

「警方正在調查，」愛蜜莉說，「而且做得比我們好多了。那些檯面上的事情警察做得比較好，而那些私密、個人的事，比方打聽柯帝斯太太的談話、從波郝思小姐話中聽出言外之意、監視威利特母女等等……這些就是我們擅長的了。」

「也許我們什麼收穫也沒有，以案情目前的發展看來可能是這樣。」查爾斯說。

「我們再來討論布萊恩·培生有哪些動機，」愛蜜莉說，「我們已經談了兩點：做案動機和做案機會，第三點呢？我認為這第三點最重要。」

「是什麼？」

「嗯，我從一開始就覺得不能忽略桌仙那件古怪的事情。我已經盡可能從邏輯上來看待這件事。我覺得有三種可能：一、這是出於超自然的感應。呃，當然，也許吧，不過我個人認為應該排除這種可能性；二、這是出於精心設計……有人蓄意這麼做。但我想不出任何可能的原因，所以這種可能性也可以排除；三、這是偶然事件。有人無意中吐露祕密，這完全違背了此人自己的意願，是不自覺的洩漏。如果是這樣，六人當中必定有一人知道當天下午某個時刻崔夫霖上校會被謀殺，要不就是知道有人要去見他，並發生暴力事件。實際上六個人都不會是凶手，但某個人可能是共犯。伯納比、雷果夫和隆納．加菲爾三人和其他人都沒聯繫，彼此間也一樣，但威利特母女就不同了。維奧麗認識布萊恩．培生，這兩個人很親密，而且發生謀殺案後，那女孩顯得驚惶失措。」

「你認為她知道誰是凶手？」查爾斯問道。

「或者她母親知道，她們兩人之中必有一人知道。」

「還有一個人你沒提到，」查爾斯說，「那就是杜克先生。」

「我知道，」愛蜜莉說，「這很古怪。他是我們唯一不了解的人。我兩度想去見他，但都沒能如願。他似乎和崔夫霖上校毫無交往，與案件也完全無關，不過……」

「怎麼樣？」愛蜜莉剛一頓住，查爾斯便立刻問道。

「不過我們遇到納拉科特警官從他家出來，不知道納拉科特究竟知道些什麼，我真想弄清楚。」

「你認為……」

「假設杜克是個可疑的人物，而警方又了解這一點。崔夫霖對房客很挑剔，記得吧，如果崔夫霖上校發現他的某個祕密，打算要向警方告發，於是杜克就找同夥殺掉他……噢，這聽起來真像瞎胡鬧。不過，某些事情畢竟還是有可能。」

「這倒不失為一種推論。」查爾斯慢吞吞地說。

兩人都沉默下來，各自認真地思考著。

愛蜜莉突然說：「要是有人盯著你看，你就會有種古怪的感覺吧？現在我就覺得有人在我背後盯著我瞧，瞧得我脖子都發麻了。這是幻覺，還是有人真的在背後盯著我？」

查爾斯轉動椅子，漫不經心地掃視咖啡館。

「靠窗戶那邊的桌子坐著一個女人，」他向她報告。「身材高大，皮膚黧黑，長得挺漂亮的。她正在盯著你看。」

「她年輕嗎？」

「不，不年輕。噢！」

「怎麼回事呀？」

「是隆納·加菲爾。他剛進來，正跟她握手。在她那張桌子旁邊坐下了。我想她正在談論我們。」

愛蜜莉打開手提袋，姿勢相當誇張地在鼻頭上撲了撲粉，然後把小鏡子調整到合適的角度。

「是珍妮佛姨媽，」她輕聲說，「他們站起來了。」

「他們要走了，」查爾斯說，「你想和她說句話嗎？」

「不，」愛蜜莉說，「我想最好假裝沒看見她。」

「不過也很怪呀，」查爾斯說，「既然珍妮佛姨媽認識隆納．加菲爾，幹嘛不請他喝茶呢？」

「她幹嘛應該請他？」愛蜜莉反問。

「她幹嘛不應該請他呢？」

「啊，拜託，查爾斯，我們別一直討論什麼應不應該。這都是廢話，毫無意義！我們剛才還在說，參加桌仙的人沒有一個與死者家屬有關，然而不到五分鐘，我們就看見隆納．加菲爾和崔夫霖的姐姐一起喝茶。」

「這只能說明，」查爾斯說，「有些事情你是絕對搞不清楚的。」

「這說明，」愛蜜莉說，「一切都得重新來過。」

「而且可以重新來過的事情還多著呢。」查爾斯說。

愛蜜莉瞥了他一眼。

「你這是什麼意思？」

「沒什麼意思。」查爾斯答道。

他把手放在她的手上，她並沒有把自己的手縮回去。

「我們總得繼續追查下去吧，」查爾斯說，「然後……」

「然後什麼？」愛蜜莉輕聲問道。

「我願意為你做任何事，」查爾斯說，「無論什麼事……」

「是嗎？」愛蜜莉說，「你真好，親愛的查爾斯。」

26 羅伯特・賈德納

二十分鐘後，愛蜜莉按響了月桂莊的門鈴，這完全是出於突發奇想。

她知道此刻珍妮佛姨媽和隆納・加菲爾還待在德勒咖啡館裡。她對著幫她開門的畢翠絲熱情地微笑。

「我又來了，」愛蜜莉說，「賈德納太太不在家，這我知道。我能見見賈德納先生嗎？」

這個要求顯然頗不尋常。畢翠絲顯得猶疑不決。

「哦，我不知道。我上去看看，好嗎？」

「好吧。」愛蜜莉說。

畢翠絲上了樓，把愛蜜莉獨自留在門廳裡。過了幾分鐘她下樓來，要這位年輕小姐和她上樓。

在二樓的一個大房間裡，羅伯特・賈德納躺在窗邊的一把靠椅上。他個頭大，一雙藍眼睛，頭髮是金黃色的。愛蜜莉想，他那副打量人的模樣好比歌劇《崔斯坦和伊索爾》第二幕裡的伊索爾那樣，可是華格納的歌劇裡沒有任何男高音會像他那樣打量別人。

「嗨，」他招呼愛蜜莉。「你就是那個被逮捕者的未婚妻，是嗎？」

「是的，羅伯特姨父。」愛蜜莉說，「我該稱呼你羅伯特姨父，對吧？」她問道。

「如果珍妮佛讓你那麼叫你就叫吧。一個年輕人關在監獄裡發愁是什麼滋味啊？」

他是個冷酷無情的人，愛蜜莉如此認定，一個心地邪惡、別人哪兒痛苦就往哪兒刺的人。但她也不是好惹的。她和顏悅色地說：「應該相當刺激吧。」

「對吉姆少爺來說，可就沒那麼刺激了吧，嗯？」

「哦，呃，」愛蜜莉說，「也是一種體驗，對吧？」

「這會讓他明白生活並不是一帆風順，」羅伯特．賈德納不懷好意地說，「大戰時他還太年輕，上不了戰場，對吧？可以輕鬆自在地生活。哦，哦，這下子他可遭到報應了。」

他饒有興致地望著她。

「你來看我有什麼事，啊？」

他話音裡含有一絲狐疑的意味。

「要嫁到一戶人家之前，總得先見見未來的親戚嘛。」

「明白這一點還不算太晚，那你是真的想嫁給年輕的吉姆，嗯？」

「幹嘛不？」

「不管他是否被指控犯下謀殺嗎？」

「不管。」

「噢，」羅伯特．賈德納說，「我還沒見過像你這樣的人，一點也不垂頭喪氣。別人還以為你挺開心的呢。」

「我是滿開心，追蹤凶手挺刺激的。」愛蜜莉說。

「嗯？」

「我說追蹤凶手挺刺激的。」愛蜜莉說。

羅伯特．賈德納目瞪口呆地看著她，旋即又仰靠在枕頭上。

「我累了，」他煩躁地說，「不想再談了。護士，護士在哪兒？護士，我累了。」

護士在隔壁房間，她立即應聲而來。

「賈德納先生很容易累，如果你不介意，翠弗西絲小姐，你現在最好回去吧。」

愛蜜莉站起身來，愉快地點點頭。

「再見，賈德納姨父。可能有一天我會再來看你。」

「你這話是什麼意思？」

「再見。」愛蜜莉用法語說。

剛走出大門，她又停住腳步。

「啊，」她對畢翠絲說，「我把手套給忘了。」

「我幫你去拿，小姐。」

「哦，不用，」愛蜜莉說，「我自己去拿。」

她輕快地上了樓，沒敲門就走進房裡。

「哎呀，」愛蜜莉說，「對不起，我把手套給忘了。」

她誇張地拿起手套，朝房裡手拉手坐著的病人和護士莞爾一笑，然後下樓出了月桂莊。

「忘記手套這招真好用，」愛蜜莉自言自語地說，「這是第二次了。可憐的珍妮佛姨媽，我真不明白她知不知道他們的關係？我得趕緊走了，不然又要讓查爾斯等我了。」

在事先約定的地方，恩德比坐在葉默的福特汽車裡等著。

「運氣怎麼樣？」他一邊給她披上毯子，一邊問道。

「還算好吧，我也不敢說。」

恩德比一頭霧水地望著她。

「不行，」愛蜜莉說，回答他那探詢的目光。「我不能告訴你。因為和案子一點關係也沒有，如果我說出來，對當事人就太不公平了。」

恩德比嘆了口氣。

「聽你這麼說真讓我難過。」他說。

「對不起，」愛蜜莉態度堅決地說，「但情況就是如此。」

「隨你的便。」查爾斯冷冷地說。

一路上兩人都沉默不語，查爾斯是因為生氣而不說話，而愛蜜莉則早已把剛才的事拋到九霄雲外。

快到艾克漢普頓時，她打破緘默，說出一句查爾斯始料未及的話。

「查爾斯，」她問，「你打橋牌嗎？」

「打呀。怎麼啦？」

「我剛才一直在想，當你在衡量自己手上的牌時，你會怎麼做？如果你是在防守，你會數一數手上有幾張王牌，如果你要進攻，那就得數一數手上有幾張較弱的牌。現在，就我們眼前的這件事而言，我們是在進攻，可是，也許我們出錯牌了。」

「你是說……」

「噢，我們一直著重在王牌，對吧？我們一直在考慮那些可能謀殺了崔夫霖上校的人，無論看起來多麼不可能，也許正因為這樣，我們反而被弄得頭昏腦脹了。」

「我可沒有被弄得頭昏腦脹。」查爾斯說。

「噢，那麼我倒是這樣，我頭昏腦脹到了不能繼續思考的地步。我們換個方式來看這件事吧，讓我們來看看那些最弱的地方，也就是考慮那些最不可能謀殺崔夫霖上校的人。」

「嗯，我們來想想看，」恩德比說，「有威利特母女、伯納比、雷果夫和隆納……對了，還有杜克。」

「是的，」愛蜜莉說，「我們老是認為他們不可能謀殺崔夫霖上校，因為他被謀殺時，他們全都待在西塔佛別墅，每個人都在桌仙的現場，不可能全都撒謊。是的，他們全都和謀殺案無關。」

「事實上，西塔佛村所有的人都和謀殺案無關。」恩德比說，「甚至還有葉默，」他降低聲音，以免司機聽到。「因為星期五通往西塔佛村的路都被大雪堵斷了。」

「他可以步行嘛，」愛蜜莉用同樣低的聲音說，「如果那天傍晚伯納比少校去得了，那葉默也可以在吃午飯時出發，然後五點到達艾克漢普頓，殺了崔夫霖之後再走回來。」

恩德比搖搖頭。

「我想他是走不回來的。記得吧，大雪是約莫六點半開始下的。總之，你應該不是真的懷疑葉默吧？」

「不是。」愛蜜莉說，「當然啦，搞不好他是個殺人狂呢，誰知道？」

「噓！」查爾斯說，「如果他聽見了，這可就傷了他的心了。」

「無論如何，」愛蜜莉說，「你也不能確定他有沒有謀殺崔夫霖上校。」

「我差不多可以篤定地說他沒有，」查爾斯說，「如果他走到艾克漢普頓再走回去，西塔佛村既沒人看見，看見了也沒人覺得奇怪，這不可能啊！」

「當然，這地方的消息是傳得很快。」愛蜜莉表示同意。

「對啊，」查爾斯說，「所以我才說西塔佛村所有的人都應該排除在外，不在威利特家的人，只有波郝思小姐和惠特上校，兩個人都是病人，不可能在暴風雪裡跋涉。至於親愛的老柯帝斯夫婦嘛，如果他們當中有一個殺了人，那一定會舒舒服服跑去艾克漢普頓度週末，等事情平息後再回來。」

愛蜜莉朗聲大笑。

「不在西塔佛村度週末而別人又不會注意到，這根本不可能的嘛。」

「如果柯帝斯太太不在，那柯帝斯先生就會發現沒人和他講話了。」恩德比說。

「當然，」愛蜜莉說，「這個人應該會是阿布多，就像小說情節，他可能是東印度水手，崔夫霖上校在某次兵變中把他最疼愛的弟弟扔進海裡……也許就是那麼回事。」

「噢，我才不信，」查爾斯說，「那個神情憂鬱的可憐蟲才不會殺人……我明白了。」

愛蜜莉急切地問：「什麼？」

「是鐵匠的妻子，就是那個快要生第八胎的女人，那個勇敢的女人不顧身孕，也不管暴風雪，步行到艾克漢普頓，抓起鐵管砸死了崔夫霖上校。」

「請問，為了什麼？」

「因為嘛……當然，儘管鐵匠是前七個孩子的父親，但崔夫霖是即將出生的第八個孩子的父親。」

「查爾斯，」愛蜜莉說，「別這麼粗俗嘛。無論如何，」她又說：「就算是，也只可能是鐵匠，而不會是她。這個推測可真難得呀。想想看，那隻黧黑的手臂如何揮舞鐵管，因為有七個孩子要照料……他不在家，而他的妻子竟然沒有發現。她應該是沒時間去留心這個男人吧。」

「這簡直快變成癡人說夢了。」查爾斯說。

「沒錯，」愛蜜莉同意道，「瞄準不可能的地方也沒用啊。」

「那你自己呢？」查爾斯問。

「你問我嗎？」

「案發時你在哪兒？」

「你真是了不起呀！我根本沒想到這一點。我當然是在倫敦，不過我知道沒辦法加以證實，因為我是一個人待在房間裡。」

「那就夠了，」查爾斯說，「做案動機和其他條件都有了。你的未婚夫拿到兩萬英鎊，還有什麼比這更好的？」

「你真聰明，查爾斯，」愛蜜莉說，「我也看出我是最可疑的人，之前我壓根兒沒想到呢。」

27 納拉科特採取行動

第三天上午，愛蜜莉來到納拉科特警官的辦公室。她是一大早從西塔佛村趕來的。

納拉科特警官讚賞地瞧著她。他欣賞愛蜜莉的膽量，她的勇敢無畏、絕不氣餒和堅韌的決心，還有那百折不撓的樂觀。她是個鬥士，而納拉科特警官崇拜鬥士。他私下認為她很堅強，遠非吉姆所能相比，即便那個年輕人是清白無辜的也一樣。

「小說裡常常這麼寫，」他說，「他們說警方只要有足夠的證據，就會找個代罪羔羊，毫不考慮這個羔羊是否無辜。但這不是事實，翠弗西絲小姐，我們要抓的是真凶。」

「你真的認為吉姆有罪嗎，納拉科特警官？」

「我還不能給你一個正式的答覆，翠弗西絲小姐。但我要告訴你，我們不僅會查證對他不利的證據，也會仔細調查對別人不利的證據。」

「你是指他的弟弟布萊恩吧？」

「這位布萊恩・培生先生令人很不滿意。他拒不回答問題，也不提供有關他本人的行蹤，不過，我想……」納拉科特那德文郡人特有的舒緩笑容展開了。「我可以很準確地猜出他在進行的一些活動。如果我猜對了，再過半小時就會知道。還有那位女士的丈夫，迪林先生。」

「你見過他了？」愛蜜莉感興趣地問。

納拉科特警官注視著她那張生機勃勃的臉，覺得自己就快被誘惑得放鬆警惕了。他靠回到椅背上，再一次回想著他和迪林先生會面的情景，然後從手邊的一個文件夾裡，拿出一份發給羅森克朗先生的電報副本。

「這是我發的電報，」他說，「而這是回電。」

回電內容如下：

致伊克塞特德賴斯戴爾路二號納拉科特：我證實迪林先生的說法真實不虛，星期五整個下午他都和我待在一起。羅森克朗。

「噢，真麻煩呀。」愛蜜莉的口氣很緩和，她沒有說出原先想說的那個字眼，因為她知道警方守舊，一聽之下會吃驚不小。

「是的，」納拉科特警官若有所思地說，「很可惡，是吧？」

他那德文郡人所特有的舒緩笑容又展露出來。

「但我偏偏是個疑心病重的人，翠弗西絲小姐。迪林先生的說法聽起來滴水不漏，但我覺得實在太便宜他了，所以我又另外發了一封電報。」

他又遞給她兩張電報。

第一張上面寫著：

我要徵詢有關崔夫霖謀殺案的事。請問馬丁．迪林星期五下午的不在場證明是否屬實？伊克塞特警官納拉科特。

回電顯得情緒激動，絲毫沒考慮到電報的內文應該簡潔，好節省費用。

我不知道是謀殺案。其實我星期五並未見到馬丁．迪林，只因為是朋友關係，才同意為他作證。據悉，他的妻子正在要求他辦理離婚手續。

「噢，」愛蜜莉說，「噢，你幹得真聰明呀，警官。」

警官顯然也認為是這樣，他臉上露出既文雅又滿足的笑容。

「男人們總是喜歡互相掩護，」愛蜜莉看著電報說，「可憐的席薇雅，我真的認為男人在某些方面實在是衣冠禽獸。」她又說：「所以有個人能依靠真是太好了。」

她讚佩地對警官莞爾一笑。

「嗯，我說的這一切絕不能對外透露，翠弗西絲小姐，」警官警告道，「其實我不該讓你知道這些事情。」

「你真是令人敬佩啊，」愛蜜莉說，「我絕對忘不了。」

「呃，你要記牢了，」警官再度警告，「一個字都不能對別人講啊！」

「你是要我別告訴查爾斯吧……也就是恩德比先生。」

「記者就是這麼回事，」納拉科特警官說，「無論你把他弄得怎麼服服貼貼的，翠弗西絲小姐，唉，新聞仍然是新聞嘛，對吧？」

「那我就不告訴他好了，」愛蜜莉說，「我想我已經收服他了，不過就像你說的，記者就是這麼回事。」

「絕不隨意和消息斷了線，這是我的原則。」納拉科特警官說。

愛蜜莉雙眼目光微微一閃，她心中暗暗想道：「這半小時納拉科特警官似乎並未遵循這項原則。」

她心裡突然想起了什麼，當然，眼前這也許不重要了。一切都似乎指向一個截然不同的方向，但能明白這一點畢竟是好事。

「納拉科特警官！」她突然叫道，「杜克先生是個什麼樣的人呀？」

「杜克先生？」

她看出這個問題使警官吃了一驚。

「你記得吧，」愛蜜莉說，「我們在西塔佛村遇見你從他家出來。」

「啊，是的，是的。這我記得。老實告訴你吧，翠弗西絲小姐，我認為對桌仙那件事不該太過認真，伯納比少校對於描述現場情況並不拿手。」

「如果我是你，」愛蜜莉暗想，「我就會去問雷果夫先生這樣的人，幹嘛跑去問杜克先生？」

沉默了一會兒，警官又說：「每個人的看法各不相同。」

「我搞不懂，我懷疑警方究竟對杜克先生了解多少。」

納拉科特警官沒回答，雙眼死盯著吸墨紙。

「他的生活沒什麼可以責難的，」愛蜜莉說，「用這句話來描述杜克先生簡直再合適不過了，假設他並非總是過著無可責難的生活呢？也許警方了解這一點？」

她看出納拉科特警官竭力忍住不笑，那張臉微微顫動了一下。

「你很喜歡猜測，對吧，翠弗西絲小姐？」他和藹地問道。

「當別人不對你說實話，那就只好猜囉。」愛蜜莉反唇相譏。

「就像你說的，如果一個男人過的是無可指責的生活，」納拉科特警官說，「而他不願讓過去的生活曝光，從而引起煩惱和不便，警方自有一套處理方式，我們不願出賣任何人。」

「我明白了，」愛蜜莉說，「不過還是一樣，你是去看他了，對吧？這麼看來，無論如何你可能留了一手，我希望……我真希望知道杜克先生的真實情況，他過去熱中的到底是犯罪學的哪一方面？」

她企盼地望著納拉科特警官，只見後者臉上依然是一副木然的表情。知道在這個問題上不可能說動他之後，愛蜜莉喟嘆一聲，告辭而去。

她剛走，警官便坐下來，凝視著記事本，嘴角仍保持著一絲笑意。接著他按了鈴，一個屬下走進辦公室。

「嗯？」納拉科特警官問。

「沒錯，長官。但不是普林斯頓的杜奇旅社，而是在雙橋鎮的旅社。」

「哦！」警官接過遞給他的紙條。

「好，」他說，「這就對了。星期五你們跟蹤過另外那個年輕人嗎？」

「他是乘末班車到艾克漢普頓的，我沒弄清楚他是幾點離開倫敦，目前還在調查中。」

納拉科特點點頭。

「這是薩默塞教堂的結婚登記，長官。」

納拉科特打開紙條。上面是威廉·馬丁·迪林和瑪莎·伊麗莎白·雷果夫於一八九四年的結婚登記。

「啊，」警官說，「還有別的事嗎？」

「有的，長官。布萊恩·培生先生是從澳洲乘菲達斯藍色煙囪號船來的。這艘船在開普敦停泊過，船上並沒有姓威利特的乘客，也沒有來自南非的母女二人，倒是有從墨爾本來的伊凡斯小姐和伊凡斯太太、強生太太和強生小姐，後者和威利特母女的特徵相符。」

「唔，」警官說，「無論強生也好、威利特也好，都不是真名。我們已經查清楚了，還有別的事嗎？」

看來沒有其他情況了。

「呃，」警官說，「現在要進行下一步，我們手頭掌握的資料已經足夠了。」

28 靴子

「可是，親愛的年輕小姐，」柯克伍先生說，「你想在哈茲莫小屋找什麼呢？崔夫霖上校所有的東西都已經搬走，警方也對房子進行過徹底搜查，我對你的處境和焦慮很能體會，你希望培生先生洗清罪嫌，但你又能做什麼呢？」

「我並不想要找到什麼，」愛蜜莉說，「也不想發現警方遺漏的地方。恕我不能向你解釋，柯克伍先生。我要……感受那個地方的氣氛。請把鑰匙給我吧。這麼做沒什麼壞處。」

「當然沒什麼壞處。」柯克伍先生說得很有分寸。

「那就請行行好吧。」愛蜜莉說。

於是柯克伍先生發了善心，慨然一笑，把鑰匙交給了她。他竭力要讓她放心，因為要避免這場災難，唯有依靠愛蜜莉以絕不屈服的精神，運用高明的手腕去化解。

當天上午，愛蜜莉收到一封信，是貝林太太寫來的，內容如下：

親愛的翠弗西絲小姐：

你說過無論發生什麼事，不管怎樣不尋常，甚至不起眼，你都願意了解。所以儘管此事看起來不怎麼重要，但還是有點奇怪，我認為還是有責任立即告知，希望今晚最後一班郵件或明天上午的頭班郵件能將此信送到你手中。我侄女來看我時提起此事，她說沒什麼重要的，我也同意。警方說，大致上崔夫霖的小屋裡並未遺失東西，因為屋裡的東西沒什麼價值，不過確實有某些東西遺失了，由於並不重要，當時並未引起注意。但是，伊凡斯發現上校的一雙靴子不見了，這是他和伯納比少校清理上校遺物時發現的。儘管我認為不重要，小姐，但我猜你應該會想知道。那是一雙很厚實的靴子，小姐，是那種上校在雪地行走時才穿的搽了油的靴子。由於上校並未在雪地裡行走，所以似乎沒有意義。但這雙靴子遺失了，沒人知道是誰拿走的。儘管我認為這件事並不重要，但我覺得有責任寫信告知，希望這對你有用，儘管對我是沒用。希望你不要太擔心你那位未婚夫。

你忠實的貝林太太

愛蜜莉把這封信看了好幾遍，又跟查爾斯進行商討。

「靴子嘛，」查爾斯深思熟慮地說，「好像沒什麼意義吧。」

「一定有意義，」愛蜜莉指出。「我是說，為什麼有一雙靴子不見了呢？」

「伊凡斯應該沒有亂編吧？」

「他幹嘛要亂編？要編也該編些有意義的事情呀。幹嘛編這種愚蠢至極、毫無目的可言的謊。」

「靴子也許和腳印有關。」查爾斯慎重地說。

「我知道，不過腳印似乎跟謀殺案完全無關。也許當時沒下雪就好了。」

「是的，也許吧，不過也可能就在那個時候……」

「他可能把它送給某個流浪漢，」查爾斯揣測道，「後來那流浪漢反而把他幹掉了。」

「這是有可能，」愛蜜莉說，「但聽起來崔夫霖不會這樣做。他也許會找個人來做點事，給個幾先令，但他不可能硬要人家收下冬天用的上好靴子吧。」

「噢，我放棄了。」查爾斯說。

「我才不會放棄，」愛蜜莉說，「無論如何，我一定會堅持追查到底。」

她言出必行，再次來到艾克漢普頓，先去三冠旅社。貝林太太對她非常熱情。

「你那位年輕先生還在牢裡，小姐！唉，這真是糟糕透了，我們誰也不相信是他做的，如果這件事和我有關，我就願意聽別人這麼說。那你收到我的信了？想見伊凡斯嗎？好吧，他就住在街角，福爾街八十五號。但願我能跟你一塊兒去，但我離不開這兒。你自己去，不會找錯地方的。」

愛蜜莉的確並未找錯地方。伊凡斯不在家，但是伊凡斯太太卻邀請她進屋聊聊。愛蜜莉坐下後，伊凡斯太太便也坐下來，愛蜜莉馬上就開門見山地談起正事來。

「我來這兒，是想問問你丈夫告訴貝林太太的事情，也就是崔夫霖上校遺失靴子那件事。」

「這事真奇怪，沒錯。」那女人說。

「你丈夫對這件事很確定吧？」

「噢，是的。上校冬天多半都穿著這雙靴子。那是一雙大靴子，得穿上好幾雙短襪呢。」

愛蜜莉點點頭。

「可不可能是拿去修了？」她揣測道。

「伊凡斯知道沒有拿去修補，」伊凡斯太太誇耀地說，「不會，我想不會。這和謀殺案沒有任何關係，對吧，小姐？」

「大概吧。」愛蜜莉同意道。

「他們發現什麼新的事情了嗎，小姐？」那女人口氣很急迫。

「是的，有一兩件吧，都不是很重要。」

「伊克塞特的那位警官今天又來了，我就料到他們會來。」

「是納拉科特警官吧？」

「對，就是他，小姐。」

「他和我搭的是同一班火車嗎？」

「不是，他是坐汽車來的。他先去了三冠旅社，詢問那位年輕先生的隨身行李。」

「什麼先生的隨身行李？」

「跟你在一起的那位年輕先生，小姐。」

愛蜜莉驚得目瞪口呆。

「他們問過湯姆，」那女人繼續說，「我剛好路過那裡，他就告訴我了。注意到這件事的是湯姆，他記得那位年輕先生的行李上有兩條標籤，一條是去伊克塞特的，另外一條是去艾克漢普頓的。」

愛蜜莉想像著查爾斯為了取得獨家新聞而不惜犯下謀殺的情景，臉上忍不住突然笑了出來。她想，有人一定會拿這件事大驚小怪。這當然不可能，但他仍然對納拉科特警官徹底核實每個細節的態度十分欽佩，不管這些細節和謀殺案多麼風馬牛不相及。他一定是和她談過話之後立刻趕來的，小汽車可以開得相當快，很容易趕在火車前頭，況且她還在伊克塞特停留，並且用了午餐。

「後來警官去哪兒了？」她問道。

「去西塔佛村了，小姐。湯姆聽見他跟司機說的。」

「去西塔佛別墅了？」

「不是，小姐，是去杜克先生家。」

她知道布萊恩．培生目前仍然和威利特母女待在西塔佛別墅。

又是杜克。愛蜜莉心裡十分惱怒，然而又無可奈何。這個杜克一直是個神祕人物。她覺得應該可以讓他提供證據，不過似乎大家對他都抱持著相同的印象：一個尋常、普通、愉快的人。

「我得去見他，」愛蜜莉自言自語道，「一回到西塔佛村，就直接上那兒去。」

於是她謝過伊凡斯太太，到了柯克伍先生那兒，拿了鑰匙，來到哈茲莫小屋的玄關裡，心裡一片茫然，又百感交集。

她緩慢地走上樓梯，進入走道盡頭的一個房間。這兒顯然是崔夫霖上校的臥室。正如同柯克伍先生所說，裡面的個人物件都已經全部搬走。毯子疊成整齊的一堆，抽屜空空如也，櫥櫃裡連個衣架也沒有，鞋櫃裡只有一排排空架子。

愛蜜莉嘆了口氣，轉身下樓。客廳裡面是被害人躺過的地方，雪花從打開的窗戶飄落進來。

誰殺害了崔夫霖上校？為什麼？他是五點二十五分遇害的，大家都認為是這樣，要不然就是吉姆嚇壞了，所以撒謊？想必他敲了大門，沒人應答，於是就繞到落地窗那兒往裡頭一瞧，一看見舅舅的屍體，便嚇得一溜煙跑了嗎？她要是知道就好了。據戴可仕先生說，吉姆對自己說過的話並未改口。是的，吉姆可能是被嚇壞了。然而她對此沒有把握。

雷果夫先生曾經提過，也許屋裡還有別的人。那個人聽到爭吵，於是趁機行凶嗎？

如果情況如此，能解釋靴子遺失的問題嗎？會不會是有人在樓上——藏在崔夫霖上校的臥室裡？愛蜜莉再次走過玄關，朝飯廳飛快地瞄了一眼，裡面有幾個皮箱，已經整齊地捆好，貼了標籤。旁邊的壁架空無一物，銀盃已經放到伯納比少校家了。

不過，她注意到那三本作為獎品的嶄新小說，查爾斯曾把從伊凡斯那兒聽來的有關那三本小說的事，繪聲繪影地說給她聽，而眼前這三本小說被遺忘在這兒，散放在一把椅子上。

她再次環視室內，隨即又搖搖頭，這裡也是人去屋空。

她又走上樓梯，再次進入臥室。

一定得弄清楚這雙靴子為什麼會遺失！除非找出滿意的推測，解釋遺失的原因，否則這個問題就沒辦法從她心裡排除。這雙靴子已經變得異常重要，重要得讓其他事物都相形見絀。難道沒有什麼可以幫助她了嗎？

她拉開每個抽屜，伸手往裡摸。在偵探小說中，抽屜裡總會找到一些令人滿意的紙片，但在現實生活中，顯然不能指望會有這種幸運的事，不然納拉科特警官和他那班人馬早就順利破案。她摸索著，想找到一些鬆動的板子，手指在地毯的邊緣下觸碰著。

就在她伸直腰站起來時，這整潔的房間裡有一個不協調的地方映入了她的眼簾，那是壁爐裡的一小堆煤灰。

愛蜜莉注視著那堆煤灰，心中一陣興奮，就像食蛇鷹看見一條蛇似的。她走過去查看，這並非出於邏輯推斷，也沒有什麼因果關係，純然只是直覺。愛蜜莉挽起袖子，雙手伸進煙囪裡。

過了一會兒，她掏出一個用報紙整齊包好的包裹，難以置信地凝視著，心裡一陣高興。

她把報紙抖開，眼前正是那雙遺失的靴子。

「可是，為什麼？」愛蜜莉說，「原來藏在這裡，可是為什麼在這裡呢？為什麼？」

她凝視著這雙靴子，又把它們翻過來，裡裡外外檢查著。同樣的問題再一次冒出來：為什麼？

有人拿走崔夫霖上校的靴子，然後藏進煙囪裡嗎？為什麼要這麼做？

「啊，」愛蜜莉發狂似的叫道，「我簡直快瘋了！」

她小心翼翼地把靴子放到地板中央，拉過一把椅子來，正對著靴子坐下。此時，她認真地從頭思索起來，思索每一個她自己知道或是從別人那兒偶然聽來的細節。她裡裡外外細思每一項因素……

驀然之間，這團古怪的迷霧開始勾勒出一種可能，地板上那雙寂然無聲的無辜靴子使她萌生一個念頭。

「如果是這樣，」愛蜜莉說，「如果是這樣……」

她拾起那雙靴子，匆匆下樓，推開飯廳的門，走到櫥櫃前，這裡放的是崔夫霖上校那些雜七雜八的運動獎盃和運動裝備，都是一些他不放心讓女房客觸碰的東西：滑雪板、頭盔、象腳、象牙、魚線等等……這一切還有待楊格先生和皮巴迪先生打包收拾。

愛蜜莉手持靴子，彎下腰去。

過了一會兒，她又直起腰來，滿臉通紅，一副不敢置信的神情。

「這就對了，」愛蜜莉說，「這就對了。」

她跌坐在一把椅子上。這裡頭仍然有許多事情她想不通。

過了一會兒，她站起身來，大聲說道：「我知道是誰謀殺了崔夫霖上校，但我不明白究竟為了什麼，我還是想不出原因，但我不能再浪費時間了。」

她匆匆離開哈茲莫小屋，找來一輛車，花了幾分鐘把她送到西塔佛村。她叫司機直接開到杜克先生的小屋。付過車資後，車子一開走，她立刻走上了小徑。

她在杜克先生的門上使勁敲了幾下。

過了一會兒，門打開了，走出來一個大塊頭男人，臉上的表情十分冷漠。

愛蜜莉生平頭一遭和杜克先生四目相對。

「杜克先生嗎？」她問道。

「是的。」

「我是翠弗西絲小姐，能進去嗎？」

杜克先生略顯猶豫，接著往裡頭一站，側身讓她進去。愛蜜莉走進屋裡之後，他關好了前門，跟著進來。

「我要見納拉科特警官，」愛蜜莉說，「他在這裡吧？」

又是一陣沉默。杜克先生似乎不知該如何回答才好。後來他終於下定決心，微微一笑，那笑容看起來相當古怪。

「納拉科特警官是在這裡，」他說，「你想見他幹嘛？」

愛蜜莉拿出包裹，把它打開，然後把靴子放到他面前的桌子上。

「我要……」她說，「我要讓他看看這雙靴子。」

29 桌仙再現

「哈囉，哈囉！」

隆納・加菲爾一連喊了幾聲。

雷果夫先生正緩慢地沿著郵局旁邊陡直的小巷往斜坡上爬。聽到了聲音，便停下來等隆納。

「你去郵局看希伯特老媽媽，嗯？」隆納說。

「不是，」雷果夫先生說，「我散步了一會兒，走到鐵匠鋪那兒。今天的天氣可真好啊！」

隆納抬頭仰視藍天。

「是的，跟上星期有點不一樣。我順便問一下，你現在是要去威利特家吧？」

「對，你也去嗎？」

「是啊，我們西塔佛村的聚光點嘛，就是威利特母女。千萬別垂頭喪氣——這是她們的座右銘。生活還是得繼續啊，我姨媽說，喪禮才剛結束就請人去喝茶實在太絕情，但她那樣想也太無聊了。她會這樣說，那是因為她為『祕魯皇帝』的事情心煩。」

「祕魯皇帝？」雷果夫先生甚感詫異。

「就是那隻眨眼貓吧，結果牠居然是母貓，所以卡洛琳姨媽當然不高興啦，她不喜歡這些公貓母貓的事情……所以，這是我說的，她就拿威利特母女來出氣。她說她們幹嘛要請人喝茶呢？崔夫霖又不是她們的親戚。」

「說得也沒錯啊。」雷果夫先生說。

他一邊轉過頭來，觀察飛過去的一隻鳥，認為自己發現了一個新品種。

「真討厭，」他咕噥道，「我沒戴眼鏡。」

「喂！我說呀，對崔夫霖，你認為威利特太太其實知道得更多吧？」

「你問這幹嘛？」

「因為她變了許多。你見過這種事情吧？一星期內她老了二十歲呢，你一定也注意到了吧。」

「是的，」雷果夫先生說，「我也注意到了。」

「噢，是啊，無論如何，崔夫霖的死在某些方面對她來說也滿嚇人。要是她其實是老頭多年以前拋棄的妻子，又沒被認出來，那可就太古怪了。」

「我看這不太可能吧，加菲爾先生。」

「太像電影噱頭了，嗯？但古怪的事情常常會發生，我在《每日電訊報》上總能看到一些十分驚人的報導，要不是刊登在報紙上，你絕對不會相信那些事。」

「難道刊登出來就可以相信了嗎？」雷果夫先生尖刻地問。

「你討厭年輕的恩德比，是吧？」隆納問。

「我討厭那種專管別人閒事的沒教養的人。」雷果夫先生回答。

「是的，這些事情的確和他有關。」隆納毫不讓步。「我說，管別人閒事本來就是那位可憐老兄的工作嘛。他好像已經把老伯納比弄得服服貼貼了。奇怪，那老頭就是不喜歡見到我，在他面前，我就像是鬥牛士的紅布似的。」

雷果夫先生不予置評。

「看在老天份上，」隆納說，又向天空掃了一眼。「你知道今天是星期五吧？上星期這個時候，我們也像這樣走啊走到威利特家。可是今天的天氣就有點不一樣了。」

「一星期，」雷果夫先生說，「這一星期的時間好像長得要命。」

「像是過了一年，可不是嗎？哈囉，阿布多。」

他們正走過惠特上校家的大門，只見那孤零零的印度人倚在門上。

「午安，阿布多，」雷果夫先生說，「你家主人怎麼樣啊？」

印度人搖搖頭。

「主人今天不好，先生。他誰都不見，他有好長一段時間不想見任何人。」

「你知道吧，」隆納邊走邊說，「那傢伙可以輕而易舉地幹掉惠特，別人不會知道的。他這樣搖著頭說主人不見任何人，哪怕一連說上幾星期也沒人覺得奇怪。」

雷果夫先生認為此話有理。

「不過，處理屍體是個麻煩的問題。」他指出了這一點。

「是的，這一點永遠是最困難的，對吧？很麻煩，屍體就是難處理。」

他們來到伯納比家的大門前。少校正在花園裡，表情嚴厲地盯著一株雜草，那株雜草在不該長的地方冒了頭。

「午安，少校，」雷果夫先生說，「你也去西塔佛別墅嗎？」

伯納比揉揉鼻子。

「別以為我會去。她們送了張帖子邀我。呃，我不想去，你應該能了解。」

雷果夫先生點點頭，表示了解。

「可是，」他說，「我仍然希望你能來。我自有道理。」

「道理，什麼道理？」

雷果夫先生欲言又止，猶豫起來，顯然是由於隆納．加菲爾在場，使他有點緊張。可是隆納完全不知情，依然站在那兒，興致勃勃地聆聽著。

「我是想試驗一下。」他終於慢吞吞地說。

「試驗什麼啊？」伯納比少校問道。

雷果夫先生再度猶豫起來。

「我還是先不講的好，不過如果你來，我要請你附和我提出的任何建議。」

伯納比的好奇心終於占了上風。

「好的，」他說，「我來。我嘛，你可以信得過。我的帽子在哪兒？」

過了一會兒，他戴好帽子，加入他們的行列。三個人走進西塔佛別墅的大門。

「聽說你在等人，雷果夫。」伯納比打開了話頭。

年紀大些的那個男人臉上露出煩躁的表情。

「誰告訴你的？」

「那個喜鵲一樣嘰嘰喳喳的女人吧，就是柯帝斯太太嘛。她挺愛整潔，也很誠實，可那張嘴嘮叨個不停，不管你聽不聽，她照說不誤。」

「的確如此，」雷果夫先生表示同意。「這幾天我在等我的侄女，也就是迪林太太和她丈夫，明天他們該來了。」

此時他們已經來到前門，按過門鈴後，布萊恩．培生打開了門。

在門廳裡脫下大衣時，雷果夫饒有興致地注視著那位身材修長、肩膀寬闊的年輕人。

「標致的傢伙，」他心想，「真是標致的年輕人，脾氣倔強，下顎的角度很特別，在某些情況下是個難伺候的人，可以說他是個危險的年輕人。」

伯納比少校走進客廳時，一陣不實在的感覺傳遍他的全身。威利特太太起身表示歡迎。

「你能出來真是太好了。」

這句話和上星期五那天所說的話完全一樣。壁爐裡也依然是熊熊大火。他沒有把握地回想著，也許那對母女穿的衣服仍然和上星期五一樣吧。

這確實令人感到毛骨悚然。似乎又回到了上個星期……彷彿喬．崔夫霖並未死去，一切似乎從未發生，也從未改變。別這麼想吧，這麼想是錯誤的。威利特這個女人是變了，好比一艘即將沉沒的船，只能這樣形容她了。她不再是世上富有而堅強的女人，而是個嚇破了膽的小動物，顯然是可憐地努力要表現一切如常。

「就算把我吊死，我也不明白喬的死對她有何意義。」少校暗忖道。

他心裡不斷湧動著一種印象，覺得威利特母女確實有點古怪。

像往常那樣，他又猛然省悟過來。有人在對他說話，但他沉默不語。

「恐怕這是我們最後一次小聚了。」是威利特太太在對他說話。

「什麼？」隆納．加菲爾突然抬起頭來。

「是的，」威利特太太搖搖頭，想強裝笑臉卻沒笑出來。「我們本來想要在西塔佛村過完冬天。以我個人來說，當然，我是挺喜歡的，像是這裡的雪呀、山峰呀、曠野呀。但是家裡出了問題！家庭問題真麻煩哪……我是走投無路了！」

「我原本以為你要找一個廚師兼司機的。」伯納比少校說。

威利特太太渾身起了一陣突如其來的顫抖。

「不，」她說，「我……我只好放棄那個打算了。」

「天啊，天啊，」雷果夫先生嘆道，「這對我們大家可是個很大的打擊呀。實在太悲慘了，你們這一走，我們又得重新踏上淒涼舊路了。你們準備什麼時候動身呢？」

「我想，下星期一吧，」威利特太太說，「除非我明天應付得來，沒有僕人就難辦了。當然，我還得跟柯克伍先生把事情辦完。我原本要租四個月的。」

「你們要去倫敦嗎？」雷果夫先生問道。

「是的，很可能，一切重新開始吧。以後我們會出國，去里維拉。」

「真是一大損失啊。」雷果夫先生說，又頗有騎士風度地鞠個躬。

威利特太太莫名其妙地發出一聲古怪的竊笑。

「你太好了，雷果夫先生。哦，喝茶好嗎？」

茶擺上了，威利特太太把每個杯子斟滿。隆納和布萊恩順序遞著茶。大家都感到一陣不可名狀的難堪。

「你打算怎麼辦？」伯納比向布萊恩．培生陡然發問，「你也要走嗎？」

「去倫敦嗎，是的。當然，這件事不了結我就出不了國。」

「什麼事？」

「我是說，我要等哥哥脫罪了才能走。」

他旁若無人地說著，那姿態像是在進行挑戰。大家無言以對。伯納比少校立刻緩和這個窘境。

「我打一開始就認為不是他幹的，我從不相信。」他說。

「沒人會認為是他做的。」維奧麗說，感激地瞥了他一眼。

一陣鈴聲打破了談話的停頓。

「杜克先生來了，」威利特太太說，「讓他進來，布萊恩。」

年輕的培生走到窗前。

「不是杜克，」他說，「是那個該死的記者。」

「哦，天啦，」威利特太太說，「唉，我們還是讓他進來吧。」

布萊恩點點頭。過了一會兒，他就和查爾斯·恩德比一塊兒進了客廳。

恩德比仍然一如往常，笑容滿面，一副讓人覺得高興的模樣，他絲毫沒想到自己會是不受歡迎的人。

「哈，威利特太太，你好嗎？我剛才在想，應該進來看看情況怎麼樣。我不知道西塔佛村的人都上哪兒去了。原來是在這兒呀。」

「喝杯茶吧，恩德比先生？」

「你太好了。我就喝一杯吧，我沒看見愛蜜莉在這兒。我想她是和你姨媽在一起吧，加菲爾先生。」

「我可不知道，」隆納目瞪口呆地說，「我想她是到艾克漢普頓去了。」
「噢，她早就回來了。我怎麼會知道呢？是一隻小鳥告訴我的。準確地說，就是柯帝斯那隻小鳥。汽車經過郵局，開上小巷，回來時車裡便沒了乘客的身影。她不在五號屋，也不在西塔佛別墅。奇怪，她到底在哪裡？她讓波郝思小姐失望了，想必是和那位專愛勾引女人的惠特上校在品茶吧。」
「也許是上西塔佛燈塔看日落去了。」雷果夫先生猜測。
「別這麼想嘛，」伯納比說，「如果她經過，我應該會看見的，我在花園裡待了一個小時呢。」
「噢，我認為這並不是最關鍵的問題，」查爾斯愉快地說，「我是說，她應該不會被拐騙或被謀殺什麼的吧？」
「那你的報社就會覺得可惜了，對吧？」布萊恩譏諷。
「就算有個和她一模一樣的女孩，我也不會放棄愛蜜莉。」查爾斯說，「愛蜜莉……」
他又深思熟慮地說：「是獨一無二的！」
「她很迷人，」雷果夫先生說，「太迷人了。我們……呃，我是說她和我也是朋友。」
「都喝完茶了嗎？」威利特太太問道，「打橋牌怎麼樣？」
「哦，稍候片刻。」雷果夫先生說道。
他鄭重其事地清了清嗓子。每個人都望著他。

「威利特太太，我嘛，正如你所知道的，對靈異現象深感興趣。一星期前的今天，就在這間屋裡，我們獲得一次令人驚異並造成恐慌的經驗。」

維奧麗．威利特發出了一點輕微的響聲，他向她轉過身去。

「我知道，親愛的威利特小姐，我知道。這種經驗使你不安，讓人很不安。我不否認這一點。自從謀殺案發生以來，警方就一直在追蹤殺害崔夫霖上校的凶手，還進行了逮捕。但是在這間屋子裡，至少我們當中的某些人，並不相信吉姆．培生是有罪的。我要提議的是，我們再重複一次上星期五的試驗，但這回要以一種很不一樣的精神來進行。」

「不！」維奧麗叫道。

「噢，」隆納說，「那太過分了，無論如何我是不參加的。」

雷果夫先生並未理睬。

「威利特太太，你意下如何？」

她猶豫起來。

「說實話，雷果夫先生，我不喜歡這個建議。上星期的那件事給我留下了極其惡劣的印象，這要經過很長時間才會淡忘。」

「你想達到什麼目的呢？」恩德比頗感興趣地說，「你以為那些亡靈會告訴我們殺害崔夫霖上校的凶手是誰嗎？這要求好像太高了吧？」

「就像你說的，這個要求是太高，但上星期也有個訊息說崔夫霖上校死了嘛。」

「說得對，」恩德比同意道，「不過，呃，你明白吧，這項建議的後果你沒有考慮到。」

「舉個例好嗎？」

「假如桌仙說出一個名字怎麼辦？你不認為在場的某個人會故意……」

他頓住了，隆納．加菲爾很看重這個尚未說出口的字眼。

「推桌子。他就是這個意思。也許有人會故意推桌子。」

「這是個嚴肅的試驗，先生，」雷果夫先生溫和地說，「沒人會這麼做。」

「我不知道，」隆納表示懷疑。「我不會把責任推給他們的，我不是說我自己會去推桌子，我發誓我不會那麼做。不過假設每個人都說是我推的，那怎麼辦？那不就很狼狽了嘛，你知道。」

「威利特太太，我是認真的，」個子矮小的老先生沒有理睬隆納的話。「我請求各位，讓我們來做這個試驗吧。」

她有點動搖了。

「我不喜歡，真的不喜歡。我……」她不安地環顧四周，好像在準備遁逃。「伯納比少校，你是崔夫霖上校的朋友，你說吧。」

少校的目光與雷果夫先生相接。這一瞥使他明白過來，原來這就是雷果夫先生暗示過要他附和的事。

「幹嘛不做呢？」他聲音粗嘎地答道。

此話一出口，事情便定了下來。

隆納從隔壁房間拿來那張之前用過的小桌子，擺放在客廳中央，再把椅子圍在桌邊。大家默然無聲地瞧著，這種試驗顯然很稀奇。

「我看這就對了，」雷果夫先生說，「我們就要在完全相同的情況下重複上星期五的遊戲。」

「並不完全相同，」威利特太太表示異議。「杜克先生不在場。」

「對，」雷果夫先生說，「可惜他不在場，很遺憾。不過，呃，我們可以想像是由培生先生代替他了。」

「別參加，布萊恩，我求求你，請不要參加。」維奧麗哭泣道。

「這有什麼關係？不過是胡言亂語一通罷了。」

「你這種態度就不對了。」雷果夫先生嚴厲地說。

布萊恩．培生沒答腔，卻在維奧麗旁邊坐了下來。

「恩德比先生……」

雷果夫先生正要開口，查爾斯把他打斷了。

「我不熟悉這種遊戲。我是個記者，你們又不信任我。就讓我對發生的現象做速記吧，是稱為現象，對吧？就是發生的現象。」

事情就這樣決定了。六個人各就各位。查爾斯熄了燈，坐在壁爐的圍欄上。

「等一等，」他說，「現在是幾點？」

他藉著爐火發出的光瞧了瞧手錶。

「真奇怪。」他說道。

「奇怪什麼呀？」

「現在正好是五點二十五分。」

維奧麗輕輕叫了一聲。

雷果夫先生嚴厲地制止道：「別出聲！」

幾分鐘過去了，這一次的氣氛和上星期五迥然不同。沒有抑制住的笑聲，也沒有悄聲的話語，只有一片沉寂，最後被桌子上發出的嗤嗤聲響打破。

雷果夫先生說話了。

「有人在嗎？」

又是一次輕微的嗤嗤聲，這聲音在黑暗的屋子裡聽起來格外讓人覺得怪誕。

「有人在嗎？」

這一次不是嗤嗤聲，而是震耳欲聾的用力叩擊聲。

維奧麗尖叫起來，威利特太太也發出一聲大叫。

布萊恩·培生相當篤定地說：「沒事，有人在敲門。我去開門。」

他大步走出了客廳。

大家依然一語不發。

突然之間，門打開了，電燈也亮了。

門廊裡站著納拉科特警官，他身後是愛蜜莉・翠弗西絲小姐和杜克先生。

納拉科特跨步進入客廳，宣布道：「約翰・伯納比，我控告你於本月十四日星期五謀殺約瑟夫・崔夫霖。我在此警告你，你所說的一切將被記錄下來，並作為呈堂證供。」

30 愛蜜莉解說案情

屋子裡的人都圍著愛蜜莉．翠弗西絲小姐，他們驚訝得瞠目結舌。

納拉科特把犯人帶出了客廳。

查爾斯．恩德比好不容易才說出話來。

「老天哪，把事情全都講給我聽聽吧，愛蜜莉，」他說，「我還得趕去發電報，一刻值千金！」

「是伯納比少校謀殺了崔夫霖上校。」

「噢，我看見納拉科特逮捕他了，我想納拉科特的神志還滿清醒的，不像突然發了神經。可是伯納比怎麼會謀殺崔夫霖呢？我是說，以他走路的速度怎麼可能呢？如果崔夫霖是在五點二十五分遇害……」

「他不是在你說的那個時間遇害的，而是在五點四十五分的時候。」

「嗯，不過就算是那個時間也……」

「我知道。如果不是湊巧想到的話，誰也猜不到。他用滑雪板，那就解釋得通了，是滑雪板。」

「滑雪板？」所有人都不約而同地問。

愛蜜莉點點頭。

「對，他處心積慮地策畫了桌仙這場鬼把戲。這並不是意外，也不是如我們以為的出於無意識，查爾斯，我們沒有考慮到另一種可能：那是蓄意的。他知道馬上就要下大雪，那就非常安全了，因為大雪會消除一切痕跡。他造成一種崔夫霖已經死亡的假象，讓每個人都慌亂起來。然後他假裝非常不安，執意要馬上步行去艾克漢普頓。

「他回到家裡，套上滑雪板——放在花園的小棚屋裡，和很多其他用具放在一起——就出發了。他可是滑雪行家，去艾克漢普頓是下坡路，滑雪很快，只需要十分鐘就夠了。

「他來到落地窗前，敲了敲窗戶，崔夫霖上校讓他進了屋，沒料到他會來。等崔夫霖轉過身去，他就立刻抓住時機，拿起那根鐵管什麼的，把崔夫霖上校砸死了。噢！一想到這幅情景我就想嘔吐。」

她打了個冷顫。

「他輕而易舉就把上校殺了。他的時間很充足，大可把滑雪板擦乾淨，然後放進飯廳櫥櫃，跟別的東西混在一起。接著他又砸破窗戶，把抽屜全拉出來，把裡面的東西亂扔一地，假裝有人破窗而入的樣子。

「快八點的時候，他只需走出屋外，繞到外面的路上，氣喘吁吁地回到艾克漢普頓，彷彿他是從西塔佛村走到上校家，又走到警局就行了。只要沒人懷疑他用滑雪板，他就是安全的。醫生當然認定崔夫霖上校死了至少兩個小時。而且我剛才還說過，只要沒人懷疑他用滑雪板，伯納比少校就有不在場的完美證據。」

「但他們是朋友呀……」雷果夫先生說，「伯納比和崔夫霖是老朋友了，一直非常要好，這可真令人難以置信啊！」

「的確，」愛蜜莉說，「我也這樣想過，不明白究竟是為什麼。我反覆思考，最後只好去找納拉科特警官和杜克先生。」

她頓住了，望著無動於衷的杜克先生。

「能告訴大家嗎？」她問道。

杜克先生釋然一笑。

「請便，翠弗西絲小姐。」

「好吧！哦，也許你倒寧願我不說為妙。我去找他們，終於把情況弄清楚了。你還記得吧，查爾斯，伊凡斯曾經提到過，崔夫霖上校常常用他的名字寄出有獎徵答的答案，因為崔夫霖上校認為西塔佛別墅這個地址太豪華了。呃，這次的足球有獎徵答他也是這麼做，你還給了伯納比少校一張五千英鎊的支票呢。事實上，參加有獎徵答的不是伯納比少校，而是崔夫霖上校，信上用的卻是伯納比的名字，因他認為西塔佛一號屋聽起來比較容易得獎。嗯，明白發生了什麼事吧？星期五上午，伯納比少校收到了信，信上說他贏了五千英鎊。順便說一下，這種說法本來應該引起我們的懷疑，他告訴你們沒收到信……因為星期五天氣不好，郵件沒有送到。哦，我說到哪兒了？對了，是伯納比少校收到信的事。他亟需那五千英鎊，而且事關緊急，因他買進的股票一直在跌，損失的金額相當驚人。

「他那樣鋌而走險一定是基於某種非常突然的決定，我認為是這樣的。也許就在他想到當天傍晚馬上就要下雪時。如果崔夫霖已經死了，那他就可以攔截那筆錢，任何人都不會知道了。」

「真是驚人，」雷果夫先生小聲說，「真是太驚人了。我做夢也想不到會是這樣，可是我親愛的年輕小姐，這一切你是怎麼知道的呢？你是怎麼猜出來的？」

愛蜜莉談起貝林太太的那封信，又告訴他在煙囪裡找到那雙靴子的事情。

「我是看著那雙靴子才想到的，那是一雙在雪地裡穿的靴子，明白了吧，這使我想起滑雪板，我突然納悶起來，如果……於是我衝到樓下櫥櫃那兒。沒錯，那裡有兩副滑雪板。其中一副比較長，靴子和那副較長的滑雪板正好相配，它的足尖夾還調整過，以便和小一號的靴子相配。較短的那副滑雪板是另外一個人的。」

「他應該把滑雪板藏到別的什麼地方去才對呀！」雷果夫先生像個鑑賞家似的表示不以為然。

「不行，不行，」愛蜜莉說，「他能把滑雪板藏到哪兒去呢？櫥櫃本來就挺不錯嘛。過一兩天，所有這些雜物就會全部被收走，警方也不會費神去檢查崔夫霖上校是有一副滑雪板還是兩副滑雪板。」

「那他幹嘛連靴子也要藏起來呢？」

「我猜是這樣的，」愛蜜莉說，「他生怕警方會正好像我那樣，看到滑雪用的靴子就自然而然地想到滑雪板，所以便把靴子胡亂塞進煙囪，這當然是犯了大錯，因為伊凡斯發現靴子不見了，而我卻找到了那雙靴子。」

「他存心要把謀殺的罪名栽到吉姆頭上嗎？」布萊恩·培生氣呼呼地問道。

「噢，那倒不是。只怪吉姆太笨，運氣也太差。他傻極了，可憐的小綿羊。」

「他現在沒事了，」查爾斯說，「不用為他擔心。這就是全部的詳情了吧，愛蜜莉？如果是這樣，那我就得馬上去發電報了。對不起了，各位。」

他疾步衝出房間。

「簡直像根通電的電線。」愛蜜莉說道。

杜克先生用他那深沉的嗓音說：「你自己也一直就像根通電的電線呀，翠弗西絲小姐。」

「沒錯。」隆納讚賞地附和。

「哦，我的天哪！」愛蜜莉突然軟癱在一把扶手椅上。

「你需要來點提神的東西，」隆納說，「來杯雞尾酒吧，嗯？」

愛蜜莉搖搖頭。

「來點白蘭地才對。」雷果夫先生說起話來儼然像個律師。

「喝杯茶就行了。」維奧麗提議。

「我倒想要撲點粉，」愛蜜莉愁眉苦臉地說，「我的粉盒忘在車子裡了，我知道現在自己一定高興得滿臉油光了。」

維奧麗帶她上樓，並將這種用來穩定情緒的東西拿過來。

「好了，」愛蜜莉一邊給鼻子撲粉，一邊讚道，「這蜜粉可真不賴呀，我覺得好多了。你有口紅嗎？我現在覺得自己和別人沒什麼兩樣了。」

「你真是太棒了，」維奧麗說，「這麼勇敢。」

「其實不盡然，」愛蜜莉說，「在層層偽裝下，我嚇得得像果凍般抖個不停，心裡難受得要命呢。」

「我知道，」維奧麗說，「我也有過這種感覺。這幾天我真給嚇壞了……全是為了布萊恩，你知道的。當然，他們不會以謀殺崔夫霖上校的罪名吊死他，但只要他說出當時他是在哪兒，他們就會查出是他策畫我爸爸越獄的。」

「你說什麼？」

愛蜜莉一聽這話馬上就停下化妝。

「我爸爸就是那個逃犯。媽媽和我……我們到這裡來就是為了這個原因。可憐的爸爸，他總是……有時很古怪，竟然幹出那些可怕的事。我們是在從澳洲來的船上遇到布萊恩的，他和我，呃，他和我……」

「我明白了，」愛蜜莉幫她把話說完。「那當然囉。」

「我把事情都告訴他，然後我們做出計畫。布萊恩真了不起，幸好我們有足夠的錢，布萊恩才能執行計畫。要逃出普林斯頓監獄非常困難，你知道，但是布萊恩把一切全安排得井井有條。這真是個奇蹟啊，我們是這樣安排的：爸爸逃出來後，直接越過這片荒原，躲到匹克斯洞裡，然後他和布萊恩就假扮成我們的兩個僕人。你看得出來，既然我們提前這麼早就來到這裡，應該不會引起別人的懷疑。是布萊恩告訴我們這個地方的，而且建議我們付高額的房租給崔夫霖上校。」

「真遺憾，」愛蜜莉說，「我是說，事情全亂了陣腳。」

「這可把媽媽整垮了，」維奧麗說，「我覺得布萊恩真是了不起。並不是每個男人都情願娶個罪犯的女兒，不過我認為實際上並不是爸爸的錯。十五年前他被馬踢到腦袋，真嚇人，從此就變得有點古怪了。布萊恩說，如果有良醫看診，也許會康復……但現在我們別再一直談這些陳年舊事了吧。」

「還有什麼辦法嗎？」

維奧麗搖搖頭。

「他病得很重，在荒野裡被凍傷，你知道，太冷了嘛。他患了肺炎，我覺得他快要死了，唉，也許這樣對他反倒好些。這麼說聽起來可能很嚇人，但你明白我的意思。」

「可憐的維奧麗，」愛蜜莉說，「這實在太令人遺憾了。」

女孩搖了搖頭。

「我得到了布萊恩，」她說，「而你得到了……」

她羞澀地打住了話頭。

「是……是的，」愛蜜莉若有所思地說，「正是如此。」

31 誰是幸運兒

十分鐘後，愛蜜莉急匆匆地沿著小巷往下走。惠特上校斜倚在大門上，竭力想讓她走慢一點。

「嗨！」他叫道，「翠弗西絲小姐，你說的那一切到底是怎麼回事？」

「句句實話。」愛蜜莉一邊回答，一邊仍匆匆往前趕。

「是的，這樣吧，進屋裡來，來喝杯酒，要不就喝杯茶吧。時間多著呢，別忙嘛。你們這些個文明人真夠差勁的。」

「是夠差勁的，這我知道。」愛蜜莉說，仍未停步。

她走進波郝思小姐家，那情緒彷彿像是炸彈爆炸了一樣。

「我來把全部的情況都告訴你。」愛蜜莉對波郝思太太說。

她直截了當地把情況敘述了一遍。波郝思小姐嘆息著，不時冒出一句「上帝保佑」、

「真的嗎」或者「噢，真想不到啊」。

愛蜜莉敘述完畢，波郝思小姐用手肘支撐起身體，自命不凡地晃著一根手指。

「我曾經跟你怎麼說來著，」她要愛蜜莉承認她有先見之明。「我告訴你伯納比是個嫉妒心很重的人，虧他還是崔夫霖上校的老友呢！二十多年來，崔夫霖上校無論做什麼事情都比他好。滑雪呀、爬山呀、射擊呀、玩填字遊戲呀，崔夫霖都比他強。伯納比的氣量小，而且崔夫霖有錢，他卻窮得很。

「這種嫉妒心已存在很長一段時間了。如果一個人做什麼都比你好，我告訴你吧，你就很難會真正喜歡上他。伯納比心胸狹窄，天性欠佳，精神上絕對忍受不了。」

「我想你說得很對，」愛蜜莉說，「呃，我應該來這兒把情況告訴你，不然就太不應該了。我想問一下，你知道你的外甥認識我的姨媽珍妮佛太太嗎？星期三我看見他們在德勒咖啡館喝咖啡。」

「她是他的教母啊，」波郝思小姐說，「那麼他上回說要去伊克塞特見的『那個傢伙』就是她。我料到隆納一定是去借錢，我可要好好教訓他一頓。」

「我才不讓你在這麼快樂的日子去責備他。」愛蜜莉說，「再見了，我得趕快走了。還有許多事要做。」

「你還要做什麼呀，女孩？該說該做的，你都全做了嘛。」

「還沒有哩，我得去倫敦吉姆任職的保險公司，勸阻他們別為了借款的事情控告他。」

「噢。」波郝思小姐說。

「好了，」愛蜜莉說，「吉姆將來就能挺直腰桿了，他得了教訓。」

「也許是吧。你認為能勸阻成功嗎？」

「當然能。」愛蜜莉態度十分堅定。

「呃，也許你辦得到，」波郝思小姐說，「那以後又要怎麼辦呢？」

「以後嘛，」愛蜜莉回答道，「反正我已經處理完了，已經為吉姆盡力了。」

「那麼我們來假設一下，比方說吧，下一步要怎麼辦才好呢？」波郝思小姐說。

「你的意思是……」

「下一步要怎麼辦才好呢？如果你要我直言不諱地說，那就是他們兩個你選哪一個？」

「噢！」愛蜜莉叫道。

「正是這樣，我就想弄明白，他們當中誰將是不幸的傢伙呢？」

愛蜜莉一邊大笑，一邊彎下腰來吻這位老太太。

「別裝傻，」她說，「這你知道得很清楚啊。」

波郝思小姐抿嘴而笑。

愛蜜莉輕快地跑出屋子，跑下小巷，查爾斯正好也跑了上來。

他雙手抓住她。

「親愛的愛蜜莉！」

「查爾斯，這一切真是太美妙了！」

「我要吻你。」恩德比先生說道，吻了她。

「我成功啦，愛蜜莉，」他說，「現在，喂，親愛的，怎麼樣啊？」

「什麼怎麼樣？」

「噢，我是說，呃，當然，我不是要跟牢裡的培生老兄玩什麼把戲，不過他已經脫罪，而且……唉，他得像別人一樣，吞下自己的苦果了。」

「你在說些什麼呀？」愛蜜莉不解地問道。

「你知道我喜歡你都喜歡得快發瘋了，」恩德比先生回答道，「而且你也喜歡我。你選擇培生是個錯誤，我是說，呃，你和我是天生一對，這段時間我們已經彼此了解，我們倆都明白了，對吧？你想去戶政事務所登記呢，還是去教堂？啊？」

「如果你說的是要和我結婚的話，」愛蜜莉斷然拒絕道，「不可能。」

「什麼？聽我說嘛……」

「不聽。」愛蜜莉說。

「但是，愛蜜莉……」

「如果你想知道我的想法，我就告訴你，」愛蜜莉說，「我愛吉姆，一心一意地愛他！」

查爾斯驚得目瞪口呆。他一語不發，十分尷尬。

「你不能那樣！」

「我就能那樣！我就是愛他，永遠愛他，永遠！」

「你……你讓我以為……」

「我是說過，」愛蜜莉莊重地說，「有個人能依靠真是太好了。」

「是的，可是我以為……」

「你要怎麼以為，我可沒辦法。」

「你可真是個肆無忌憚的魔鬼呀，愛蜜莉。」

「我知道，親愛的查爾斯，我知道，你管我叫什麼都隨你的便，這沒關係。想想你的偉大前程吧，你得到了獨家新聞啊！《每日電訊報》的獨家新聞呀，你成功了。一個女人算什麼？草芥都不如。真正強有力的男人是不需要女人的，女人只會妨礙他，像常春藤似的纏住他，礙手礙腳。每個偉大的男人都是不依靠女人的。事業為上，沒什麼比事業更重要，更能使男人感到絕對滿意，更能去做一個偉大的成功者。你是個強者，查爾斯，可以天馬行空，獨來獨往呀……」

「你不要再說了好不好，愛蜜莉？你好像廣播電台在對青年男子演講似的！你傷了我的心，你不知道，當你和納拉科特一起走進屋裡時，你是那麼可愛，簡直就是勝利女神和復仇女神的化身啊！」

小巷裡響起一陣腳步聲，杜克先生來了。

「啊，你在這兒，杜克先生。」愛蜜莉說，「查爾斯，我來給你介紹介紹吧，這位是前蘇格蘭警場的杜克探長。」

「什麼？」這個如雷貫耳般的名字使查爾斯禁不住嚷嚷起來。「不會是那位名聞遐邇的杜克探長吧？」

「正是，」愛蜜莉說，「他退休後就住在這裡，人挺好的，而且非常謙虛，不想讓自己的名望傳播開來。我現在終於明白了，當時我要求納拉科特警官告訴我杜克先生犯過什麼罪時，他幹嘛要猛眨眼睛了。」

杜克先生笑容滿面。

查爾斯反倒猶豫起來。戀人的本性和記者的本性展開了一場短兵相接的格鬥，最後，記者的本性占了上風。

「見到你非常高興，警官，」他說，「我想，不知道你能不能就崔夫霖一案給我們報社寫篇小文章，比如說八百字的短文？」

愛蜜莉疾步走進小巷，進了柯帝斯太太的房子，她跑進臥室，拖出手提箱。柯帝斯太太跟進房間裡。

「你不會走吧，小姐？」

「我要走，我還有許多事要做……在倫敦，還有我那個未婚夫呢。」

柯帝斯太太跨近一步。

「告訴我吧，小姐，是他們當中的哪一位呀？」

愛蜜莉把衣服胡亂塞進手提箱。

「當然是牢房裡的那一位了，從來就沒有另外一位呀。」

「哦，我看不太對喔，小姐，你可能犯了錯誤吧。你確定那位年輕先生能和這一位相比嗎？」

「噢，不能，」愛蜜莉說，「他才比不上，這一位的前程可是遠大著呢。」她朝窗外望去，只見查爾斯仍熱情地拉住那位前探長細談著。「他是那種天生前程遠大的人……然而另外那位如果沒有我去照料，就難說會不會出什麼事了。如果不是因為我，他也不會弄成這樣！」

「也只能這樣說了，小姐。」柯帝斯太太說道。

她又回到樓下，坐到她那位法定配偶的身邊，目光茫然地向前瞪視。

「她簡直就是我姑婆薩拉的女兒貝玲達的化身嘛，」柯帝斯太太說，「在三牛旅社時，她對那位可憐的喬治．普朗奇使盡了手腕。把房子抵押了，過了兩年，還清了抵押款，還成立了生意興旺的公司呢。」

「嗯。」柯帝斯先生哼了一聲，把菸斗稍稍挪了挪。

「喬治．普朗奇是個英俊的傢伙。」柯帝斯太太回憶道。

「嗯。」柯帝斯先生又哼了一聲。

「可是自從和貝玲達結了婚，他對別的女人連正眼也不瞧了。」

「噢。」柯帝斯先生仍然只是哼了一聲。

「她才不會給他機會去正眼瞧瞧別的女人呢。」柯帝斯太太說。

「哦。」柯帝斯先生說。

專文推薦

藏在日常細節中的冒險

楊照（作家）

一開始，就都在那裡了。

一九二〇年，阿嘉莎．克莉絲蒂出版了《史岱爾莊謀殺案》，神探白羅就已經退休了。而且在這個案子裡，藉由敘述者海斯汀的轉述，就鋪陳出克莉絲蒂小說最基本的偵探原則：

「那些看來或許無關緊要的小細節……它們才是重要的關鍵，它們才是偉大的線索！」

「豐富的想像力就像洪水一樣，既能載舟亦能覆舟，而且，最簡單直接的解釋，往往就是最可能的答案。」

「沒有任何謀殺行為是沒有動機的。」

還有，一個不討人喜歡的死者，一群各有理由不喜歡死者、因而也就都有殺人動機的人，這些人彼此之間構成複雜的關係，有的互相仇視，有的互相愛戀，麻煩的是，有些愛人其實貌合神離，有些仇人其實私下愛慕；更麻煩的是，不論是愛或是仇，都有可能是扮演出來的。

一個外來的偵探必須周旋在這些嫌疑者之間，從他們口中獲取對於案情的了解，換句話說，他必須在很短的時間內，搞清楚誰是誰、誰跟誰吵架、誰跟誰偷情，然後判斷誰說的哪一句是實話、哪一句是謊言。常常謊言比實話對於破案更有幫助。

再偷偷透露一下，如果要和小說裡的凶手及小說背後的作者鬥智，就像克莉絲蒂對英國社會的了解，祕訣就在於要去追究小說裡的人物背景，尤其是他們的階級地位。基本上，階級地位愈高、權力愈大、愈有錢者，說的話就愈不要相信。例如在《史岱爾莊謀殺案》中，僕人、園丁說的話遠比有頭有臉的人說的要可信多了。就算要說謊，他們的謊言也比較天真，而且往往出於善良動機。當你歸納線索時，就會知道他們並非故意說謊，那是因為他們的認知受到蒙蔽或誤導，而你慢慢就從這蒙蔽或誤導中被引導到真相。

《史岱爾莊謀殺案》出版那年，克莉絲蒂三十歲，但書稿其實早在五年前就寫好了，畢竟要找到有人願意出版一個看來再平凡不過的家庭主婦寫的小說，並不是那麼容易。

所有和克莉絲蒂接觸過的人，都對於她的「正常」留下深刻印象。她看起來就和她那個年紀的典型英國家庭主婦一樣，害羞、靦腆，只能在社交場合勉強跟人聊些瑣事話題，完全無法演講，甚至連只是站起來對眾賓客說幾句客套話，請大家一起舉杯，她都做不到。她不演講，也很少答應接受採訪，就算採訪到她也很難從她口中得到有趣的內容。她會講的，幾乎都是記者本來就知道、或者自己就可以想得出來的。

例如說白羅這個神探的來歷。克莉絲蒂回答：他應該是個外國人，這樣就能在英國日常生活中看出英國人自己看不出的線索。她自己碰過的外國人，只有第一次大戰剛爆發時到英國避難的比利時人。比利時警察怎麼能跑到英國來？那一定是因為他已經退休了。他有潔癖，所以對於現場會有特殊的直覺，馬上感受到不對勁的地方。一個有潔癖的人，好像應該長得矮小些才相稱，一個矮小有潔癖的人最適當的名字，就是希臘神話裡的大力士「赫丘勒斯（Hercules）」，製造出荒唐的對比趣味。那白羅這個姓是怎麼來的呢？克莉絲蒂很誠實地說：「我不記得了。」

一切都如此順理成章，一切都如此合邏輯，不是嗎？有記者問她怎麼看自己的舞台劇〈捕鼠器〉，創下了英國劇場、甚至全世界劇場連演最多場紀錄的名劇？克莉絲蒂的回答也還是中規中矩，合理合節：那是一齣小戲，在一個小劇院演出，成本很低，任何人想到了都可以帶家人或朋友去看，老少咸宜，並不恐怖，也不特別荒謬打鬧，可是又什麼都有一點，包括恐怖和荒謬打鬧的成分。

她的身上找不出一點傳奇、怪誕色彩，那她為什麼能在五十年間持續寫偵探小說，創造了那麼多謀殺，還創造了那麼多詭計？

首先因為她是女性，以及她的身世，包括她的階級身分，使得她在描寫故事場景時比一般男性作者來得敏感。因為在她之前的偵探推理小說男性作家的階級身分都是高高在上，基本上他們會從較高的角度看社會，比較看不到底層的感受。

而她的婚變以及婚變中遭逢的痛苦，都使她更能體會與觀察，將英國社會的複雜細節融入小說的核心情節，讓探案與線索分析結合在一起。

克莉絲蒂一生結過兩次婚，第一次在一九一四年，婚後不久，丈夫就參加了歐戰，是英國皇家空軍最早一批飛行員。一九二六年，這個丈夫有了外遇，直率地向克莉絲蒂要求離婚，在那之前，克莉絲蒂的媽媽才剛過世，雙重打擊之下，又遇到車子無法發動，克莉絲蒂崩潰了，她棄車而走，忘記了自己究竟是誰，躲進一家鄉間旅館，登記時寫了她心裡唯一有印象的名字—她丈夫情婦的名字。

離婚後，一次在晚宴中，有人提起近東烏爾考古的最新收穫，克莉絲蒂就取消了原定要去西印度群島的計畫，改訂了跨越歐洲到君士坦丁堡的「東方快車」，是的，就是這趟旅程給了她寫《東方快車謀殺案》的靈感。不過更重要的是，在烏爾，她認識了一位年輕的考古學家，比她小十四歲，這個人後來成了她的第二任丈夫。

這位考古學家陪她去參觀在沙漠中的烏克海迪爾城，卻在沙漠中迷路困陷了。幾小時中克莉絲蒂卻沒有一點驚慌不安，當下考古學家就決定要向她求婚。

原來，克莉絲蒂的內心是有這種冒險成分的。要不然她不會兩次選到的，都是喜愛冒險的丈夫，而她本身大概也不會吸引一個在各種危險情境下挖掘古代寶藏的人，讓他願意向一個大他十四歲的女人求婚。

這樣說吧，維多利亞時代後期的英國環境，壓抑限制了克莉絲蒂冒險、追求傳奇的內在衝動，她只好將這樣的衝動寄託在丈夫和寫作上。她一邊陪著第二任丈夫在近東漫走，一邊在小說中寫各式各樣的謀殺與探案。謀殺和探案都是冒險，還有，偵探偵查中做的事──蒐集線索，還原命案過程──其實和考古學家的考掘，如此相似！

克莉絲蒂寫得最好的，正是「藏在日常中的冒險」。她個性中的雙面成分，造就了特殊的偵探魅力。既嚮往非常傳奇，卻又有根深柢固的日常邏輯信念，兩者都在克莉絲蒂的小說中扮演了重要角色。她的謀殺案幾乎都和日常習慣緊密編織在一起，日常環境成了凶手最重要的掩護。有些日常規律明顯地被破壞了，讓我們很自然以為那會是謀殺的線索，沿著這些線索形成了閱讀中的推理猜測，然而白羅早就提醒了，真正重要的反而是那些「細節」，也就是看來像是依隨日常邏輯進行的事，或說藏在日常邏輯中因而不被看重的事，那裡要嘛藏著凶手的核心詭計、煙幕，要嘛藏著凶手致命的破綻。

凶案的構想，就是如何讓異常蓋上日常、正常的面貌，又如何故意將日常、正常予以扭曲，製造假象；那麼偵探要做的，就是如何準確地在日常中分辨出真正的異常，將假的、明顯的異常撥開來，找出細節堆疊起來的異常真相。

此外，克莉絲蒂的小說裡隱藏著極其曖昧的情感價值觀，最典型、最有名的就是《東方快車謀殺案》。透過追查過程，讓讀者知道為什麼凶手要訴諸於這種手段，其動機具有可同情之處，再加上克莉絲蒂對身分階級的觀察，她比較相信或讓讀者相信那些沒有權力、地位的人，隨著偵查節奏去認識可能或必須懷疑的人。克莉絲蒂最擅長營造「多重嫌疑犯」的小說特質，因為讀者在閱讀時必須被迫去認識很多不一樣的人。在她最受歡迎的作品，大概都具備這樣的特質。

當然，她的作品中還有兩個最突出的神探，即白羅和瑪波。白羅是比利時人，但為什麼必須是外國人？這是因為英國人具有高度階級意識，這種觀念一路滲透到所有互動細節，包括人與人之間如何說話。而白羅因為不是英國人，他會發現一般英國人不太看得出來的東西，以及兩個人互動的方法哪裡不正常。至於瑪波為什麼得是老太太？她一如那個年代的老人家，總是靜靜坐著打毛線，因為不起眼，自然讓人放鬆防備，所以瑪波探案的線索都是來自於這樣的互動模式。

然而，白羅有很明顯的優勢，瑪波的身分使她基本上只能進行「靜態」的辦案，案子的空間受到侷限，白羅卻可以跨越各種空間，恣意揮灑。而且白羅擁有警官身分，可以合理出現在各種犯罪現場，瑪波能出現的地方，相形之下就勉強、不自然多了。白羅是明白的outsider，在英國，只要他出現，就會覺得有外人在而感到緊張，於是很容易露出平常不會表現的行為；瑪波則看起來是insider，但實質上是outsider，因為總是沒人發現她、當她空氣人。這兩人的探案，是兩個極端。雖然讀者最愛白羅，但克莉絲蒂自己偏愛瑪波勝於白羅。

不管後來的偵探、推理小說發展了多少巧妙詭計，克莉絲蒂卻不會過時，因為她的推理如此密切地和日常纏繞在一起；活在日常中，我們就無可避免被克莉絲蒂的「日常細節推理」吸引，隨時讀來都充滿驚奇趣味。

名家盛讚克莉絲蒂（依推薦時間排序）

金庸（作家）

克莉絲蒂的寫作功力一流，內容寫實，邏輯性順暢，也很會運用語言的趣味。閱讀她的小說，在謎底沒有揭露之前，我會與作者鬥智，這種過程非常令人享受。其作品的高明之處在於：布局的巧妙完全意想不到，而謎底揭穿時又十分合理，讓人不得不信服。

詹宏志（作家、PChome網路家庭董事長）

推理小說在從先輩柯南．道爾等人的發明中出現力量時，誕生了一位《天方夜譚》故事中每天說故事說個不停的王妃薛斐拉．柴德，也就是「謀殺天后」克莉絲蒂，整個世界對聽這些故事才有如此的熱情。他們捨不得睡覺，每天問後來還有嗎、還有嗎，永遠不肯離去，這就是克莉絲蒂對推理小說的最大貢獻。

可樂王（藝術家）

所謂「克莉絲蒂式」的推理小說，就是一場和一個天才的寫作者或高明的恐怖份子在紙上捕掠捉殺的戰事。即便是一列火車、一處飯店或一間酒吧，在克莉絲蒂寫來皆充滿神祕和猜謎。在人生適合的下午裡，我總是一面嚼著口香糖，一面跟著矮子偵探白羅穿梭謀殺現場，克莉絲蒂的推理作品無疑是推理世界中最充滿「魔術性」的小說。

吳若權（作家、節目主持人）

我從小就對推理小說情有獨鍾，克莉絲蒂一系列的作品尤其令我愛不釋手。多年來，閱讀推理小說的經驗讓我覺悟：讀者在文字情節中推展開來的驚嘆，不只是因緣於故事的本身，而是自我性格的投射。從這個觀點來看克莉絲蒂一系列的作品，她簡直就是洞徹人性的算命師。而讀者，在她的文字中，發現了自己無可奉告的命運。

藍祖蔚（國家電影及視聽文化中心董事長）

做過藥劑師，難免懂得毒藥；嫁給考古學家，難免也就嫻熟文明的神祕；再加上曾經失蹤九天，一切不復記憶的離奇經驗，的確提供了寫作靈感，但若少了想像力，那些片羽靈光縱使辛辣如辣椒，卻不足以成菜。

推理小說重布局、重人物描寫，克莉絲蒂最厲害的卻是犀利的人性觀察，她一手創造的白羅探長，潔癖個性完全和她相反，更將她所憎厭的人格特質集於一身，殊不知，唯有不對著鏡子寫作，才能夠跳出框架與制式反應，開闢無限寬廣的新世界，建構多面向的詭異迷宮。

看完她的小說，你只會更加訝異，到底是什麼樣的心靈才能成就這般視野？

李家同（作家、前暨南大學校長）

克莉絲蒂的整體布局十分細膩，最後案情也都講解得非常詳細，回頭去看，在書中都找得到線索。故事的情節與內容也很好看，不是像一個流氓在街上被殺掉那麼單調。……看小說應該要花腦筋、要思考，從小就要養成思辨的能力，看她的小說，就是對邏輯思考能力極佳的訓練。

袁瓊瓊（作家）

雖然被公認是冷靜理性的謀殺天后，但是在理性之下，克莉絲蒂的底色依舊是感情。克莉絲蒂很明白，所有的慾望之後，都無非是某種愛情。在以性命相搏的犯罪世界裡，凶手以終結他人的性命來遂私欲，不過是為了成全自己的愛，或者是成全自己的恨。

鄧惠文（精神科醫師）

以推理小說作家而言，克莉絲蒂的風格相當獨樹一格。她的偵探在辦案時，靠的不光是科學證據的搜集，而是大量運用犯罪心理學，及對人性的深刻了解。例如在《五隻小豬之歌》中，白羅便是藉由聽取嫌疑犯訴說案情時所不自覺顯露的主觀意識及中心思想，而看出其中破綻，找出真凶。白羅是靠腦袋辦案，以心理層面去剖析案情，即使人們敘述的是同一件事，他可以聽出不同角色因出發點及看待角度不同所透露的情緒觀感，從而抽絲剝繭，還原事實真相。

克莉絲蒂所塑造的人物也生動且各具特色，不同個性所出現的情緒反應描寫，皆細膩而準確，讓讀者產生豐富的想像空間，一展卷便欲罷而不能。

吳曉樂（作家）

克莉絲蒂使用的語言平易近人，主要是以角色與情節的對應來斧鑿出故事的深度，堆疊出讓讀者回味的迂迴空間。而她筆下的角色往往性別、階級、性格、族群各異，塑造出多元又豐富的人物群像。

文學作品不問類型，若要流傳於世，最終仍得上溯至「人性」的理解與反思。而阿嘉莎．克莉絲蒂的作品中，我們可以看到人類屢屢得和自己的人生討價還價，或千方百計讓主觀意識與客觀條件達成某種程度的整合，讀者在重建人物的心理軌跡時，也見識到自身的是非成敗，我認為，這也是克莉絲蒂的作品能夠璀璨經年、暢銷不衰的主因。

許皓宜（心理學作家）

克莉絲蒂筆下的故事看似在談人性的醜惡，實則像一位披著小說家靈魂的心靈引導者，用她的文字訴說著人們得不到「愛」時的痛苦。於是在故事終了的剎那，你不得不對人生多了幾分「看透感」：原來，我們心裡的那些痛苦、報復與自我折磨的慾望，不是因為「憤恨」，而是起於對「愛的失落」。這或許是我們在情感世界中最珍貴且深刻的一種覺察了。

推理小說荒謬驚悚嗎？不，它其實很寫實。它幫我們說出心裡的苦、怨、醜陋的慾望，於是，我們可以重新學習愛了。

一頁華爾滋 Kristin（影評人）

從有記憶以來，閱讀克莉絲蒂最迷人之處往往不在真正的凶手是誰，而是在於「Why」（為什麼）與「How」（如何進行），在於人性與心理描摹的故事肌理。依循其書寫脈絡，會發覺不只是邏輯清晰、布局縝密、著重細節，她總能完美掌握敘事節奏，書中人物彷彿真實存在般鮮明躍然紙上，讀者情緒會隨精準文字保持流轉、跳動、收放，掩卷時並無太多真相水落石出的暢快，反倒淡淡的惆悵化為餘韻襲上心頭，原來還是種種意料之外，卻屬情理之中的人性盲目使然。私以為，那成就了克莉絲蒂的推理故事之所以無比迷人的主因之一。

冬陽（推理評論人）

雖然阿嘉莎．克莉絲蒂的作品並非我的推理閱讀啟蒙，卻是養成閱讀不輟的重要推手。首先，她無庸置疑是個說故事能手，打開我名為好奇的開關；其次是設計犯罪事件的巧妙多元，既日常又異常，凶手更是叫人意想不到。沒錯，我相信每個當讀者的都忍不住想破案，想早偵探一步識破詭計，或者像考試結束鈴響前一秒，瞎猜都要指著某個角色大喊「你就是犯人」！然後會忍不住作弊——不是翻到最後幾頁窺探真凶身分，而是往前翻查讓人起疑的段落、偵探顯然掌握重要線索的時刻，直到忍不住豎白旗投降，看神探（我知道啦，真正把我耍得團團轉的聰明人是作者）頭頭是道地分析我遺漏錯置的片片拼圖，終於看清真相全貌。這，就是偵探推理，我因此熟悉遊戲規則、沉醉在每一場迷人故事裡，成為這個類型書寫的俘虜，享受至今不疲的美好滋味。

石芳瑜（作家、永樂座書店店主）

布局細膩、處處留下線索，破案解說詳細，說明了這位安靜、害羞的推理小說女王心思縝密，且充滿想像力。密室殺人，完美犯罪，《東方快車謀殺案》不愧為古典推理小說的經典。再加上神祕的東方色彩，隨著火車抵達的迫切時間感，連非推理小說迷都會神經拉緊，讀完大呼過癮。

家庭主婦缺少人生經驗？處女座的阿嘉莎．克莉絲蒂充分展現她過人的寫作天分，靠得是從小開始的閱讀，以及對偵探小說的著迷。三十歲寫下第一本偵探小說《史岱爾莊謀殺案》的克莉絲蒂，在那個時代並不能說是「早慧」，但寫作生涯五十五年中，共創作了八十部偵探小說，卻令人難以企及。這位害羞靦腆的小說女神，大概是相信只要有足夠的理由，每個人都有殺人的可能！

余小芳（暨南大學推理研究社指導老師、台灣推理作家協會常務理事）

學生時代加入推理社團，社課指定讀物便是經典作品《一個都不留》，成為我對克莉絲蒂的初步印象，自此沉浸於推理小說的世界。隔年寒假陪同學參與轉學考，在斜風細雨的走廊中，滿足讀完《東方快車謀殺案》。隨著歲月遠走，已昇華成趣味回憶。

踏入推理文學領域需要認識的作家，阿嘉莎．克莉絲蒂絕對名列其中，她的作品常有英國小鎮風光、莊園式的謀殺、設備豪華的交通工具等，還有特色鮮明的偵探活躍其中。書中少有血腥、暴力的橋段，布局巧妙且結構嚴密，手法純粹、知性，故事內容與人物性格融為一體，以高超的想像力結合說好故事的能耐，為推理小說開創新局面。克莉絲蒂推理全集重編改版，值得新舊讀者一起探索。

林怡辰（國小教師、教育部閱讀推手）

多年後，還是難忘第一次閱讀阿嘉莎．克莉絲蒂作品的感動和激動。這套將近一世紀的作品，文筆流暢，邏輯縝密，過程中不斷與作者較量、猜出凶手，直到最後解答不禁佩服，蛛絲馬跡處處展現作者的精妙手法，於是又拿起另一部作品，再次沉溺在謀殺天后所編織的日常世界中的奇幻，無可自拔。犯罪動機和手法穿越時空限制，如今讀來合理且依舊令人感動，閱讀中趣味橫生，難怪成為後來諸多偵探小說的原型。

克莉絲蒂創作生涯中產出的八十部推理作品，至今多部躍上大銀幕，無怪乎被稱之為「經典」，喜愛推理偵探作品的人不可不讀，你會驚異於她在文字中施展的魔法！

張東君（推理評論家、科普作家）

我愛克莉絲蒂！這位在台灣有時會被稱為克奶奶的超級暢銷推理小說家，即使是自認沒讀過她的書的人，也都會在各種書籍或影視作品中看到對她致敬的片段。由於她喜歡旅行和冒險，那些經驗與體驗都成為書中的場景，因此閱讀她的作品時，不只是雀躍地跟著偵探推理，也有了虛擬的旅行體驗。或者當成旅遊導覽書，在出發去尼羅河、去英國鄉間、去搭船搭火車時，就塞一本克奶奶的作品到隨身背包中。

我還是大學新生時，就聽學姐說她哥哥經常看克奶奶的小說，而且邊看邊狂笑。於是我跟著效仿，在某次搭飛機之前買了第一本小說當旅伴，不只看得超開心，看完後還到處找尋書中出現的那種有兜帽的斗篷，當成出門時的必備用品。克奶奶的作品是跨越文字、國界的。只要看過一本，就會不停地追下去。還好，真的是還好只有八十本。何況這次是全新校訂的紀念珍藏版，當然不能錯過！

發光小魚（呂湘瑜）（文史作家、助理教授）

一部好的偵探小說，除了情節設計巧妙之外，還需要洞悉人性，如此方能合理地交代人物的言行舉止與動機。阿嘉莎．克莉絲蒂便是其中翹楚，她的作品不管是偵探、愛情小說或戲劇，必要元素都是謎題與人性。在寧靜無波的場景下暗潮洶湧，永遠都有意料之外，讀者的情緒也會隨著劇情的進行起伏糾結。克莉絲蒂觀察到時代的變化，將犯罪心理融入作品中，於是，看她的小說不只能得到解謎的快樂，同時對人性也能夠有所省思。

此外，克莉絲蒂豐富的人生歷練及旅行經歷，例如一九二二年的環球之旅、居住過也旅行過的巴黎和埃及，甚至是追隨考古學家丈夫前往的中東，都讓她的小說讀來更加充滿異國情調。如果你也愛旅行，不如就讓我們一同搭上那一班南法的藍色列車，或由伊斯坦堡出發的東方快車，跟著白羅鑽進一樁奇案，一嘗旅程中破解謎題的快感吧。

盧郁佳（作家）

國小時，家裡買了一套阿嘉莎．克莉絲蒂全集，從此成了我的毒品，在白癡課本將我的腦袋啃嚙成海綿般空洞時，撫慰受創的心靈，那時我仍對人心險惡一無所知。

數學課教你列算式，樂趣遠不如克莉絲蒂教你住宅平面圖、偷換時序的密室魔術，你從庭園長窗進房間，我從房門直通鄰房，他從走廊進房……從而學會故事是建構邏輯。她文風多變，時而《四大天王》中讓神探白羅向助手海斯汀大賣關子，眉頭緊皺，山雨欲來，預示天翻地覆，只能靠他拯救世界；時而用維吉尼亞．吳爾芙《自己的房間》中俏皮的語言，讓貧苦村姑安妮在《褐衣男子》中回憶南非出生入死的冒險，竟源於她耽讀村裡圖書館爛舊的冒險愛情小說，還有戲院每週末放映〈帕米拉歷險記〉，帕米拉每集從飛機跳落高空、搭潛艇、爬上摩天大樓，每次被黑幫老大抓到總不一刀斃命，卻老要用瓦斯毒死她，暗示續集又會逃出生天。

長大才發現，克莉絲蒂小說就是我的〈帕米拉歷險記〉：它以歌劇般輝煌龐大的天真陰謀、精細的人際觀察（一句話重音放在哪個字、從膝蓋鑑定女人的年齡等），召喚年輕讀者抱持浪漫精神投入未知的壯遊，瘋魔、衝撞、冒犯，傷痕累累毫無懼色。正如瓦斯在冒險片中太多、現實中卻太少；陰謀在現實中沒有克莉絲蒂寫得那麼複雜，但她刻畫的心理卻是現實中解謎的試金石。

賴以威（臺灣師範大學電機系副教授）

或許可以為經典下幾個定義：該領域的愛好者更都讀過；不是這個領域的愛好者，許多人也都聽過；影響後續的作品，在很多著作中都可以看到它的影子；值得反覆再三閱讀，每隔一陣子再讀都可以獲得閱讀的樂趣，有更多的體悟。我永遠記得第一次讀《東方快車謀殺案》時，被那宛如嚴謹設計數學謎題的鋪陳、推進給深深吸引、震撼。從這幾個角度來說，克莉絲蒂的推理小說被稱之為「經典」，可說是當之無愧。

謝哲青（作家、旅行家、知名節目主持人）

克莉絲蒂小說的魅力在於透過每個角色的對白，藉由不斷的說話來表現人物的個性，以彰顯其人格特質中一些無法被忽略的事實。我們從他們的言語、講話的過程和字裡行間，竟然就能知道誰是凶手。

我從克莉絲蒂的小說學到很多，除了推理小說有趣的事實之外，最重要的是，我在工作的職場跟人應對的時候，如何從語言和對話裡去捕捉某些隱而不顯的事實。許多人們欲蓋彌彰的東西，無論心事也好、祕密也好，克莉絲蒂都會用文學的手法，讓你理解語言的奧妙和魅力。

克莉絲蒂的書寫會讓你覺得彷彿自己也在現場，你可以從聽到的對話當中，學會如何理解人心的一些小技巧，這是小說家最出色、最偉大的地方。我們必須學習傾聽別人說話——這些人講話是真誠的嗎？他想要跟你分享什麼資訊？這些資訊可靠嗎？——這是我在閱讀推理小說時，最大的收穫和理解。

阿嘉莎・克莉絲蒂大事記

1890		• 九月十五日出生於英格蘭德文郡托基鎮。
1894	4 歲	• 開始在家自學，父母親、姐姐教導閱讀、寫作、算術和彈鋼琴。
1895	5 歲	• 家中經濟走下坡，舉家搬至法國，學會流利的法語。
1905	15 歲	• 在巴黎寄宿學校學鋼琴和聲樂，但生性極度害羞，未成為職業鋼琴家，最終回到英國。
1907	17 歲	• 陪同母親前往埃及調養身體，對社交活動充滿興趣，但尚未對日後感興趣的埃及古物點燃熱情。 • 回英國後繼續寫作、參與業餘戲劇表演。
1908	18 歲	• 寫出第一篇短篇小說〈麗人之屋〉，同時也寫出第一部愛情小說《白雪黃漠》，以筆名向出版社投稿，但屢遭退稿。
1912	22 歲	• 與英國皇家軍官亞契・克莉絲蒂（Archibald Christie）熱戀。 • 八月爆發第一次世界大戰，亞契奉派到法國作戰。
1914	24 歲	• 耶誕夜結婚，亞契隨即返回戰場。克莉絲蒂參與紅十字會工作，在醫院擔任護士和藥劑師，因此對藥理和毒物非常熟悉，造就後來多部推理小說情節都以毒藥殺人。
1916	26 歲	• 開始嘗試寫推理小說，寫出第一部小說《史岱爾莊謀殺案》，主角偵探赫丘勒・白羅的靈感，來自於大戰期間英國鄉間的比利時難民營。本書歷經數家出版社退稿後，終獲柏德雷・海德（The Bodley Head）圖書公司的出版機會，之後並簽下另五本小說的合約。
1919	29 歲	• 前一年亞契返回英國，八月生下女兒露莎琳。

1920　30 歲　• 出版《史岱爾莊謀殺案》。

1922　32 歲　• 出版第二部小說《隱身魔鬼》，主角是夫妻檔偵探湯米和陶品絲。
• 與亞契至南非、澳洲、紐西蘭、夏威夷和加拿大等國旅行十個月，在南非得到《褐衣男子》的靈感。

1923　33 歲　• 三月出版第三部小說《高爾夫球場命案》，白羅再度登場。

1926　36 歲　• 四月母親過世，克莉絲蒂陷入憂鬱。
• 六月在「威廉・柯林斯父子出版社」出版《羅傑艾克洛命案》。
• 八月亞契因外遇提出離婚，十二月初一次爭吵後，克莉絲蒂離家棄車失蹤，消息登上全國新聞。

1927　37 歲　• 一月在悲痛心情中寫出《藍色列車之謎》，第一次創造出聖瑪莉米德村，即後來瑪波小姐居住的村子。
• 分居期間在雜誌刊登以白羅為主角的短篇小說，後來集結出版《四大天王》。
• 十二月在雜誌刊登短篇小說〈週二夜間俱樂部〉，瑪波小姐初登場，後來收錄在一九三二年出版的短篇小說集《十三個難題》。

1928　38 歲　• 十月正式離婚，仍保留「克莉絲蒂」姓氏。
• 秋天搭乘「東方快車」前往土耳其的伊斯坦堡，再轉往伊拉克首都巴格達，參觀考古現場烏爾，認識考古學家伍利夫婦（Leonard and Katharine Woolley）。

1930　40 歲　• 二月應伍利夫婦之邀再訪烏爾，認識考古學家麥克斯・馬龍（Max Mallowan），九月於英國愛丁堡結婚。這段婚姻開啟克莉絲蒂旺盛的創作生涯，兩人到中東考古現場的旅行為許多作品帶來靈感。

- 婚後克莉絲蒂開始維持固定的寫作行程。十月出版《牧師公館謀殺案》，是第一部以瑪波小姐為主角的小說。
- 出版第一部以「瑪麗．魏斯麥珂特」（Mary Westmacott）為筆名的《撒旦的情歌》，並陸續發表了五部非犯罪小說。

1932 42歲
- 出版《危機四伏》。

1934 44歲
- 出版《東方快車謀殺案》，是白羅海外辦案三部曲之一，故事靈感來自中東的旅行經歷。一九七四年第一次改編成電影大獲好評。

1936 46歲
- 出版《美索不達米亞驚魂》，白羅海外辦案三部曲之二。

1937 47歲
- 出版《尼羅河謀殺案》，白羅海外辦案三部曲之三，故事背景是年輕時與母親同遊的埃及。一九七八年第一次改編成電影大受歡迎。

1939 49歲
- 二次大戰期間，克莉絲蒂在大學學院醫院擔任義務藥師，學習到最新的毒藥知識，對於推理小說寫作大有助益。
- 出版《一個都不留》，是克莉絲蒂最著名作品之一。

1941 51歲
- 出版《密碼》，呈現出克莉絲蒂對戰爭的看法。
- 出版《豔陽下的謀殺案》。

1942 52歲
- 出版《藏書室的陌生人》、《五隻小豬之歌》等名作。

1944 54歲
- 以「瑪麗．魏斯麥珂特」為筆名出版第三部作品《幸福假面》，被美國書評人發現是克莉絲蒂的作品，讓她從此失去匿名創作的自在樂趣。

1950　60歲　• 獲選為皇家文學學會的會員。

1953　63歲　• 出版《葬禮變奏曲》。

1956　66歲　• 一月獲頒大英帝國爵級大十字勳章（GBE）。
• 十一月以「瑪麗．魏斯麥珂特」為筆名出版《愛的重量》，是這個筆名的最後一部作品。

1958　68歲　• 成為「偵探作家俱樂部」主席。

1960　70歲　• 馬龍獲頒大英帝國爵級大十字勳章。

1961　71歲　• 獲得艾克塞特大學頒發榮譽文學博士學位。

1968　78歲　• 馬龍獲封為爵士，克莉絲蒂亦被稱為馬龍爵士夫人。

1971　81歲　• 獲頒大英帝國爵級司令勳章（DBE），獲封為女爵士。

1973　83歲　• 出版最後一部創作《死亡暗道》，亦為湯米和陶品絲最後一次辦案。

1974　84歲　• 最後一次公開露面，出席電影《東方快車謀殺案》首映會。

1975　85歲　• 八月六日，白羅成為有史以來第一次在《紐約時報》頭版刊出訃聞的小說主角，宣傳九月即將出版的《謝幕》，這也是白羅最後一次辦案。

1976　86歲　• 一月十二日去世。
• 十月出版《死亡不長眠》，瑪波小姐的最後一次辦案。

克莉絲蒂推理原著出版年表

1920　史岱爾莊謀殺案 The Mysterious Affair at Styles（神探白羅系列）
1922　隱身魔鬼 The Secret Adversary（神探湯米＆陶品絲系列）
1923　高爾夫球場命案 The Murder on the Links（神探白羅系列）
1924　白羅出擊 Poirot Investigates（神探白羅系列）
1924　褐衣男子 The Man in the Brown Suit（神探雷斯上校系列）
1925　煙囪的祕密 The Secret of Chimneys（神探巴鬥主任系列）
1926　羅傑艾克洛命案 The Murder of Roger Ackroyd（神探白羅系列）
1927　四大天王 The Big Four（神探白羅系列）
1928　藍色列車之謎 The Mystery of the Blue Train（神探白羅系列）
1929　七鐘面 The Seven Dials Mystery（神探巴鬥主任系列）
1929　鴛鴦神探 Partners in Crime（神探湯米＆陶品絲系列）
1930　牧師公館謀殺案 The Murder at the Vicarage（神探瑪波系列）
1930　謎樣的鬼豔先生 The Mysterious Mr. Quin（神探鬼豔先生系列）
1931　西塔佛祕案 The Sittaford Mystery
1932　十三個難題 The Thirteen Problems（神探瑪波系列）
1932　危機四伏 Peril at End House（神探白羅系列）
1933　十三人的晚宴 Lord Edgware Dies（神探白羅系列）
1933　死亡之犬 The Hound of Death
1934　三幕悲劇 Three Act Tragedy（神探白羅系列）
1934　李斯特岱奇案 The Listerdale Mystery
1934　帕克潘調查簿 Parker Pyne Investigates（神探帕克潘系列）
1934　東方快車謀殺案 Murder on the Orient Express（神探白羅系列）
1934　為什麼不找伊文斯？ Why Didn't They Ask Evans?
1935　謀殺在雲端 Death in the Clouds（神探白羅系列）
1936　ABC 謀殺案 The A.B.C. Murders（神探白羅系列）
1936　底牌 Cards on the Table（神探白羅系列）
1936　美索不達米亞驚魂 Murder in Mesopotamia（神探白羅系列）

1937 巴石立花園街謀殺案 Murder in the Mews（神探白羅系列）
1937 尼羅河謀殺案 Death on the Nile（神探白羅系列）
1937 死無對證 Dumb Witness（神探白羅系列）
1938 白羅的聖誕假期 Hercule Poirot's Christmas（神探白羅系列）
1938 死亡約會 Appointment with Death（神探白羅系列）
1939 一個都不留 And Then There Were None
1939 殺人不難 Murder Is Easy（神探巴鬥主任系列）
1940 一，二，縫好鞋釦 One, Two, Buckle My Shoe（神探白羅系列）
1940 絲柏的哀歌 Sad Cypress（神探白羅系列）
1941 密碼 N Or M?（神探湯米＆陶品絲系列）
1941 豔陽下的謀殺案 Evil Under the Sun（神探白羅系列）
1942 五隻小豬之歌 Five Little Pigs（神探白羅系列）
1942 藏書室的陌生人 The Body in the Library（神探瑪波系列）
1942 幕後黑手 The Moving Finger（神探瑪波系列）
1944 本末倒置 Towards Zero（神探巴鬥主任系列）
1944 死亡終有時 Death Comes as the End
1945 魂縈舊恨 Sparkling Cyanide（神探雷斯上校系列）
1946 池邊的幻影 The Hollow（神探白羅系列）
1947 赫丘勒的十二道任務 The Labours of Hercules（神探白羅系列）
1948 順水推舟 Taken at the Flood（神探白羅系列）
1949 畸屋 Crooked House
1950 謀殺啟事 A Murder Is Announced（神探瑪波系列）
1951 巴格達風雲 They Came to Baghdad
1952 殺手魔術 They Do It with Mirrors（神探瑪波系列）
1952 麥金堤太太之死 Mrs. McGinty's Dead（神探白羅系列）
1953 黑麥滿口袋 A Pocket Full of Rye（神探瑪波系列）
1953 葬禮變奏曲 After the Funeral（神探白羅系列）

1954 未知的旅途 Destination Unknown
1955 國際學舍謀殺案 Hickory, Dickory, Dock（神探白羅系列）
1956 弄假成真 Dead Man's Folly（神探白羅系列）
1957 殺人一瞬間 4:50 from Paddington（神探瑪波系列）
1958 無辜者的試煉 Ordeal by Innocence
1959 鴿群裡的貓 Cat Among the Pigeons（神探白羅系列）
1960 哪個聖誕布丁？ The Adventure of the Christmas Pudding（神探白羅系列）
1961 白馬酒館 The Pale Horse
1962 破鏡謀殺案 The Mirror Crack'd from Side to Side（神探瑪波系列）
1963 怪鐘 The Clocks（神探白羅系列）
1964 加勒比海疑雲 A Caribbean Mystery（神探瑪波系列）
1965 柏翠門旅館 At Bertram's Hotel（神探瑪波系列）
1966 第三個單身女郎 Third Girl（神探白羅系列）
1967 無盡的夜 Endless Night
1968 顫刺的預兆 By the Pricking of My Thumbs（神探湯米＆陶品絲系列）
1969 萬聖節派對 Hallowe'en Party（神探白羅系列）
1970 法蘭克福機場怪客 Passenger to Frankfurt
1971 復仇女神 Nemesis（神探瑪波系列）
1972 問大象去吧 Elephants Can Remember（神探白羅系列）
1973 死亡暗道 Postern of Fate（神探湯米＆陶品絲系列）
1974 白羅的初期探案 Poirot's Early Cases（神探白羅系列）
1975 謝幕 Curtain: Hercule Poirot's Last Case（神探白羅系列）
1976 死亡不長眠 Sleeping Murder（神探瑪波系列）
1979 瑪波小姐的完結篇 Miss Marple's Final Cases（神探瑪波系列）
1991 情牽波倫沙 Problem at Pollensa Bay
1997 殘光夜影 While the Light Lasts

國家圖書館出版品預行編目（CIP）資料

西塔佛祕案 / 阿嘉莎・克莉絲蒂（Agatha Christie）
著；楊民生譯. -- 二版.-- 臺北市：遠流出版事業
股份有限公司, 2024.10
面；　公分. -- (克莉絲蒂繁體中文版20週年紀
念珍藏；68)
譯自：The Sittaford Mystery
ISBN 978-626-361-892-3(平裝)

873.57　　113012893

克莉絲蒂繁體中文版 20 週年紀念珍藏 68

西塔佛祕案

作者 / 阿嘉莎・克莉絲蒂
譯者 / 楊民生

主編 / 陳懿文、余式恕　校對 / 呂佳眞
封面、內頁設計 / 謝佳穎　排版 / 連紫吟、曹任華
行銷企劃 / 舒意雯　出版一部總編輯暨總監 / 王明雪

發行人 / 王榮文
出版發行 / 遠流出版事業股份有限公司
地址 / 104005臺北市中山北路一段11號13樓
電話 / (02)2571-0297　傳眞 / (02)2571-0197　郵撥 / 0189456-1
著作權顧問 / 蕭雄淋律師

2003年12月1日 初版一刷
2024年10月1日 二版一刷
定價 / 新臺幣380元 (缺頁或破損的書，請寄回更換)

ISBN 978-626-361-892-3

遠流博識網 http://www.ylib.com E-mail: ylib@ylib.com
遠流粉絲團 https://www.facebook.com/ylibfans